W0298611

Kapitel 1

Bei jedem Atemzug zerbarst Sallys Körper von innen heraus und vermischte sich peinigend mit dem Flammenmeer auf ihrem Rücken. Séamus hatte das getan, sie gepeitscht, bis sie zusammengebrochen war.

Kräftige Arme trugen sie, und eine Stimme spülte über sie hinweg wie ein milder Regen an einem Frühlingstag. Sie versuchte, die Lider zu öffnen, doch es erwies sich als unvorstellbar schwer.

„Ganz ruhig, Kleines. Du befindest dich jetzt in Sicherheit. Niemand fügt dir jemals wieder Leid zu."

Sie musste ihn ansehen, erfüllt von dem Bedürfnis zu wissen, wer sie rettete, von Angst gepackt, dass sie ihn nie wiedersehen würde. Grüne Augen blickten auf sie herab, in denen sie Halt fand.

Sie wimmerte, als er sie ablegte, und tastete verzweifelt nach seiner Hand, nicht gewillt, die Stärke seiner Anwesenheit aufzugeben.

„Ich bleibe bei dir." Sanft schlossen sich seine Finger um ihre. „Sei vorsichtig!"

Bedrohlich lagen die Worte in der Luft, verunsicherten den Arzt, der verharrte, bevor er die Infusion anlegte, sodass Erlösung in ihre Vene tropfte.

Mit Mühe konzentrierte sich Miles auf die kleine ungehorsame Devote, die vor ihm auf dem Strafbock lag. Ihr Körper lockte mit Rundungen, genau wie er es bevorzugte. Jedoch, der Zauber sprang einfach nicht auf ihn über. Shirleys unerfahrener Dom sah verzweifelt zu ihm. Miles verstand ihn gut. Robert versprach ein guter Dom zu werden, besaß die nötigen Eigenschaften, die der *Federzirkel* verlangte, sogar voraussetzte, damit ein Dominanter überhaupt einen Schritt in den BDSM-Club setzen durfte. Robert war umsichtig, behandelte die Subs respektvoll und liebte es, das Meiste sowohl für den dominanten als auch für den devoten Part herauszuholen. Doch ihm fehlte es an Erfahrung, was die kleine Shirley wusste, schlussendlich gnadenlos ausnutzte. Es war Zeit ihr eine Lehre zu erteilen: dass es ihr schlecht bekommen würde, von unten herauf zu dominieren.

Miles packte ihr in das Haar, um ihren Kopf grob in den Nacken zu ziehen. Ihm gewährte sie den Respekt, den sie Robert versagte, dies zeigte ihm der Ausdruck in ihren Augen glasklar. Miles schenkte ihr die geballte Ladung des Maestros. Es entlockte ihr einen Schweißausbruch, während sie ängstlich nach Luft schnappte.

Er ließ sie los und trat hinter sie. Ihren Versuch sich zu drehen, verhinderten die Manschetten und der Lederriemen, der ihre Taille an dem Bock befestigte. Miles schlug ihr mit dem schmalen Lederpaddel hart auf den Arsch, so fest, dass rote Abdrücke deutlich auf der hellen Haut verblieben.

„Du weißt, wofür das war!"

Shirley holte tief Luft, schluckte die freche Bemerkung herunter, die ihr mit Sicherheit auf der Zunge lag.

„Robert, versehe sie mit dem Analplug."

Der junge Dom nahm begierig den mittelgroßen Plug, doch Verunsicherung stand klar auf seinem Gesicht.

„Ich will das nicht!" Shirley zog an den Fesseln, nicht dass ihr das etwas genutzt hätte.

Miles nickte Robert zu. Der dunkelhaarige Dom trat vor seine Devote, die Lippen entschlossen zusammengepresst.

Er packte sie nachdrücklich um den Nacken. Überrascht verspannte sie den Körper. Robert hatte bis jetzt gezögert, sie fester anzupacken. Es war höchste Zeit, das zu ändern.

„Es geht nicht darum, was du willst, Sub. Ruf dein Safeword und die Session ist vorbei, ansonsten erträgst du, was ich dir anzutun gedenke."

Roberts Stimme sank zu einem drohenden Hauch, ganz so, wie Miles es ihm vorgeführt hatte. Miles verkniff sich ein Lächeln, denn Shirley reagierte auf die ungewohnte Schärfe des Doms, erkannte langsam, dass es ihr heute nicht gelingen würde, ihren Dom zu übervorteilen. Eine Gänsehaut lief ihr über den Rücken, während ein hübsches Rot die Haut ergriff.

Robert nahm Miles das Paddel aus der Hand, verabreichte Shirley ein paar zischende, ausgewogene Schläge, die diese sichtlich erregten.

Miles packte die Arschbacken und spreizte sie, sodass Robert das Gleitgel auf die Rosette tropfen konnte. Shirley war bis jetzt niemals anal stimuliert worden, vermochte nicht zu begründen, wieso sie es angeblich verabscheute. Sie spannte den Körper an, doch das hielt Robert nicht auf.

„Wehr dich ruhig, ich presse ihn dennoch hinein."

Der Dom dehnte sie zuerst vorsichtig mit den Fingern. Shirley holte überrascht Luft, während ihr ein lüsternes Stöhnen entwich.

Robert setzte ihr den Eindringling an den Anus. Miles fasste unter sie, streichelte ihre Klitoris, um es ihr wenigstens zu erleichtern. Normalerweise wählte er einen kleineren Plug für das erste Mal, doch bei Shirley war er gewillt, eine Ausnahme zu machen.

Sie verdiente es.

Sie konnte ihn aufnehmen und sie würde ihn aufnehmen, da konnte sie noch so viel kreischen.

Robert schob ihn langsam hinein, so wie Miles es ihm gesagt hatte. Ein Schaudern lief über die Wirbelsäule der Sub, während ein Schwall Feuchtigkeit ihre süße Pussy benetzte.

Robert grinste ihn an. „Es scheint dir ja sehr zu gefallen, auch wenn dein Gejammer uns etwas anderes vorzumachen versucht." Die gesamte Haltung des Doms änderte sich, er war jetzt der Herr der Szene.

Sadistisch blickend griff er nach der Dressurgerte. In schneller Reihenfolge prasselten acht Schläge auf den hübschen Po, jeweils vier auf jeder Seite.

Shirley brach in Tränen aus. Sofort war Robert bei ihr, kniete vor ihr und streichelte ihr beruhigend über die Schulterblätter.

„Es tut mir leid, Herr."

Und das tat es ihr wirklich. Miles nickte ihm zu. Sie lösten gemeinsam die Manschetten und den Riemen. Der Plug verblieb in ihrem Anus. Sie sank vor Robert auf die Knie, senkte ergeben den Kopf. Eine Geste, die sie ihm bis jetzt versagt hatte.

Robert plante, sie gleich hart zu ficken, ihr vielleicht sogar den Orgasmus zu versagen. Sie würde es nächstes Mal nicht wagen, sich dermaßen respektlos zu zeigen.

Erleichtert atmete Miles aus, seine Arbeit war getan. Endlich konnte er Sally aufsuchen. Die ganze Zeit spukte sie ihm im Kopf herum. Er wollte unbedingt dabei sein, wenn sie aufwachte.

Sally verspürte Furcht, die Lider zu öffnen, weil die Schwere der Schuld sie erstickte. Öffnete sie die Augen, war sie gezwungen anzuerkennen, was mit ihr geschehen war. Durch ihre Feigheit hatte sie ihre Cousine Kim und deren Freundin Viola in Gefahr gebracht.

„Sally, es ist alles in Ordnung. Atme gleichmäßig." Eine sichere Hand stützte ihren Nacken, und die Stimme klang vertraut. „Trink."

Sie tat es, ohne nachzudenken, denn sie war es gewohnt, zu gehorchen, jedem Befehl Folge zu leisten, immer und frei von Widerspruch.

„Langsam."

Das Wasser lief lindernd ihre Kehle hinab. Endlich nahmen die Formen um sie herum Gestalt an. Das dämmrige Licht war eine Wohltat, nicht wie die letzten Male, als sie zwischen Bewusstlosigkeit und Wachsein schwebte, während grelle Helligkeit ihr in die Pupillen hämmerte.

Erneut diese grünen Augen, die sie verunsicherten, gleichzeitig aber faszinierten.

Ihr Retter.

Vorsichtig ließ er ihren Nacken los und lächelte sie an.

„Ist dir schlecht?" Er legte ein kühles Tuch auf ihre Stirn. „Ich bin Miles."

Sehr lange hatte sie niemand auf diese Weise angesehen; besorgt und liebevoll. Sehr lange hatte sich Sally den Luxus von lindernden Tränen untersagt.

War er ein Arzt oder ein Cop? Sie erinnerte sich an ein Krankenzimmer, jedoch befand sie sich nicht in diesem Raum. Die dunkelrote Bettwäsche und das Doppelbett passten nicht in ein Krankenhaus. Weiße Vorhänge verhüllten die offen stehenden bodentiefen Fenster, und frische Luft wehte hinein. Sie hörte das Rascheln von Blättern, keinen Verkehrslärm, nicht die unzähligen Geräusche, die Kliniken anhafteten.

Ihren Versuch sich aufzurichten, unterband er mit leichtem Druck auf ihre Schultern. „Warte einen Augenblick, ehe du dich aufrichtest, und lass dir von mir helfen."

Sally traute ihrer Stimme nicht, begnügte sich daher mit einem Nicken.

„Du bleibst in unserem Haus, bis es dir besser geht."

Erneute Furcht drohte sie zu verschlucken.

„Kim und Viola wohnen hier. Deine Cousine ist mit meinem Bruder Dean liiert. Es gibt keinen Grund, dass du Angst verspürst."

Seine sanft gesprochenen Worte beruhigten ihren Herzschlag.

Gott sei Dank, sie lebten und waren nicht verschleppt worden. Die Eisklumpen in ihren Adern lösten sich auf.

Sie erinnerte sich an die Namen, Dean, John und Miles. Viola war sich sicher gewesen, dass die Sullivan-Brüder sie retten würden. Sie selbst hatte zu diesem Zeitpunkt schon mit ihrem erbärmlichen Leben abgeschlossen.

Miles haftete eine natürliche Autorität an, die sich in der Körperhaltung spiegelte. Dieser Mann brauchte nicht die Stimme zu erheben, um sich durchzusetzen.

„Musst du auf die Toilette?"

Sie spielte mit dem Gedanken, zu verneinen. Séamus liebte es, sie auf diese Weise zu quälen, indem er sie zwang, literweise Wasser zu trinken, nur um ihr den Toilettengang zu untersagen. Wenn sie sich endlich erleichtern durfte, weidete er sich an ihrer Scham, prügelte auf sie ein, bis sie emotionslos auf dem Boden lag, nicht einmal mehr fähig, zu weinen.

Miles wartete ihre Antwort nicht ab, er schlug die Decke zurück, fasste unter ihre Kniekehlen und half ihr auf die Bettkante.

Sie biss sich fest auf die Unterlippe, um den Schmerzenslaut zu ersticken. Darin war sie eine Meisterin –falls der Herr es nicht gestattete, verschluckte sie die Schreie.

Miles ging vor ihr in die Hocke und sah sie intensiv an. Sie fixierte einen Punkt über seiner Schulter, verspürte das eigenartige Verlangen, ihn anzusehen, jedoch war es verboten.

„Sieh mich an, Sally."

Als sie seinen Blick traf, wären ihr beinahe Tränen in die Augen geschossen. Verzweifelt blinzelte sie, um es zu unterdrücken, denn Weinen zog eine Strafe nach sich.

„Die Striemen auf deinem Rücken und Po verheilen hervorragend. Auch dein Gesicht sieht besser aus." Er umfasste ihre Hände. Ein Anker in der rauschenden Gischt. „Wir hatten befürchtet, deine Rippen seien gebrochen. Zum Glück hat sich diese Sorge nicht bestätigt."

Er richtete sich auf, und seine Größe ließ sie schlucken. Er sah attraktiv aus, mit den blonden kurzen Haaren und den Lachfältchen, die seine Augenwinkel zierten.

„Ich helfe dir ins Badezimmer. Falls du nicht laufen kannst, trage ich dich."

Erneut traf sie dieses Lächeln, das sich in den Augen widerspiegelte.

Der Herr lächelte anders, erinnerte an ein Reptil, das starr darauf lauerte, die Maus zu verschlingen, mit Pupillen, die hart wie Eissplitter glänzten. Wenn er grinste, war es ein bedrohliches Anzeichen, denn dann verletzten seine Züchtigungen sie besonders grausam.

Verunsichert sah sie zu Boden. Zu Beginn ihrer Beziehung zu Séamus hatte auch er freundlich ausgesehen, bis er anfing, sie zu zerbrechen, zu zerstören und abzurichten.

Als sie endlich die Bösartigkeit in ihm erkannte, es gepeinigt vor sich selbst zugab und endlich bereit war, ihn zu verlassen, hatte Bill sie kontaktiert. Seine Schwester Kathy war als Sklavin verkauft worden, und Séamus fungierte als Kopf des Mädchenhandelrings.

Zuerst hatte sie es nicht glauben wollen, doch die Beweise drückten zu schwer, daher willigte sie ein, Bill zu helfen, den Aufenthaltsort von Kathy herauszufinden.

Das Vorhaben lief schief. Séamus hatte den Plan von Anfang an durchschaut, und Sally musste die Konsequenzen tragen.

Sie erinnerte sich noch daran, dass er sie erneut ausgepeitscht hatte, nachdem sie bei Kim und Viola in der Zelle im Keller gewesen war. Die weiteren Ereignisse schwebten gleich einer grauen abscheulichen Masse in ihrem Bewusstsein.

„Ich erkläre dir später alles. Zunächst solltest du das Wichtigste erledigen." Ein Arm lag sicher um ihre Schultern, der andere umschlang ihre Taille, und er trug sie halb in das Badezimmer. „Ich lasse die Tür angelehnt, falls dir schlecht wird, während ich im Schlafzimmer warte."

Er hob die Hand, und sie zuckte automatisch zurück, erwartete, dass er sie schlug.

„Kleines." Die Betroffenheit in seiner Mimik verunsicherte sie. Vorsichtig strich er ihr ein paar Haare aus der Stirn. „Niemand schlägt dich mehr ins Gesicht."

Er legte ihr die Handfläche unter das Kinn und sah sie beschwörend an. „Nachher finden wir heraus, ob du sprechen kannst."

Miles ließ sie allein. Sie hörte, dass er das Bett frisch bezog.

Sally war durcheinander, wusste nicht, was sie tun sollte. Sie besaß weder ein Zuhause noch die Möglichkeit einer Zuflucht. Alles in ihr sträubte sich, Empfindungen zuzulassen. Kim, ihre Cousine, hatte ihr vorgeworfen, dass sie ein trainierter Zombie sei, und so fühlte sie sich auch - gefühllos, kalt, tot. Die Zuneigung, die Miles zeigte, tat weh, weil sie lang verschlossene Wunden, die nicht richtig verheilt waren, öffnete, als ob wulstige Narben aufplatzten.

Sie umklammerte das Waschbecken, da sie drohte, zu Boden zu sinken. Die unterernährte bleiche Frau, die ihr aus dem Spiegel entgegenstarrte, war ihr fremd. Wozu blieb sie auf den Füßen?

Sie sank auf die Fliesen, rollte sich zusammen, und zu ihrer Bestürzung brach sie in Tränen aus, die schmerzten, da sie mitleidslos an ihrer Seele rissen.

Miles hörte das unterdrückte Schluchzen und ließ das Kopfkissen auf das Bett fallen. Sally lag zusammengekauert in der Ecke und versuchte wimmernd, von ihm wegzurutschen, schrie, als er sie an sich zog. Das verzweifelte Geräusch trieb ihm fast Tränen in die Augen, weil es ihn an sich selbst erinnerte und zudem die Verzweiflung und Hilflosigkeit eines misshandelten Opfers verdeutlichte. Diese Art Schreie lösten sich nur aus gebrochenen Menschen. Sallys Nachthemd rutschte nach oben und entblößte die Narben auf ihren Oberschenkeln. Die Ratte hatte sich mit Zigaretten an ihr ausgetobt. Das entsetzliche Zittern traf ihn heftig. Miles hob sie hoch, und der ausgezehrte Körper erweckte in ihm den Wunsch, dem Schwein, das aus dem tiefsten Loch gekrochen war, die Haut abzuziehen. Miles war in der letzten Zeit kaum von ihrer Seite gewichen, und heute war das erste Mal, dass sie richtig das Bewusstsein erlangte. Sie hatten sie vor ein paar Tagen in den *Federzirkel* gebracht und die Medikation verringert. Zwei Krankenschwestern hatten bis gestern gemeinsam mit ihnen über sie gewacht.

Es herrschte Einigkeit, dass Sally im *Federzirkel* bleiben musste, bis sie genesen war. Die körperlichen Verletzungen würden verheilen, allerdings weitere Narben hinterlassen. Doch bei den psychischen Wunden verspürte er Unsicherheit.

Sie kamen nicht umhin, viel Fingerspitzengefühl zu beweisen, um Sally ins Leben zurückzuholen, und nicht immer durften sie sanft vorgehen. Das wusste er aus eigener Erfahrung.

Er setzte sich auf die Bettkante, löste jedoch nicht die Hände von ihr. Sie musste sich daran gewöhnen, dass Berührungen nicht Schmerz bedeuteten. Sally lag halb auf seinem Schoß, geschüttelt von harten Schluchzern, die ihn schmerzten, bis sie erschöpft die Glieder entspannte. Ihr Kopf ruhte an seinem Brustkorb, und er streichelte ihre Stirn, hörte erst auf, als sie einen tiefen Atemzug nahm und die Lider öffnete.

Sie traute sich nicht, ihn anzusehen. Auch das wollte er schnellstmöglich ändern. Er liebte es, in den Augen von Frauen zu versinken, egal, was er mit ihnen anstellte. Die Maestros des *Federzirkels* legten viel Wert auf die Reaktionen der Schiavas, die sich vertrauensvoll in ihre Hände begaben.

Halbherzig versuchte Sally, sich aus der Umarmung zu lösen, doch er gedachte nicht, es zuzulassen.

„Lass mich dich noch einen Augenblick halten."

Scheu sah sie ihn an, gleichzeitig stand Verwunderung klar auf dem schmalen Gesicht.

„Ich brauche den Trost."

Für einen Sekundenbruchteil versteifte sie sich, als ob sie damit rechnete, dass er sie verhöhnte, in Sicherheit wiegen wollte, nur um ihr anschließend härter zu schaden.

Dann presste sie ihre Wange erneut gegen seinen Brustkorb. Es entlockte ihm ein Lächeln. Der erste Faden eines zerbrechlichen Vertrauensverhältnisses, umso kostbarer, weil ihre Furcht es jederzeit zu verschlucken drohte.

„Kim möchte dich sehen."

Sie schüttelte den Kopf. „Nein, ich kann das nicht."

Ihre Stimme klang rau. Er hielt den Becher an ihre Lippen, und sie schluckte gehorsam. Vorsichtig legte er sie auf das Bett und sah ihr tief in die Augen, die von einem wunderschönen graublau waren und in dem schmalen Gesicht übergroß wirkten. Einzelne Sommersprossen zierten ihre Wangen. Kim hatte ihm ein Foto von Sally gezeigt, wie sie ausgesehen hatte, bevor sie Séamus kennenlernte. Ihre rotgoldenen Haare hatten einer wilden Mähne geglichen, jetzt hingen sie leblos bis zu ihrem Kinn. Auf dem Bild warf sie lachend den Kopf zurück. Wortlos hatte Kim es ihm geschenkt. Er wusste nicht wieso, doch er trug es immer bei sich.

Verunsichert starrte sie ihn an. Er nahm den Waschlappen, um die Tränenspuren fortzuwischen. Tapfer unterdrückte sie das Zurückweichen. Er plante, sie ständig zu berühren, bis sie keinen Gedanken mehr daran verschwendete, dass sie Angst vor seinen Händen verspürte.

Sie brauchte eine Vanilla-Beziehung. Er wollte sie darauf vorbereiten, denn sie benötigte einen starken Mann an ihrer Seite, der sie auffing. Bliebe sie allein, würden die Erlebnisse sie langsam umbringen.

„Möchtest du ein Schmerzmittel?“

Erneut setzte sie an, den Kopf zu schütteln.

„Sag es mir, Sally.“

„Nein. Wie geht es Kim und Viola?“

Sally verabscheute es offensichtlich, im Mittelpunkt zu stehen und versuchte, seine Aufmerksamkeit von sich abzulenken.

Ein klägliches Unterfangen, weil sie die Aufmerksamkeit des *Federzirkels* besaß. Sie bestimmten, wann Sally ihrer Hilfe nicht mehr bedurfte.

Sie sprach schnell, von der Angst getrieben, den Gedanken Freiraum zu gewähren. Sie zog ihn an, nicht nur ein wenig. Sämtliche seiner Beschützerinstinkte als Maestro und Mann erwachten nicht nur, sie loderten lichterloh.

Sean, der Besitzer des *Sadasias*, hatte ihm erzählt, was sie Séamus angetan hatten, um ihn zum Reden zu bringen, und es befriedigte Miles tief. Wären die Cops nicht anwesend gewesen, hätte auch der *Federzirkel* die Worte aus ihm herausgepresst, aber es hätte Spuren hinterlassen. Sean und Keith schafften es zu foltern, ohne deutliche Beweise zu verursachen. Zudem hielten sie den Zeitrahmen ein, den der Einsatzleiter, den Sean persönlich kannte, ihnen zugestand. Dort hörte sein Netzwerk jedoch nicht auf. Der Ratte stand eine Zeit bevor, die er sich in den kühnsten Träumen nicht ausmalen konnte. Sean Carrigan war ein gefährlicher Mann, der nichts so sehr verachtete wie Typen, die Frauen verprügelten.

„Den Beiden geht es viel besser im Vergleich zu dir. Dean und John kümmern sich den ganzen Tag um sie.“

Vor allem um Viola sorgte sich Miles, doch unter Johns kundigen Händen verarbeitete sie das Erlebnis. John zwang sie, ihre Ängste auszusprechen, bis sie Viola nicht mehr bedrohten. Reden und Ehrlichkeit waren die Grundbausteine einer Maestro-Schiava-Beziehung und sollten es ebenfalls bei Vanilla-Beziehungen sein. Zum Glück hatte das Würgen von Séamus keine erneuten Spuren auf Violas Seele hinterlassen. Dean redete viel mit Kim, auch wenn sie noch Schwierigkeiten hatte, die Schrecken in Worte zu fassen.

Bis Sally diesen Punkt erreichte, lag ein langer Weg vor ihr. Sie ging gerade zögerlich den ersten Schritt, bereit, jederzeit in die entgegengesetzte Richtung zu flüchten. Doch Miles gedachte nicht, es zuzulassen. Für ihn bedeutete Sally eine verdammt persönliche Angelegenheit – und nicht nur für ihn. John und Dean, seine Adoptivbrüder, hatten fassungslos an Sallys Seite gestanden.

„Wir sind verpflichtet, sie in Ordnung zu bringen."

John sagte es mit diesem Tonfall, der keine Widerrede duldete. Er hatte sich jede Verletzung angesehen, und die Erschütterung auf seiner Miene spiegelte Miles' eigenes Empfinden. Dean hatte im Fitnessraum auf den Sandsack eingeprügelt, bis Kim ihm weinend um den Hals gefallen war.

Ein Tumult an der Tür kündigte Giotto an, und schon stürmte Violas Hund, der in Wahrheit ein Bär war, in das Zimmer.

Perfektes Timing.

Er sah interessiert und besorgt zum Bett, kam langsam näher, setzte sich und stupste Sally an. Die Augen von Sally leuchteten auf, endlich zeigte sie eine freudige Reaktion.

„Darf ich dir Giotto vorstellen?"

Giotto positionierte sein Haupt behutsam auf ihrem Brustkorb, bevor er ihr ins Gesicht schnaufte.

Ein zaghaftes Lächeln breitete sich aus, und Sally legte die Hand auf den braunen Kopf des Vierbeiners, dessen Körper zum größten Teil honigblondes Fell zierte. Giotto konnte niemand widerstehen.

„Soll er bei dir bleiben, Kleines? Er hat öfters in den letzten Tagen nach dir gesehen."

Giotto stellte die Ohren auf, was ihm das Aussehen eines Gremlins gab. Zudem verstand er sich darauf, die Stirn krauszuziehen. Miles argwöhnte, dass er vor dem Spiegel übte, um möglichst unschuldig und niedlich auszusehen. Es verfehlte nicht die Wirkung. Selbst die Doms aus dem *Sadasia* waren ihm auf Anhieb verfallen. Sean brachte ihm ständig Spielzeug und Leckereien mit. Keith hatte ihm ein dunkelrotes Halsband geschenkt, an dem ein Herz mit dem eingravierten Namen und Giottos Adresse hing.

Obendrein hatte die arme Viola, mit Sean und Keith, zwei weitere Kerle gefunden, die danach lechzten, ihr den prachtvollen Po zu versohlen. Viola war so süß – meistens, bis sie den Mund aufmachte, um eines ihrer Schimpfwörter in die Welt zu posaunen.

„Ich erwarte eine Gegenleistung von dir."

Sallys Ausdruck erkaltete, außerdem versuchte sie, sich mental zurückzuziehen.

„Dean hat eine köstliche Suppe für dich zubereitet. Ich möchte, dass du versuchst, sie zu essen."

Sally wirkte, als ob sie im Wunderland aufgewacht wäre, und begutachtete ihn wie Alice das Kaninchen.

Sie erstarrte, sowohl innerlich als auch äußerlich, bei Deans Eintreten. Ihre Hand, die auf Giottos Kopf lag, zitterte deutlich. Dean stellte das Tablett auf dem kleinen Tisch neben dem Bett ab.

Er ließ sich nicht dadurch beirren, dass sie ihn beäugte, als ob der Teufel persönlich vor ihr stand, mit schwarzen Haaren und grauen Augen. Er legte ihr eine Hand auf die Stirn, wartete geduldig, bis sie wieder atmete.

„So ist es gut, Cara. Ich bin Dean."

Er lächelte sie auf diese unnachahmliche Weise an, die die Sullivan-Brüder John und Dean gemeinsam hatten. Bei diesem Lächeln zerschmolz jede Frau, sogar mancher Mann.

Vor seinem inneren Auge sah er John und Dean neben Giotto vor dem Spiegel stehen, und er wäre beinahe in Lachen ausgebrochen bei der Vorstellung, dass sie gemeinsam an ihren Hundeblicken arbeiteten. Sally reagierte mit Unsicherheit, sie betrachtete intensiv Deans hellgraues T-Shirt.

Dean umfasste ihr Kinn. Mit sanftem Druck erreichte er es, dass sie ihn ansah. „Tapfere Kleine. Ich hoffe, die Rindfleischsuppe schmeckt dir. Die Temperatur ist genau richtig." Er zwinkerte ihr zu, ehe er den Raum verließ.

Sally hatte das Gefühl, ihr Brustkorb würde explodieren, so schnell schlug ihr Herz. Giotto schien zu ahnen, dass sie sich so fühlte, da er mitfühlend winselte, bevor er ihr erneut ins Gesicht schnaufte. Der Hund hatte keine zwei Sekunden benötigt, bis sie ihm verfallen war.

Mit ruhigen Händen half Miles ihr, sich aufzusetzen, deponierte mehrere Kissen in ihrem Rücken und ließ sich auf der Bettkante nieder.

Sie ahnte, was er vorhatte, und ehe sie protestieren konnte, berührte der Löffel ihren Mund. Er fütterte sie wie ein kleines Kind mit der köstlichen Suppe.

„Aufessen, Honey."

Die Wärme in seiner Stimme beschwichtigte sie, ebenso die Besonnenheit, die er ausstrahlte. Er wirkte so gefasst, sämtliche Bewegungen konzentriert, und seine ganze Aufmerksamkeit galt ihr. Er könnte ihr immens wehtun, wenn er es wollte, schließlich strotzte sein Körper vor Kraft. Ein sicheres Indiz, dass er nicht hinter dem Schreibtisch arbeitete. Seine Hände besaßen Schwielen und waren es gewohnt, zuzupacken.

„Welches ist deine Lieblingseissorte?"

Sie starrte ihn an, unfähig zu antworten. Erneut spürte sie Tränen, die drohten zu fließen, denn die Frage erinnerte sie daran, dass sie lange nicht entscheiden durfte, was sie begehrte.

„Ich liebe Schokoladeneis", sagte Miles. Amüsement tränkte seine Stimme. Irgendwie trug es zu der sexy Ausstrahlung bei, intensivierte die gefährliche Wirkung, sodass sie den Wunsch verspürte, zu flüchten.

„Joghurteis", flüsterte sie.

„Dann soll es so sein. Giotto, pass auf, dass sie brav im Bett bleibt.“ Er küsste sie zart auf die Stirn. „Ich komme gleich zurück, Cara.“

Die Schwäche ihres Körpers verhinderte ein Entkommen. Darüber hinaus, wo sollte sie hin? Der einzige Ort, der ihr einfiel, war Kims Heim, jedoch befand sich Kim hier im Haus, und wahrscheinlich verachtete sie Sally. Sally hatte jegliche Hoffnung verloren, dass Kim ihr jemals zu verzeihen vermochte.

Sie besaß weder Job noch Geld, blickte in eine unsichere Zukunft. Ihre Gedanken kehrten zurück zu Miles. Was wollte er von ihr?

Er behandelte sie, als ob sie ihm wichtig wäre und … kostbar. Auch Dean war überaus freundlich gewesen. Wie konnte das sein? Er müsste sie hassen für das, was mit Kim und Viola geschehen war. Sie trug die Schuld, die sie zu erdrücken drohte.

Miles kam mit einem Lächeln, einer Schüssel Eis und einem großen dunklen Kerl, der John sein musste, zurück. Er sah Dean ähnlich und war der Ältere von beiden. John strahlte Autorität aus, die sogar noch stärker hervortrat als bei Miles und Dean.

Gott, was aßen diese Typen? Saft- und Kraftfutter mit einer Prise Dominanz, gesprenkelt mit Anziehungskraft?

Sie presste sich in die Kissen, wimmerte, weil die Striemen auf ihrem Rücken aufflammten. Ihre Selbstbeherrschung war im Eimer. Die Männer sahen sie mit einem Ausdruck purer Zuneigung an, und doch ahnte sie instinktiv, dass sie sich durchzusetzen wussten.

„Ich bin John und möchte mir deine Verletzungen ansehen.“ John blieb neben dem Bett stehen. „Du befindest dich bei mir in guten Händen. Dreh dich auf den Bauch, Liebes.“

Sally tat es ohne nachzudenken, schließlich war es ein Befehl, auch wenn John es in einem besänftigenden Tonfall gesagt hatte.

Sie hatte vor langer Zeit aufgehört, sich ihres Körpers zu schämen. Was immer sie ihr antun wollten, sie würde sich einfach an den Ort zurückziehen, der sie vor allen Empfindungen beschützte, es sei denn, der Schmerz entwickelte sich zu stark.

John legte ihr seine warmen Handflächen auf die Schulterblätter, wusste anscheinend genau, an welchen Stellen er sie berühren konnte, dort wo keine Striemen brannten.

„Ich schieb das Nachthemd hoch. In Ordnung, Sally?“

Die Frage holte sie ins Hier und Jetzt zurück noch bevor sie an ihrem Ort eintraf.

Er fragte sie um Erlaubnis!

„Ja“, flüsterte sie.

Miles streichelte beruhigend über ihr Haar und umfasste ihre Hand, was sie dankbar akzeptierte.

„Du brauchst dich nicht zu ängstigen, ich tue dir nicht weh." John sprach in einem weichen Tonfall.

Erneut wollte sie an ihren Ort flüchten.

„Sieh mich an, Sally."

Ein Befehl!

Sie öffnete die Augen, und Miles lächelte sie an.

„Bleib bei uns, Kleines."

Woher wusste er es?

Mit ruhigen Bewegungen schob John das Nachthemd hoch, bis er ihre Rückseite entblößte. Kalte Luft traf ihren Po, sodass sie erschrocken Atem holte. Er hatte ihr Höschen nach unten geschoben.

Johns Gesicht spiegelte Miles' eigene Empfindungen wider, dass Dean das Schwein hätte umbringen sollen. Doch dann wären die Informationen auf immer verloren gewesen.

Sally war losgespurtet, um sich an einen mentalen Zufluchtsort zurückzuziehen, so wie er das als Kind getan hatte. Sie mussten aufpassen, dass sie es nicht mehr wollte.

John besaß ein profundes medizinisches Wissen, das über die Grundversorgung hinausging. Er zog sich sterile Handschuhe an und verteilte die Wundsalbe auf den Striemen. Einige hatte der Arzt genäht, sich sehr viel Mühe dabei gemacht, sodass keine wulstigen Narben verbleiben würden.

„Sie verheilen gut. Es ist wichtig, dass wir sie jeden Tag behandeln." Mit dem Rücken war er fertig. „Ich verteile die Salbe jetzt auf deinem Po und den Oberschenkeln. Bleib ganz ruhig." John legte seine Fingerspitzen auf ihre Lendenwirbel, wartete geduldig, bis sie ausatmete. „Tapfere Kleine."

Zuerst lag Sally erstarrt auf dem Bett, doch sie merkte schlussendlich, dass kein Schmerz drohte, daher entspannte sie sich, zumindest ein wenig. John ließ die Handflächen länger auf ihr ruhen, als es notwendig war, berührte sie auch an den unverletzten Stellen mit sanftem Druck.

Schließlich zog John ihr das Nachthemd nach unten, das an ihr schlotterte wie ein Zelt. Es gehörte Viola, die zwar nicht besonders groß, jedoch um einiges kurviger als Sally war.

Sally blieb regungslos liegen.

„Setz dich und iss das Eis auf." Miles half ihr, und sie wirkte verstört.

Sally umfasste die Schüssel gleich einer Ertrinkenden.

„Schmerzt deine Wange noch stark?"

Sie verneinte Johns Frage, indem sie den Kopf schüttelte.

„Sprich es aus, Cara. Du brauchst nicht zu lügen."
Zögerlich sah sie hoch.
„Es schmerzt, doch es ist nicht der Rede wert."
„Wieso nicht?"
„Weil es nicht wichtig ist."
„Ab jetzt ist es wichtig. Wenn du dich nicht wohlfühlst, etwas benötigst, dann sagst du es uns." John streichelte ihr über die Schulter. „Sonst muss ich dich so lange anstarren, bis du mir deine Bedürfnisse mitteilst."
Diesmal sah sie John beinahe kämpferisch an, und sie hatte keine Ahnung, dass er genau das damit beabsichtigte. Ein kleiner Wildfang steckte tief in ihr, den sie an die Oberfläche locken wollten.
„Ich hole dir ein Kühlpad."
Sie atmete hörbar aus, als John das Zimmer verließ. Miles nahm ihr fast mit Gewalt den Löffel aus den verkrampften Händen.
Ein leichtes Lächeln schlich sich auf ihr Gesicht, weil Giotto die Bewegungen des Eises mit seinem Kopf verfolgte. Der Vierbeiner besaß einen unersättlichen Appetit, nichts war vor ihm sicher, er hatte selbst Kims Herbstdekoration angefressen und dabei eine Vorliebe für Kürbisse entwickelt. Miles rollte innerlich mit den Augen. Eigentlich verfügte dieses liebenswerte Monster auf vier Pfoten über einen Heißhunger auf alles, was er fortschleppen und zerbeißen konnte, einschließlich der Zimmerpflanzen. Sie standen jetzt als Blattlosgerippe traurig in den Ecken. Dass Giotto Viola gehörte, stellte eine unleugbare Tatsache dar. Ständig heckten sie irgendwelchen Unsinn aus.
Sally aß das Eis, mit dem Miles sie fütterte, zur Hälfte – kaum in der Lage, wach zu bleiben. Als John mit dem Kühlpad zurückkam, schlief sie bereits. Sein Adoptivbruder legte es vorsichtig unter ihr geschundenes Gesicht und sah ihn fragend an.
„Ein verdammt hartes Stück Arbeit erwartet uns." Miles versuchte nicht, seine Betroffenheit zu unterdrücken. „Aber sie schafft es. Sie ist eine starke Frau."
Er würde es nicht zulassen, dass sie zerbrach.
„Sie weigert sich mit Kim zu sprechen?", fragte John.
„Ich gewähre ihr noch ein paar Tage, bis ihr Körper verheilt ist."
Kim und Viola standen in der Tür, verharrten, bis Miles ihnen zunickte. Erleichtert kamen sie näher. Beiden liefen Tränen über die Wangen, als sie Sally betrachteten.
„Kein Wunder, dass sie mich nicht sehen will. Ich habe ihr immer nur Vorwürfe gemacht."
Kims unterdrücktes Schluchzen zerrte an seinem Herzen. Er zog sie in die Arme.

„Hör auf, dir die Vergangenheit vorzuwerfen." Kim sah mitleiderregend aus, die angebliche Schuld lastete schwer auf ihr. Auch Viola lehnte sich an ihn, und sie gaben sich gegenseitig Halt.

„Es ist wichtig zu reden, sich in sein Gegenüber hineinzuversetzen."

Viola drückte sich enger an ihn, und er küsste sie auf die Stirn, als sie zu ihm aufsah. Ihre grünen Augen glänzten vor Mitgefühl. Viola litt sehr darunter, was mit Sally geschehen war. Erst gestern hatte Miles sie in Tränen aufgelöst in ihrem Atelier gefunden.

„Wenn jemand Sally befreien kann, dann seid ihr es." Sie kaute auf der Unterlippe herum. „Ihr wisst viel zu gut, was in meinem Gehirn und in den Köpfen der anderen Schiavas vorgeht."

Es hörte sich fast vorwurfsvoll an, doch ihr Körper lehnte entspannt an seinem. Viola vertraute den Maestros des *Federzirkels*, was Miles mit Stolz erfüllte.

Kapitel 2

Jemand starrte sie an. Sally spürte, dass er direkt über ihr lungerte. Wieso hechelte er dermaßen? Sein Atem stank fürchterlich. Sie riss die Augen auf, nur um in das Antlitz eines Monsters zu blicken - behaart, große Zähne, heraushängende Zunge.

Sie schrie, bis drei Männer in das Zimmer stürmten. Ihr Schrei erstarb abrupt, und das lag nicht ausschließlich daran, dass ihr schlaftrunkenes Gehirn endlich Giotto erkannte.

„Wuff!"

Miles' Hüften zierte ein Handtuch. Ein kleines Stück Frottee, welches kaum etwas verbarg. Dean trug nur Schaum, der sein Haar bedeckte, ansonsten war er nackt. Johns graue Boxershorts überließen nicht viel der Fantasie.

Sally fühlte, dass sie errötete, begleitet von hysterischem Lachen, das ihr aus der Kehle blubberte. Gebannt verfolgte sie die Schaumspur, die Deans herrlichen Brustkorb entlanglief, bis sie auf den Boden tropfte.

Sie wollte nicht starren, aber ihre Augen besaßen eine eigene Meinung: Sie starrten und starrten und starrten.

„Alles in Ordnung?" Violas helle Stimme riss sie aus der Lähmung.

Am besten betrachtete sie die Bettdecke. Sie fixierte sie und versuchte erfolglos, nicht an das Gesehene zu denken. Gott, die drei sahen großartig aus; kräftig, männlich, und sie verfügten über eine Ausstrahlung, die sie anzog, nur um sie bis ins Mark zu verunsichern.

Vielleicht, wenn sie nicht hochsah, würden sie einfach verschwinden, jetzt, wo die Motive eines Feuerwehrmannkalenders wussten, dass sie sich nur erschreckt hatte.

Sie taten es nicht, stattdessen spürte sie ihr Amüsement. Miles ließ sie nicht von der Angel, ebenso wenig wie die beiden dunklen Brüder. Miles erwartete immer, dass sie ihn ansah, ihm antwortete, sagte, was sie dachte.

Gut, das sollte er bekommen.

Gerade als sie es wagte hochzusehen, entriss Dean Miles das Handtuch, um sich den Schaum von der Stirn zu wischen.

Sie starrte erneut. Miles und Dean zierte *dort* nicht ein einziges Haar. Miles besaß ein verdammt ansehnliches Geschlecht in Kombination mit herrlich geformten Beinen.

Die Feuerwehrmänner hatten ihre Schläuche mitgebracht.

„Was?" Miles grinste sie an. John schnaubte, Dean verzog nicht eine Miene, was irrsinnigerweise äußerst komisch wirkte.

Oh Gott, sie hatte es ausgesprochen. Wie konnte sie nur?

Sallys Meinung, sie könnte nicht weiter erröten, stellte sich als Irrtum heraus, denn die Hitzewelle, die ihre Wangen erfasste, belehrte sie eines Besseren. Ihr Gesicht glich einem Feuer speienden Berg. Violas Prusten ging in brüllendes Gelächter über. Sie umklammerte John, weil sie drohte, auf den Boden zu sinken.

Sie hörte Kim, die in das Gegackere einfiel und grunzende Geräusche von sich gab, bis sie Gefahr lief zu ersticken. Sally erinnerte sich nicht daran, wann sie das letzte Mal Kim hatte befreit lachen hören.

Und sie selbst war unfähig aufzuhören. Giotto stupste ihr bellend seine Nase in die Halsbeuge.

Erst jetzt bemerkte sie, dass Viola ein dünnes Bettlaken vor ihren Körper hielt. Die Wangen leuchteten rot, obendrein strahlte sie eine sinnliche Hitze aus.

Die Erkenntnis, wobei sie die beiden gestört hatte, hämmerte in ihr Bewusstsein, verursachte eine erneute Fieberglut.

John sah seine Frau dermaßen liebevoll an, dass es Sally fast die Tränen in die Augen trieb. Sie war so aufgewühlt, dass sie von einer Emotion zur nächsten sprang.

„Nun, da wir festgestellt haben, dass Sally in Sicherheit ist, kleine Schiava, fahre ich mit dem fort, was ich im Sinn hatte." Bei ihm hörte sich das italienische Wort für Sklavin gleich einer Liebkosung an.

Viola schluckte hörbar, und als sie sich drehte, sah Sally den leuchtend roten Po. „Dazu musst du mich erst einmal kriegen, holder Meister." Ihre Betonung drückte pure Provokation aus. „Mein Feuer muss gelöscht werden. Mach den Schlauch bereit."

Sie rannte quietschend davon. John nahm die Verfolgung auf, mit der Bedächtigkeit eines schwarzen Panthers.

Miles' grüne Augen funkelten. Er bemühte sich nicht, das Handtuch zurückzuerobern, stattdessen betrachtete er Sally ausgiebig. Zudem amüsierte er sich prächtig.

Dean warf sich lässig das Handtuch über eine muskulöse Schulter, wobei er den Blick nicht von ihr nahm.

„Da Kim hier ist, solltet ihr euch aussprechen." Meistens redete Miles in einem sanften Tonfall zu ihr, doch er täuschte sie nicht. Er erwartete, dass sie Folge leistete, es sei denn, sie könnte begründen, warum sie Kim auswich. Und das schaffte sie nicht. Ihre Verletzungen gehörten der Vergangenheit an, zumindest die körperlichen.

Die ihr gewährte Zeit lief gerade ab. Miles trat dicht an sie heran. Ihren Versuch zu nicken unterband er, indem er seine Handfläche unter ihr Kinn legte. „Kim, komm her!"

Dean küsste ihre Cousine unglaublich innig auf die Stirn, und Miles packte Giottos Halsband, als er sich umdrehte. Miles' Arsch war mehrere Seufzer wert. Dean wackelte mit den Hüften, sodass ihr ein Kichern entwich. Die Tür fiel ins Schloss.

„Es tut mir leid", platzte es gleichzeitig aus ihnen heraus.

Es tat Kim leid! Wieso?

„Darf ich zuerst?" Kims große blaue Augen sahen sie bettelnd an und leuchteten mit den roten Haaren um die Wette. „Ich war ignorant, Sally. Ich habe nie versucht, dich zu verstehen."

Wie sollte jemand anderes sie verstehen, wenn sie sich selbst nicht verstand?

Sally hatte sich nach einem Mann gesehnt, der sie sexuell dominierte, aber nicht unterdrückte und misshandelte. Ein Widerspruch in sich. Sie war unendlich naiv gewesen, hatte nach dem Feuer gesucht und es schlussendlich gefunden, nur um darin zu verbrennen. Sie hatte die einzige Person, die sie liebte, in tödliche Gefahr gebracht. Kim musste sie einfach verabscheuen. Dennoch, auf dem Gesicht von Kim lag kein Hass, sondern Zuneigung, gepaart mit Beschämung.

Konnte es sein, dass Kim sie noch immer mochte? Ihre Cousine sah sie an und brach in lautes Schluchzen aus. Das schockte sie bis ins Mark. Kim weinte niemals, widerstrebte es ihr doch, offen Gefühle zu zeigen. Ungeachtet dessen hielt sie die Emotionen nicht zurück. Zwei Sekunden später lagen sie sich weinend in den Armen. Mit den Tränen stürzte der Damm ein. Sally fühlte sich befreit, denn die salzigen Spuren spülten jegliches Leid aus ihrem Körper, um Platz für eine neue Sally zu schaffen.

„Du hast mit Dean deinen Traummann gefunden?"

Kim nickte und umarmte sie fester. „Gott, Sally, du bist sogar viel dünner als ich."

„Falls Miles mich weiter in dieser Weise füttert, bleibt dieser Zustand nicht lange." Sie trank einen Schluck Traubensaft. „Ich fühle mich hier zwar wohl, hatte aber gehofft, ich könnte zu dir ziehen, um zur Ruhe zu kommen."

„Die Sullivans bauen das Haus gerade zu dem Romantikhotel um, das ich seit etlichen Jahren begehre. Im Moment ist es unbewohnbar. Außerdem bist du im *Federzirkel* besser aufgehoben."

Sally wusste nicht, ob sie diese Aussicht ängstigte oder erfreute. Sie war gerne hier, auch wenn sich ihr Aufenthalt auf ihren eigenen Wunsch hin auf das eine Zimmer beschränkt hatte. Oft saß sie stundenlang am Fenster, eingehüllt in eine Decke, und versank in dem Anblick des riesigen verwunschenen Gartens. Miles leistete ihr Gesellschaft, wann immer er es schaffte, saß schweigend neben ihr, bis seine Präsenz sie beruhigend umhüllte. Das Einzige, was er ihr aufdrängte, waren Berührungen. Er zog sie in seine Arme, ließ sie erst los, wenn sie entspannt war. Auch Giotto erwies sich als treuer Freund, der sie oft zum Lachen brachte.

„Die Sullivans möchten dir ein Angebot unterbreiten." Kim lächelte sie sanft an. „Du tust gut daran, es anzunehmen."

Wenige Minuten, nachdem Kim gegangen war, kam Miles zurück. Er trug Jeans und ein loses Hemd, wie sie bedauernd feststellte.

Er zwinkerte ihr zu. „Ich sehe, du hast mit Kim den ersten Schritt in die richtige Richtung getan." Er setzte sich auf den Bettrand, umfasste ihre Hände und strich ihr ein paar Haare aus dem Gesicht. „Du bist nicht zurückgezuckt." Es schien ihn zu freuen und er beugte sich vor, um sie auf die Stirn zu küssen, die Berührung anders als sonst.

Sehr lange hatte kein Mann sie zärtlich berührt, und sie erschrak, dass die Geste sie so immens erschütterte. Miles merkte es, sie sah es ihm an. „Ich möchte deine Zukunft mit dir besprechen."

Zukunft? Wie sollte die aussehen? Ihr graute davor, auf eigenen Füßen zu stehen, dazu fühlte sie sich jetzt nicht in der Lage.

„Kim schwärmt ständig von deinen Kochkünsten. Wie findest du den Vorschlag, dass wir dich einstellen? Wir können dir keine Reichtümer zahlen, aber es ist ein Anfang. Du bleibst hier wohnen, bis du dich stark genug fühlst, um für Kim zu arbeiten."

Ein sehr verführerisches Angebot. Dennoch verspürte sie Unsicherheit, da sie instinktiv wusste, dass dies nicht alles abdeckte.

„Körperlich bist du so weit hergestellt, jedoch trifft das nicht auf deine psychische Verfassung zu."

Ihren Versuch, verunsichert die Bettdecke zu analysieren, unterband er, indem er ihr Kinn anhob. „Ich möchte, dass du uns vertraust, dich in unsere Verantwortung begibst, vor allem in meine."

In seine Hände begeben? Was meinte er damit? Ihr Herz schlug beunruhigend schnell bei der Vorstellung. Es verwirrte sie, dass es nicht aus Angst geschah, sondern aus Freude, als ob er ihr ein besonderes Geschenk unterbreiten würde, und doch war die Furcht präsent. Das kalte Gefühl umklammerte gnadenlos ihr Bewusstsein.

Er lachte weich. „Du sollst dich daran gewöhnen, dass Berührungen keinen Schmerz bedeuten, dass es sich lohnt, zu vertrauen."

Miles zog sie an sich, wartete geduldig, bis sie ruhiger atmete, nicht mehr von Panik erfüllt, dass er sie misshandeln könnte.

„Siehst du, Kleines. Genau das meine ich. Denk bis zum Abendessen über das Angebot nach. Deine Entscheidung teilst du uns beim Essen mit. Viola hat ein paar Kleidungsstücke für dich gekauft, die sie dir gleich vorbeibringt."

Die Geborgenheit ihres Zimmers gehörte der Vergangenheit an. Irgendwie beschlich sie das Gefühl, falls sie nicht freiwillig erschien, hätte er keine Skrupel, sie über seine Schulter zu werfen und sie zu dem zu zwingen, was er für am besten für sie hielt.

Sie akzeptierte nicht nur dankbar seine Führung, tief in ihrem Inneren verspürte sie auch eine seltsame Erregung. Das Gefühl flackerte kurz auf, bevor sie energisch auf die Flamme trat.

Miles hegte keinerlei Bedenken, dass sie das Angebot ablehnen würde. Es schien das Schicksal des *Federzirkels* zu sein, Frauen Angebote zu unterbreiten. Wenn Sally sich doch weigerte, kamen sie nicht umhin, sich eine andere Option einfallen zu lassen. Er wusste, sobald sie auf sich allein gestellt war, drohte im schlimmsten Fall ein Suizid. Sie durften ihr keine Pause gönnen, mussten sie unter Umständen zwingen, sich zu öffnen.

Und sie würde sich öffnen, sofern sie hierblieb. Viola warf ihnen regelmäßig vor, sie seien Gedankenleser. Ein Maestro zu sein, setzte eine lange Erfahrung im Umgang mit körperlichen Reaktionen voraus. Die Maestros im *Federzirkel* bemerkten die leisesten Anzeichen, sogar ein Verkrampfen der Zehen.

Er lächelte, als er sich in Erinnerung rief, wie hart Viola daran arbeitete, sich ein Pokerface zuzulegen. Ihr Erfolg tendierte gegen null. Sie war so süß. Er liebte sie als Schwager innig, als Mann ein wenig.

Der Ausdruck in Sallys Augen erinnerte ihn an eigene Erlebnisse. John und Dean hatten ihn vor all den Jahren im Wald gefunden, ihn in ihr Zuhause geschleift und ihm dadurch das Leben gerettet. John hatte ihn zu Boden geworfen, sodass Dean ihm das Seil entreißen konnte. John hatte ausgesehen, als ob er ihn verprügeln sowie umarmen wollte.

Hank Sullivan warf nur einen Blick auf Miles. Er wusste sofort, was für Grauen Miles erlebt hatte. Dennoch zwang Johns und Deans Vater ihn, es auszusprechen, jedes einzelne Wort. Die Silben schmerzten unendlich, denn das Leid in Sätze zu packen, vergrößerte anfangs den Schrecken, doch sobald der Terror seine Lippen verließ, setzte die Heilung ein.

Hank war ein Mitglied einer britischen Eliteeinheit gewesen. Miles' Peiniger aus dem Kinderheim verschwand von der Bildfläche. Miles wusste bis heute nicht, was mit ihm geschehen war.

Hank adoptierte Miles kurzerhand. Er reichte Papiere ein, und Miles Trevor hörte auf zu existieren, einfach so. Erst mit der Zeit wurde ihm bewusst, dass Hank über weitreichende Beziehungen verfügte. John und Dean hatten ihn mit offenen Armen aufgenommen. Hank behandelte sie gleich, ein strenger und zugleich unglaublich liebevoller Dad.

Das Oberhaupt der Sullivan-Familie war vor ein paar Jahren nach Australien ausgewandert, wo er jetzt mit seiner zweiten Frau Heather lebte. Deans und Johns Mutter war vor langer Zeit an Brustkrebs gestorben; Miles hatte sie nie kennengelernt, gleichwohl war ihm, als kenne er sie, weil Hank sie in den Erinnerungen seiner Söhne lebendig hielt.

Schon als Jugendliche waren John und Dean geborene Maestros, sie vermochten knallhart zu sein, doch wenn es darum ging, die Schwachen zu beschützen, kam ihre Dominanz richtig zum Vorschein. John führte endlose Gespräche mit ihm, stellte nicht infrage, was er erlebt hatte. Bessere Brüder und Freunde konnte ein Mann sich nicht wünschen.

Mit Kim wuchs ihre Familie um ein weiteres Mitglied an. Deans Antrag hatte sie bereits angenommen. Dean war hingerissen von seiner kleinen *Indigo Blue*, der Internethexe, die über SM gelästert hatte. Wer hätte das gedacht? Kim brauchte Dean nur mit ihren großen blauen Augen anzusehen und Deans Instinkte erwachten, nicht nur die des Maestros, sondern auch die des Liebhabers. Es herrschte eine besondere Chemie zwischen den beiden.

Miles fand die Anderen in der Bibliothek. Viola saß auf Johns Schoß, kuschelte sich an ihn, gleich einer lebendigen Decke. Kim saß zu Deans Füßen, und er streichelte ihr Haar. Im Kamin knisterte ein fröhliches Feuer.

John sah seine Frau intensiv an. „Ihr müsst uns vertrauen, was Sally anbelangt. Es gibt zwei Wege, die sie einschlagen kann: Entweder kämpft sie, akzeptiert unsere Hilfe, oder sie geht unter."

„Wie sieht euer Plan aus?", fragte Kim.

„Wir holen sie aus dem Loch, in dem sie sich befindet. Doch es ist kein einfaches Unterfangen." Miles setzte sich auf den dritten Sessel. „Manchmal müssen wir sie mit Strenge behandeln, und sie wird aufbegehren, nicht immer begreifen, was gut für sie ist."

Viola sah Miles in die Augen. „Wir vertrauen euch."

„Wenn ich euch eher eingeweiht hätte, hätte ich Viola nicht in Gefahr gebracht." Die Last drückte auf Kims zierliche Schultern.

Dean küsste sie auf den Scheitel. „Vertrauen ist die Basis einer Beziehung, Kim. Du hast schmerzvoll erkennen müssen, was es nach sich ziehen kann, zu misstrauisch zu sein."

Leise Schritte näherten sich der Tür. Sally stand verloren im Türrahmen, gekleidet in Jeans kombiniert mit einem grünen Fleecepullover. Sie lächelte schüchtern, während sie intensiv den Boden betrachtete.

„Komm her, Cara."

Sie trat langsam näher. Miles gewährte ihr keine Wahl, er zog sie auf seinen Schoß. Die Maestros warteten, bis sie sich so weit entspannte, dass sie nicht mehr drohte, in Panik davonzurennen.

Viola, Dean und Kim verabschiedeten sich. John ging vor Sally in die Hocke, sodass er ihre Hände umfassen konnte. Er ließ sich nicht davon beirren, dass sie stocksteif verharrte.

„Kleine Sally. Gesetzt den Fall, dass du hierbleibst, wirst du dich daran gewöhnen, dass wir dich anfassen."

Miles fühlte, dass sie die Luft anhielt. „Nicht intim, sondern Berührungen die Menschen austauschen, die Freunde und füreinander da sind, falls jemand in Not ist."

Sie atmete hörbar aus. John lächelte sie auf seine unnachahmliche Johnart an. „Schau mich an, Sally." Er wartete, bis sie Folge leistete. „Das ist eine der Regeln. Du siehst uns an, wenn wir mir dir reden, wirst es zulassen, dass wir unsere Hände auf dich legen."

Miles umfasste ihren Oberschenkel, bemerkte das Zittern des Muskels unter der Handfläche. Er umschlang ihre Taille mit dem anderen Arm, sodass er sie enger an sich ziehen konnte. Gott, sie war furchtbar dünn.

„Wir erwarten, dass du an allen Mahlzeiten teilnimmst, mindestens genauso viel isst wie Giotto."

Sie blickte zu Miles hoch, während ein freudiger Ausdruck ihre Züge erhellte.

„Braves Mädchen, diesen Ausdruck möchte ich auf deinem Gesicht sehen." Ihr Lächeln sah hinreißend aus, enthüllte eine winzige Zahnlücke zwischen den Schneidezähnen, zudem bildeten sich kleine Grübchen an den Mundwinkeln.

Jetzt kam der schwierige Teil. „Du befindest dich hier nicht nur in unserem Zuhause, das Landhaus ist der Sitz des *Federzirkels*, einem exklusiven BDSM-Club."

Sie schluckte hörbar. John tauschte einen vielsagenden Blick mit ihm aus.

„Die dafür ausgestatteten Räume sind für dich tabu."

Sally versteifte sich in seinen Armen.

„Ihr tut Viola und Kim an, was Séamus mir angetan hat?"

„Nein, Sally. Was dieser Abschaum mit dir getrieben hat, hat gar nichts mit uns zu tun. Die Unversehrtheit der Schiavas stellt das oberste Gebot im *Federzirkel* dar. Wir tun ihnen ausschließlich das an, was sie herbeisehnen. Eines Tages kannst du einer Session als Zuschauerin beiwohnen, um dich davon zu überzeugen. Wir lieben Viola und Kim."

Nach wie vor erweckte sie den Eindruck, flüchten zu wollen. Allerdings drückte sie den Rücken durch, nachdem sie eine Entscheidung getroffen hatte. Hinter ihrer Verunsicherung und der Angst steckte eine starke Frau.

„Ich würde gern hierbleiben.“

„Das freut uns, Kleines.“ Sie sah zu ihm hoch. „Eine Kleinigkeit noch, Sally.“

Ihre Augen weiteten sich misstrauisch. „Wir stellen dir viele Fragen, damit du die Vergangenheit in den Griff bekommst. Wir setzen Ehrlichkeit voraus, die du auch von uns erwarten kannst. Lüge uns nicht an.“

Sie durften ihr keine Fluchtmöglichkeit lassen. In diesem Fall würde sie sich selbst anlügen, wäre nicht mehr in der Lage, aus Séamus' Netz zu entkommen. Sie hatten Sally von dem Abschaum befreit, indes umschlang sie das Geflecht noch immer.

Überdeutlich fühlte Sally Miles' Wärme, die sie umhüllte. Sie verspürte den Wunsch, für den Rest des Tages in seinen Armen zu verbleiben. Sein Herzschlag war ein beruhigender Laut in ihrem Bewusstsein, zog er sie doch unwiderstehlich an – bestimmt eine Reaktion darauf, dass er sie gerettet hatte.

Oder nicht?

Die dunklen Brüder zogen sie nicht auf diese Weise an. Zu lange hatte sie niemand behutsam geliebt und gehalten. Bevor sie Séamus kennengelernt hatte, war sie auf der Suche nach etwas anderem gewesen. Zärtlichkeit gepaart mit einer härteren Gangart. Wie ein Schlag traf sie der Gedanke an Violas roten Po. John meisterte offensichtlich, wonach sie sich vor ewigen Zeiten gesehnt hatte; in einem weit entfernten Leben.

Beherrschte Miles es? Wie stand es um Kim? Sie hatte nie ein Blatt vor den Mund genommen, wenn es um SM ging. Weigerte sich vehement, mit der Fantasie zu spielen, dass Pein mit Lust einherging. Unter Séamus' Händen hatte Sally keinen erregenden Schmerz verspürt, stattdessen ausschließlich Agonie, die so qualvoll war, dass sich nur der Hauch der Erinnerung in sie fraß wie Säure, knochentief und unauslöschlich. Sie verbannte die gefährlichen Einfälle, die sie in risikoreiche Experimente mit Männern geführt hatten.

In diesem Moment streichelte Miles ihren Oberschenkel, als ob er wüsste, was in ihrem Kopf vorging. Er berührte sie mit dem Ziel, sie zu beruhigen. So überaus zärtlich.

Überhaupt benahmen sich die Mitglieder dieses ominösen *Federzirkels* anders im Vergleich zu der übrigen Menschheit. Berührungen und Fragen schienen ihnen am Herzen zu liegen, sie erweckten sogar den Eindruck, dass sie sich für ihre Mitmenschen interessierten, abweichend zu dem, was in der schnelllebigen modernen Welt üblich war.

„Du wirst jeden Tag Herausforderungen gegenüberstehen, und ich akzeptiere kein Ausweichen von dir.“

Miles sagte es mit einer Selbstsicherheit, die ihren Herzschlag beschleunigte.

Verdammt, sein Effekt auf sie beunruhigte sie nicht nur ein wenig. Die Sullivan-Brüder besaßen eine natürliche Dominanz, der jegliche Aggressivität fehlte, bei der es leicht fiel, zu gehorchen. Hier hörten die abstrusen Fantasien nicht auf, stattdessen packte sie das Hirngespinst, dass Miles sie fesselte, sie liebevoll quälte, bis sie sich unter seinen Zuwendungen rekelte, alles um sich herum vergaß und er sie nach der herrlichen Pein sanft liebte.

Mein Gott, sie war völlig durcheinander.

John und Miles sahen ihr direkt in den Kopf, sie spürte es. Das leise Lächeln um ihre Mundwinkel bestätigte den Verdacht. Worauf ließ sie sich ein? Eine Alternative bot sich ihr nicht, zumal sie instinktiv wusste, an diesem Ort zu sein, rettete ihr das Leben.

„Komm, Sally. Wir essen zu Abend." John reichte ihr die Hand. Sie erfasste sie ohne zu zögern. Miles legte ihr den Arm um die Schultern und ihr traten ungewollt Tränen in die Augen.

Konnte es wirklich wahr sein? Sie würden ihr helfen und als Gegenleistung wirklich nur Ehrlichkeit erwarten? Oder wollten die Männer sie in Sicherheit wiegen, um gnadenlos zuzuschlagen?

„Keine Angst, Kleines. Das Einzige, was wir von dir verlangen, ist Vertrauen und Offenheit. Dein Vertrauen wird sich nach und nach aufbauen", sagte Miles weich. Er schmunzelte, weil sie ihn entsetzt ansah. „Viola versucht herauszufinden, wieso wir ständig wissen, was sie denkt. Vielleicht kann sie dir einen Ratschlag geben."

Miles' Attraktivität stieg um weitere zehn Punkte, wenn er lachte, denn dann strahlten die grünen Augen intensiver, zudem verloren die Gesichtszüge an Schärfe. John fiel in das Lachen ein und drückte sie liebevoll.

„Dean hat extra für dich gekocht. Du musst eine große Portion Lasagne essen, um ihn nicht zu enttäuschen. Er ist empfindlich, was seine Kochkünste angeht. Vergiss nicht, mindestens fünf Mal zu erwähnen, wie köstlich es schmeckt."

John zwinkerte ihr zu. Gott, die Kerle stellten eine Verführung dar! Wäre sie noch die alte Sally, würde sie sich Miles an den Hals werfen, alles versuchen, um ihn zu bezaubern.

Sie presste die Lippen aufeinander. Die Sally der Vergangenheit besaß kein Recht mehr, zu existieren, stattdessen verlangte es sie, eine neue Frau zu erschaffen.

Viola und Kim lachten lauthals bei ihrem Eintreten. Viola war wirklich süß; klein, kurvig und strahlte Weiblichkeit aus jeder Körperpore. Giotto saß neben ihr. Beide verfügten über einen unschuldigen Gesichtsausdruck, der nicht schuldiger aussehen könnte.

John seufzte tief, während er hinter Viola stehen blieb. Sowohl sie als auch Giotto legten den Kopf in den Nacken, um ihn anzustarren.

„Ich nehme an, ihr habt nichts angestellt“, sagte John in einem Tonfall, der Viola einen zusätzlichen Lacher entlockte.

Miles rückte Sally einen Stuhl zurecht. Wo sollte sie bloß hinsehen? Ihr Mut verschwand gleich einem Lemming, der sich die Klippe hinabstürzte. Die Kerle wirkten so sexy. Die Erinnerung, wie sie nackt aussahen, rammte ihr in das Gehirn.

Sie hatten ihr untersagt, auf den Boden zu starren, also betrachtete sie den Teller.

Miles setzte sich so dicht neben sie, dass er sie an der Schulter berührte.

Dean kam mit einer Auflaufform herein und stellte sie auf den Untersetzer. Sally verkniff sich ein Schmunzeln. Er trug eine Schürze, auf der die Rückseite eines Elefanten prangte. Dean war in großen Lettern darauf gedruckt. Er warf John eine weitere Schürze zu, die dieser geschickt auffing.

„Ein Geschenk von deiner Frau.“

Sie bedachten Viola mit Blicken, bis ihr die Hitze ins Gesicht stieg, sodass sie einer Warnboje glich.

Die Sullivan-Brüder verfügten über eine unglaublich gefährliche Ausstrahlung. Woher nahm Viola den Mut?

Doch die Brüder reagierten amüsiert, zudem hing eine erregende Spannung in der Luft.

John beugte sich zu Viola, um ihr etwas ins Ohr zu flüstern, allerdings dermaßen laut, dass alle es hörten.

„Dein kleiner Arsch gehört nachher mir. Dean kann uns gerne Gesellschaft leisten.“

Er richtete sein Interesse auf Kim. „Und du, Chérie, nimmst den Platz neben Viola auf der Bank ein, denn du hast die Idee mit ihr zusammen ausgeheckt.“

Kim stellte das Wasserglas mit sichtlich zitternder Hand auf den Tisch. Der Inhalt schwappte auf die Tischplatte.

Sally erstarrte, unfähig, das leise Keuchen zurückzuhalten. Jetzt besaß sie die Aufmerksamkeit der Anwesenden. Pure Betroffenheit lag auf den Gesichtern.

„Sag mir, was du befürchtest, Sally“, forderte Miles sie auf. „Sieh mich an!“

„Ich dachte, John würde Kim schlagen, weil sie das Wasser vergossen hat.“

Viola sprang von ihrem Stuhl auf und fiel Sally um den Hals. „Niemals!“ Viola kämpfte offensichtlich mit den Tränen. „Das Arschloch, mit dem meine Mutter liiert war, hat mich immer geschlagen, wenn ich etwas verschüttete. Ich verstehe, wie hilflos du dich gefühlt hast.“ Viola äußerte keine Vorwürfe, hinterfragte nicht, wieso sie in Séamus’ Fängen gelandet war. „Du bist eine starke Frau, Sally.“

Eine starke Frau? Sie?

„Jetzt musst du essen und zunehmen, sonst bekomme ich Depressionen.“

Viola wischte sich die Nässe von den Wangen. Sally schluckte den Kloß in der Kehle herunter, da sie befürchtete, nicht mehr aufhören zu können, wenn sie dem Wunsch nachgab, den Emotionen freien Lauf zu gewähren. Viola lief ein Zittern über den Rücken. Sally fühlte sich egoistisch, anscheinend war sie nicht die Einzige mit Dämonen aus der Vergangenheit.

Dean ließ es sich nicht nehmen, ihr höchstpersönlich eine Portion auf den Teller zu legen. Alle starrten sie an.

Als sie sich nicht rührte, griff Miles nach einer Gabel und drückte sie ihr in die Hand. „Dean wartet auf dein Lob.“ Er zwinkerte ihr zu. „Denk dran, was wir besprochen haben.“

Enthusiastisch nickend probierte sie ein Stück.

„Köstlich.“

Dean küsste sie brüderlich mitten auf den Mund, lachte lauthals, denn sie errötete.

Es löste ihre innere Spannung.

Die Szenerie wirkte unwirklich, weil sie sich nicht daran erinnerte, wie es sich anfühlte, Freunde zu besitzen, keine Angst zu verspüren, einfach nur entspannt zu essen. Miles schenkte ihr Wasser nach, zwang sie fast, ein Glas Wein zu trinken. Sie war es nicht mehr gewohnt, an einer Unterhaltung teilzunehmen und dabei frei zu reden. Sally erhielt null Chance, stumm zu bleiben. Bald schwirrte ihr der Kopf.

Miles spürte es sofort. „Du hast für heute genug.“ Ohne mit der Wimper zu zucken, hob er sie hoch und trug sie in ihr Zimmer, wo er sie auf das Bett legte. „Erlaubst du?“

Ehe sie reagierte, zog er sie aus, drehte sie auf den Bauch und verteilte die Salbe auf den Striemen. Die Berührungen waren nicht intim, und auf eine sonderbare Weise wirkten sie tröstlich.

„Sie sind gut verheilt. Verspürst du noch Schmerzen?“

„Nein.“ Zögerlich spielte sie mit dem Gedanken, ihn anzuflehen, bei ihr zu verweilen, bis sie einschlief.

„Sag mir, was du herbeisehnst, Kleines.“

„Bitte bleib bei mir, ich möchte nicht allein einschlafen.“ Am liebsten hätte sie ihn gebeten, die Nacht bei ihr zu verbringen, denn sie wachte oft schweißgebadet auf, von Angst erfüllt, dass Séamus neben dem Bett mit einer Gerte in der Hand aufragte und auf sie einschlug, bis sie nicht mehr schreien konnte.

Die erste Nacht, in der sie nicht von den eigenen Schreien aufgewacht war. Sie erinnerte sich an Arme, die sie sicher festhielten, während ein Albtraum sie packte. Sally berührte das Laken, noch warm von Miles' Körperwärme. Er hatte sie nicht sich selbst überlassen. Der Gedanke erfreute sie – zu sehr.

Sie musste daran arbeiten, die aufkeimenden Gefühle sofort zu ersticken. Er zog sie an, weil er sie gerettet hatte, mehr steckte nicht dahinter.

Doch so recht wollte sie den Ansichten nicht glauben, denn genau genommen hatten auch Dean und John sie gerettet. Sie mochte die beiden trotz der beängstigenden Ausstrahlung. Aber ausschließlich Miles erweckte die beunruhigenden Emotionen in ihr. Sie fühlte sich wie ein junges Mädchen, bevor es den ersten Kuss bekam.

Energisch schob sie die Decke zurück. Schluss damit. Als ob sie sich im Moment auf eine Liebelei einlassen könnte, die von vornherein zum Scheitern verurteilt war.

Jetzt erinnerte sie sich deutlich, dass er sie in der Nacht beruhigt hatte, sie an sich gezogen, ihren Kopf auf seiner Schulter gebettet, sie mit sanften Händen gestreichelt und auf den Mund geküsst hatte. Sie berührte ihre Unterlippe. Kein fordernder Kuss, ein sanfter, nur dazu da, um sie zu beruhigen.

Shit!

Ihr Herz dirigierte sie in eine andere Richtung als ihr Verstand. Miles brauchte eine starke Persönlichkeit an seiner Seite, keine gebrochene Frau. Instinktiv wusste sie, dass er ein Dominus war, jemand, der Schmerz mit Lust verband. Sie war verrückt, nur daran zu denken, müsste wissen, was es bedeutete, Agonie durch Schläge zu erleiden, die Begierde so viel ähnelte wie das Bearbeiten eines Schnitzels mit einem Hammer. Und wenn sie Miles vor Séamus kennengelernt hätte?

Reiß dich zusammen, Mädchen.

Träumereien führten ins Nirwana. Während sie duschte, beschloss sie, die Küche einer Inspektion zu unterziehen. Die Sullivans erwarteten, dass sie frühestens in einer Woche mit ihrer Tätigkeit anfing, doch sie wollte die innere Unruhe mit etwas bekämpfen, was sie vermisst hatte. Sie liebte es zu kochen.

Die Küche strahlte eine gemütliche Atmosphäre aus mit den hellen Möbeln im Landhausstil und der Flügeltür, die den Blick in den Garten ermöglichte. Sie öffnete die Tür, und Sonnenschein begrüßte sie. Ein herrlicher Herbsttag mit klarer Luft, gekrönt von bunten Blättern. Rechts von den Fenstern entdeckte sie den idealen Platz für einen Kräutergarten. Sie schlug sich fast gegen die Stirn. Erneut diese dämliche Träumerei. Bis zum Frühling weilte sie bestimmt nicht mehr im *Federzirkel*. Die Sullivans waren freundlich, aber irgendwann würde ihre Geduld ein Ende erreichen.

Sie strich mit der Handfläche über die Arbeitsplatte aus Granit. Alles wirkte aufgeräumt und sauber, indes könnte der Inhalt der Schränke ein neues System gebrauchen.

Wozu warten? Sie bereitete sich eine Kanne Tee zu und räumte die Utensilien aus den Regalen. Die leichte Übelkeit wegen des fehlenden Frühstücks ignorierte sie, so wie sie es gelernt hatte.

Sally positionierte den Stuhl vor dem Hochschrank, streckte sich, um an das oberste Brett zu kommen. Intensiver Schwindel packte sie gnadenlos. Doch starke Hände umfassten ihre Taille und hoben sie hoch.

„Verdammt, Sally! Willst du dich umbringen?"

Auf diese Weise hatte Miles sie noch nie angesehen. Er funkelte sie wütend an. Oh Gott, er würde sie jetzt bestimmt schlagen, und sie konnte nichts gegen das Zittern tun. Sofort änderte sich sein Gesichtsausdruck.

„Schhhhh." Er legte sie auf die gepolsterte Küchenbank und platzierte ihre Beine auf der Lehne.

„Alles in Ordnung?", fragte John. Sein Tonfall verhieß Unheil.

„Sie hat das Frühstück ausgelassen, wäre deswegen beinahe von dem Stuhl gefallen. Zudem hat sie unseren Befehl missachtet, frühestens in einer Woche mit der Arbeit anzufangen."

Miles stützte ihre Nacken, seine grünen Augen schienen Löcher in sie hineinzubohren.

Die Haltung der beiden Männer sagte deutlich aus, dass sie Ungehorsam nicht duldeten. Sie schloss die Lider, nicht imstande, den Blicken standzuhalten.

„Regel Nummer eins, Sally: Du siehst uns an, wenn wir mit dir reden." Miles' weiche Aussprache raubte den Worten die Schärfe. „Regel Nummer zwei: Du wirst drei Mal am Tag essen."

John reichte ihm ein Glas Cola. Miles hielt es an ihre Lippen. Nach mehreren Schlucken half der Zucker.

„Drittens: Du fängst erst mit deiner Tätigkeit an, wenn wir es dir erlauben." Er sah aus, als ob er sie schütteln wollte. „Viertens: Niemand hier wird dich jemals aus Bosheit schlagen oder dich psychisch verletzen. Begreifst du das?"

Ihren Versuch zu nicken, unterbanden sie mit dominanten Blicken, die nicht bösartig wirkten.

„Ich verstehe", flüsterte sie.

„Du bleibst sitzen, bis wir das Frühstück zubereitet haben."

Miles beugte sich herunter, küsste sie sanft auf die Stirn. Instinktiv umarmte sie ihn, und sein Schmunzeln traf sie. Es wärmte sie bis in die letzte Körperzelle.

John sah sie mit einem sonderbaren Ausdruck an. „Magst du Pfannkuchen, Kleines?"

„Pfannkuchen." Violas helle Stimme ertönte von der Tür. „Sally, alles in Ordnung?" Besorgt eilte sie näher und ging neben ihr in die Hocke. Stirnrunzelnd betrachtete sie den offenen Schrank und den Stuhl davor. Dann sah sie zu Miles, offensichtlich zufrieden mit dem, was sie entdeckte, denn ein strahlendes Lächeln umspielte ihre Mundwinkel.

Sally saß am Küchentisch, eingerahmt von John und Dean, die dem Begriff *Black Irish* eine neue Bedeutung gaben. Die Brüder ließen keine Gelegenheit aus, sie anzufassen. Miles blieb hinter ihr stehen, legte ihr die Hände auf die Schultern und liebkoste ihren Hals. Allmählich gewöhnte sie sich daran und zuckte nicht mehr zusammen, im Gegenteil, sie sehnte seine Zuwendungen herbei. Nur wenn Miles sie berührte, reagierte ihr Körper auf diese beunruhigende Weise.

Sie hoffte nur, er spürte es nicht.

Miles konnte nicht widerstehen, gab der Versuchung nach und streichelte die weiche Haut ihres Nackens. Sie roch gut, ein Hauch von Zimt vermischte sich mit ihrem Duft. Er fühlte, dass sich ihr Pulsschlag unter seiner Berührung beschleunigte. Es freute ihn, weil die Reaktion nicht durch Angst verursacht wurde. Er sollte die Hände zurückziehen, jedoch schaffte er es nicht. Sie legte den Kopf zurück und sah zu ihm hoch, die graublauen Augen zuversichtlich. Der eigene Herzschlag hämmerte in seiner Brust. Sie zog ihn an, und er wusste, es war nicht bloß ihre Verletzlichkeit. Auch Dean und John reagierten darauf. Es lag in ihrer Natur, zu beschützen. Bei seinen Brüdern war es reiner Beschützerinstinkt und kein sexuelles Interesse.

Die kleine Sally war devot, doch sie hatte den falschen Mann getroffen. Sie war nicht an einen Dominus geraten, sondern an einen sadistischen Despoten, der nur aus Freude an der Demütigung und am Schmerz zuschlug, und nicht mit dem Ziel, seiner Sub das größtmögliche Vergnügen zu geben, das aus einer vertrauensvollen Beziehung entstand.

Sie hatte unvorstellbares Leid erlitten. Nur ein erfahrener Maestro wäre in der Lage, ihr den Genuss, den ihre sexuelle Neigung mit sich brachte, zu schenken.

Er war ein versierter Maestro.

Zögerlich löste er die Hände von ihr, dessen ungeachtet griff sie nach ihm, um ihre Wange an seine Handfläche zu schmiegen.

Verdammt.

John und Dean wussten genau, was in ihm vorging. Sogar Viola wusste es, und dem Grinsen nach, das auf Kims Gesicht lag, wusste sie es auch.

Durfte er es zulassen, dass Sally sich auf diese Weise in seine Verantwortung begab? Er straffte die Schultern. Es schien zu früh, um eine Entscheidung zu treffen.

Doch sein Widerstand schmolz, als sie ihn anlächelte und ihn fester packte, mit einer Sehnsucht in der Mimik, die er nicht missdeuten konnte. Nur ein Unmensch hätte sich ihr entzogen.

Kapitel 3

Sally schaute zufrieden in den Topf, der auf dem Herd stand. Sie kostete von der Minestrone und schloss verzückt die Augen. Der köstliche Duft von Zimtschnecken und Brot durchzog die Küche. Erschöpft plumpste sie auf den Stuhl und grinste Giotto an, der den Kopf auf ihre Knie legte, um sie ungeniert anzuhimmeln.

„Du bekommst keine Zimtschnecke."

Seine Ohren sanken herab, während er unglücklich schnaubte.

„Na gut, aber nur eine, wenn sie abgekühlt sind." Letzte Woche hatte er warme Kekse stibitzte, was sein Magen gar nicht vertragen hatte.

Sally fühlte sich glücklich und entspannt. Es war, als ob sie schon immer in diesem Haus lebte. Ihr Körper schmerzte nicht, sie hatte zugenommen, sogar ihre Haare glänzten.

Nur eines fehlte, Miles. Er zog sich zurück, wenn sie mehr wollte als brüderliche Berührungen. Sie verzehrte sich danach, in seinen Armen zu liegen, von ihm genommen zu werden. Dort hörte ihr Wunsch nicht auf. Sie würde am liebsten im Boden versinken für die unanständigen Fantasien.

Weitaus schlimmer nagte der Neid an ihr, den sie empfand bei Kims und Violas Anblick – die Lippen geschwollen von Küssen, die Art, wie sie sich hinsetzten, weil John und Dean sie bestraft hatten. Zudem wusste Sally, dass auch Miles an einigen Sessions teilnahm. Sie schämte sich für das grässliche Gefühl.

Sobald sie Miles sah, schlug ihr Herz schneller. Die anfängliche Verliebtheit wandelte sich in ein starkes Verlangen, das sie verunsichert zurückließ. Doch Miles behandelte sie mit distanzierter Freundlichkeit. Es trieb sie in den Wahnsinn.

Sie hörte den Wagen in der Einfahrt, die Brüder kamen von der Baustelle zurück. Kims Romantikhotel nahm Gestalt an. Sally gefiel die Vorstellung nicht, den *Federzirkel* zu verlassen, denn dann würde sie Miles nicht mehr jeden Tag sehen. Er war ihr Zufluchtsort mit seiner ruhigen Art sowie der Dominanz, die dahintersteckte.

Sie umfasste die Teetasse, während sie zur Tür sah. Ein unbekannter Kerl begleitete Miles. Sally unterdrückte das Augenrollen. Nicht schon wieder ein Date. Ständig schleppten sie irgendwelche Singlemänner an, denen sie genauso viel Interesse entgegenbrachte wie einem Kuchen, zubereitet aus einer Backmischung.

Die blauen Augen des Blonden leuchteten bei ihrem Anblick auf. Anscheinend zeigte ihr aufpoliertes Äußeres Wirkung. Viola hatte sie gestern nicht nur zum Friseur geschleppt, sondern sie eingekleidet. Die

Jeans saß perfekt. Das grüne enge Langarm-T-Shirt schmeichelte ihrer Haarfarbe sowie ihrer Figur. Das hatte zumindest Viola behauptet.

„Darf ich dir Richard vorstellen? Er bleibt zum Essen."

Sie streckte die Hand aus, während sie ein Lächeln auf ihr Gesicht zwang. Richard war gut aussehend mit den scharf geschnittenen Zügen und den schmalen Lippen, jedoch fehlte ihm Miles' Ausstrahlung.

Miles umarmte sie, derweil kämpfte sie mit dem Reiz, sich an ihn zu schmiegen, um ihn leidenschaftlich zu küssen. Der obligatorische Kuss auf ihre Stirn folgte. Miles roch gut – eine Mischung aus Miles und harter Arbeit, gepaart mit Sandelholz.

„Richard leistet dir Gesellschaft, so lange ich dusche."

Richard grinste sie breit an, nachdem Miles die Küche verlassen hatte. „Ich brauche mir keine Mühe zu geben, dein Herz zu erobern."

„Was?"

Sie musste ihn angesehen haben wie Giotto, denn er brach in lautes Lachen aus. Gott, er war wirklich nett, dennoch reizte er sie wie ein Zahnarztbesuch.

„Dein Herz ist bereits vergeben. Miles muss blind sein." Er streckte die Hand aus und berührte ihre Wange. „Braves Mädchen. Die Sullivan-Brüder haben mir von deiner Vorgeschichte berichtet, hegen die Vorstellung, ich wäre der Richtige, um dich zu verführen."

Er beugte sich verschwörerisch herunter. „Vielleicht sollten wir in Miles Eifersucht erwecken."

Sie schüttelte den Kopf. „Verschwendete Energie."

„Wir werden sehen."

Es war Zeit, die Zimtschnecken und das Brot aus dem Ofen zu holen.

„Ich gehe mich kurz frisch machen."

Richard war sehr nett, so wie die anderen Männer, die die Brüder angeschleppt hatten. Sie sollten eine Dating-Agentur eröffnen.

Sie platzierte das Gebäck zum Abkühlen auf den Gittern, die auf der Arbeitsplatte lagen.

„Das duftet köstlich." John kam grinsend in die Küche, die Haare noch feucht von der Dusche. Das stahlblaue T-Shirt kombiniert mit einer Jeans unterstrich seine raubtierhafte Ausstrahlung.

Er griff nach einer der Schnecken, und ehe ihr bewusst wurde, was sie tat, schlug sie ihm auf die Finger.

Oh Gott! Was hatte sie getan?

Sie fiel zu Boden, den Blick auf die Steinbruchfliesen gesenkt, und spannte den Körper an, in Erwartung des Hiebes.

„Es tut mir leid, Herr."

Sie konnte nicht mehr nachdenken, wusste nicht mehr, wo sie sich befand, alles drehte sich um sie, katapultierte sie unaufhaltsam in das schwarze Loch.

„Verdammt!“

Starke Hände zwangen sie auf die Füße, warme Arme drückten sie gegen einen Brustkorb.

„Sally, Kleines. Sieh mich an! Sofort!“

Ein Befehl, sie musste gehorchen. Sie riss die Lider auf. John und Miles sahen auf sie herab. Sie hatte gar nicht mitbekommen, dass Miles die Küche betreten hatte.

Jetzt ließ er sich auf einem der gepolsterten Küchenstühle nieder, mit ihr seitlich auf seinem Schoß.

Sie brach in Tränen aus.

„Hilf mir, Miles.“

Als Miles die Küche betrat und sah, wie Sally zu Boden ging, blieb ihm fast das Herz stehen. Sie kauerte sich zusammen, in Erwartung, dass John sie schlagen würde. Jetzt hielt Miles sie sicher in den Armen, indessen spürte er ihre tiefe Verzweiflung.

„Du weißt, was du zu tun hast.“

John warf ihm den lasernden Johnblick zu, bis Miles nickte.

Miles stand auf und trug sie in die Bibliothek. Ihr ganzer Körper zitterte. Er kannte das, wenn die schrecklichen Ereignisse über einen hereinbrachen und dabei den Verstand auslöschten.

Er setzte sich mit ihr auf die breite Couch, zog sie enger an sich und wartete, bis sie ruhiger atmete.

„Es tut mir leid.“

„Es gibt nichts, was dir leidtun müsste.“

Ihre Augen erinnerten ihn an eine Schiava, die das erste Mal ihren Maestro ansah, dabei ihre Emotionen nicht zurückhielt.

„Vertraust du mir, Sally?“

„Ja.“

Ihre gesamte Haltung berührte ihn.

„Gut. Ich biete dir an, dein Maestro zu sein, begrenzt auf einen Monat.“

Worauf ließ er sich ein? Beschränkt auf vier Wochen, wie sollte er das aushalten? Schon jetzt zog sie ihn an, und er war sich nur zu bewusst, dass er sie endgültig zerstören könnte. Oder er rettete sie aus dem Abgrund.

„Ich stelle ein paar Bedingungen. Hältst du sie nicht ein, löse ich das Arrangement sofort.“

Ängstlich sah sie ihn an.

„Du erhältst zwei Absicherungen von mir. Eines ist ein Slowword, das andere dein Safeword. Alle Maestros halten sich daran, und ich verlange, dass du die Wörter auch benutzt."

Erleichterung trat ihr in die Augen.

„Die zweite Bedingung ist, dass du nicht nur mir vertraust, sondern auch John und Dean, wenn wir dich an deine Grenzen bringen. Ehrlichkeit ist nicht verhandelbar. Ich befrage dich und erwarte, dass du grundehrlich antwortest."

Sie fühlte sich herrlich in seinen Armen an. Das erste Mal ließ er zu, dass er sie als Mann und Maestro spürte.

„Was sind das für Wörter?"

Er unterdrückte einen Fluch. Natürlich hatte dieses Arschloch keine Absicherung benutzt. Ihm war es lediglich darum gegangen, Sally zu demütigen und zu verletzen.

„Dein Slowword ist Raupe und dein Safeword Wespe. Bei Wespe hört die Session auf, und wir reden über deine Ängste. Solltest du Raupe rufen, unterbrechen wir entweder die Session oder ich fahre fort. Das liegt in meinem Ermessen. Dir ist klar, dass wir deine tiefgehende Furcht beseitigen müssen. Das geht nur, wenn wir uns vorsichtig an sie herantasten."

„Ich verstehe."

„Möchtest du bei deiner ersten Session John oder Dean dabei haben?"

Sie sah ihn schockiert an.

„Nicht nötig zu antworten, Kleines. Ich verspreche dir, ich enttäusche dich nicht. Doch zuerst essen wir zu Abend."

Sie verspürte Erleichterung, dass Miles nicht den Arm von ihr nahm und sie sicher in das Esszimmer führte. Der innere Zwiespalt zwang sie fast auf die Knie. Sie wollte Miles' Schiava sein, dennoch erfüllte sie der Gedanke mit ängstlicher Neugierde.

„Komm her, Cara", sagte John weich.

Miles schubste sie sanft in Johns Richtung.

„Jetzt legst du die Arme um mich und gibst mir einen freundschaftlichen Kuss auf die Wange."

Als sie sich sofort von ihm lösen wollte, umfasste John sie an den Schultern, gerade so fest, dass sie sich nicht befreien konnte. Die Erkenntnis schlug ein – sie befand sich bereits mitten in einer Session.

„Ich habe dir nicht erlaubt, zu gehen."

Das Lächeln nahm den Worten die Schärfe. Er hielt ihr die andere Wange hin, umspannte mit seinen großen Händen ihre Hüfte, während sie tat, was er verlangte.

John klapste sie auf den Po. Viola und Kim deckten den Tisch. Dean deponierte die dampfende Terrine auf dem Untersetzer.

Sally war so nervös, dass die Unterhaltung an ihr vorbeirauschte. Was würde Miles ihr gleich antun? Er saß dicht neben ihr und berührte sie ständig.

Er umfasste ihre Hand, als sie sich ein zweites Glas Wein einschenken wollte.

„Nein, Sally. Ich möchte, dass deine Sinne spüren, was ich mit dir anstelle." Dann lachte er laut. „Du solltest Kim fragen, was zu viel Sekt anzurichten vermag."

Ihre Cousine stellte die Röte einer Tomate in den Schatten, indes hielt es sie nicht ab, Miles einen bösen Blick zuzuwerfen.

Dean sah Kim mit einem Ausdruck an, der Sally schlucken ließ. Kims Nervosität stieg sichtlich. Sie betrachtete intensiv ihren Teller, erweckte den Anschein, die Möhrenscheiben in der Minestrone zu zählen.

„Richard, begleitest du uns?" Deans Stimme verfügte über einen durchdringenden Unterton, der dermaßen sexy war, dass Kim kicherte.

Sally verstand es, sie selbst biss sich auf die Lippe, um es zurückzuhalten.

John und Dean umfassten ihre Schiavas, um sie nach nebenan in das Strafzimmer zu verschleppen, das Sally bis jetzt nicht betreten hatte. Doch eine willigere Beute hatte sie jedenfalls niemals gesehen.

Miles stand auf und reichte ihr die Hand. „Komm, Schiava. Zeit für die erste Session."

Erregend hingen die Worte in der Luft, schwebten über ihr, bevor sie ihr unter die Haut drangen. Miles wirkte präsenter, gefährlicher, seine Wirkung zwang sie fast auf die Knie.

Wo brachte er sie hin?

Bitte nicht in den Keller.

Er führte sie zu einem Zimmer am Ende des Ganges.

Ein großes Pfostenbett thronte in einer Ecke. Gedämpftes Licht tauchte den Raum in eine sinnliche Atmosphäre. Zu ihrer Erleichterung entdeckte sie weder Handschellen noch Ketten. Auch die Peitsche fehlte auf dem Bett. Erleichtert atmete sie auf. Séamus hätte sie für diese Gefühlsregung verprügelt.

„Sally, woran hast du gerade gedacht?"

„Keine Peitsche. Er hat sie immer auf die Bettdecke gelegt."

Ein Zittern erfasste ihre Muskeln, dermaßen intensiv, dass Miles sich auf die Bettkante setzte und sie auf seinen Schoß zog.

„Kleines, ich benutze bei dir keine Peitsche. Schmerz, den du erleidest", er lächelte sie warm an, „erleidest du ausschließlich durch meine Hände auf dem Po. Und das auch erst dann, wenn du für ein erotisches Spanking aufgeschlossen bist."

Das sprengte ihr Wissen. Musste ein Maestro nicht ständig starken Schmerz zufügen, um sexuelle Erfüllung zu erfahren?

„Dominanz ist nicht auf Agonie aufgebaut. Ich will dich als Mann und Maestro zum Beben bringen. Leid ist eine Zutat, die richtig ausgeführt pure Lust bedeutet. Eine Begierde, bei der du dich fallen lässt, alles um dich herum vergisst, bis du dich mir ganz öffnest."

Die restliche Kraft wich ihr aus den Gliedern, bis sie drohte, von seinem Schoß zu rutschen wie ein Körper, der keine Knochen besaß.

„Möchtest du es, Sally? Unter meinen Händen vor Wonne schreien? Ich gebe dir die letzte Gelegenheit für einen Rückzieher. Beginnt die Session, kann nur das Safeword sie beenden."

„Ich verspüre Furcht, aber es ist nicht wie die Angst, die ich bei dem Monster gefühlt habe. Sie ist anders."

„Erregend?"

Sie presste ihr Gesicht gegen seinen Brustkorb.

„Ja", flüsterte sie.

„Du bist devot, kleine Blume. Ich sorge dafür, dass diese Seite aufblüht, dir und mir Vergnügen schenkt. Nebenan ist ein Badezimmer. Kommst du in ein Handtuch gewickelt heraus, bist du für die Dauer der Session meine Schiava. Wenn sie beendet ist, bist du Sally. Verstehst du das?"

„Ja, Maestro."

Er lächelte sie an, stellte sie auf die Füße und klapste sie auf den Po.

Sie rechnete es Miles hoch an, dass er ihr die Verschnaufpause gönnte. Die Nasszelle im italienischen Stil spiegelte den guten Geschmack, der im ganzen Haus herrschte, wieder. Eine sanfte Beleuchtung tauchte den Raum in ein Licht, welches ihrer Haut schmeichelte.

Sie wickelte sich in eines der flauschigen Handtücher, bemerkte selbst, dass sie verkrampft war, als sie in den Raum zurückkehrte.

Miles zog die dunkelblauen Vorhänge vor die bodentiefen Fenster und drehte sich zu ihr. „Bitte leg das Handtuch ab, Sally, und sieh mich an."

Oh Gott, er hatte ihre Striemen behandelt, sie bereits nackt gesehen, doch das hier wirkte anders, intim und persönlich. Was würde er denken, wenn er sie betrachtete? Mit Violas fantastischen Kurven konnte sie nicht mithalten, auch nicht mit Kims wundervollen Beinen. Sie war immer noch zu dünn.

„Lass das Handtuch fallen. Sofort!"

Der Befehl schlug in ihr Bewusstsein ein, doch nicht auf eine schreckliche Weise, sondern furchtbar verlockend.

Sie löste es, wäre dem dunkelgrünen Frottee fast auf den Boden gefolgt. Miles rettete sie, indem er sie an der Taille stützte. Er trat einen Schritt zurück, um sie besser mustern zu können. Sie spürte, dass Röte ihren Körper erfasste, beginnend von der Kopfhaut bis zu den Zehen.

„Schüchtern und außerordentlich hübsch. Eine verführerische Kombination."

Hübsch? Sie? Mit den ganzen Narben? Den winzigen Brüsten?

„Deine Haut ist sehr empfindlich, samtig, erinnert mich in der Farbe an Sahne." Er hob die Hand, sodass sie zusammenzuckte. Sie erwartete, dass er sie anschrie, doch er tat es nicht. Stattdessen streichelte er mit den Fingerspitzen ihren Arm entlang.

„Die Zartheit deiner Statur bedarf einer besonderen Berücksichtigung, wenn ich dich fessele, dich für meine Berührungen und Blicke öffne, bis ich alles von dir zu sehen vermag und dir keine Wahl bleibt, als dich mir hinzugeben – seelisch und körperlich."

Sally spürte bei seinen Worten eine aufkeimende Hitze, die sich in ihrem Geschlecht lockend festsetzte.

„Ich frage mich, ob deine Nippel ebenso empfindlich sind." Er umfasste ihren Nacken, doch anders als bei Séamus besaß die Geste nichts Bedrohliches, sondern vermittelte ihr Sicherheit.

Ganz sanft rieb er mit den Fingerknöcheln ihre Brustwarze, was das gierige Pochen zwischen den Schenkeln intensivierte.

„Zauberhaft und äußerst empfänglich. Deine verführerischen Brüste passen zu dir, sie sind klein und keck." Er drückte sie sacht nach hinten, bis sie auf die Matratze sank, gehalten von seinen starken Armen und den grünen Augen, die sie an einen Waldsee erinnerten, der unter den Strahlen der Herbstsonne mit samtiger Tiefe lockte.

„Leg dich in die Mitte des Bettes. Heb die Arme über den Kopf und verschränk die Fingerspitzen miteinander, sodass ich mich ausgiebig mit deinen Nippeln beschäftigen kann."

Sie sah ihn unsicher an, denn sie fühlte sich in doppelter Hinsicht nackt. Er betrachtete sie schmunzelnd und zog sein dunkelrotes T-Shirt aus.

„Besser, kleine Subbie?"

Gott, er sah fantastisch aus. Leicht gebräunte Haut überzog Muskeln und einen verdammt breiten Brustkorb. Ein richtiger Kerl.

Sie würde ihn so gern berühren. Widerwillig verschränkte sie die Finger ineinander.

Er senkte sich über sie, stützte die Arme neben ihrem Kopf ab. Zu ihrer Verwunderung verspürte sie keine Panik. Viel zu sanft berührten seine Lippen ihre. Von allein öffnete sie den Mund und er leckte ihre Unterlippe, bevor seine Zungenspitze ihre traf.

Er löste den Kuss, der sie atemlos zurückließ.
„Erregt, Schiava?"
„Ja, Maestro."
„Ich will mich davon überzeugen. Spreiz deine Schenkel."
Das konnte sie nicht.
„Sofort, Sally!"
Er legte genügend Nachdruck in die Stimme, dass sie Folge leistete, begleitet von steigender Begierde, die sich in ihrem Körper ausbreitete.
„Sehr schön, du bist nass, das sehe und fühle ich."
Federleicht berührte er die äußeren Schamlippen. Mit den Händen wollte sie ihn abhalten.
„Lass sie oben oder ich finde einen Weg, dich zu zwingen."
Es bereitete ihr große Mühe, die zitternden Finger ineinander zu haken.
Er positionierte eine Handfläche über ihrer Scham, mit der anderen stimulierte er die Nippel, rieb sie zwischen den Fingerspitzen, bis sie sich aufbäumte.
„Wie lange ist es her, dass du einen Orgasmus genießen durftest?"
Sie sah ihm an, dass ihn ihre Schüchternheit reizte. Sie öffnete gerade den Mund, um zu antworten, als er mit dem Zeigefinger vorsichtig in ihre Feuchtigkeit drang und diese auf ihrer Klitoris verteilte.
Anstatt einer Erwiderung schaffte sie lediglich einen Seufzer.
Wieder lösten sich ihre Finger.
„Maestro, bitte, ich schaffe es nicht."
Er zog die Augenbrauen hoch.
„Bitte fessle mich."
Bedächtig stimulierte er mit kreisenden Bewegungen ihren Kitzler, dann beugte er sich herunter, leckte über ihren Nippel, saugte so hart, dass sie mit beiden Händen in seine Haare packte, um sich festzuklammern.
Ein maskulines Lachen vibrierte gegen ihre Brustwarze.
„So wenig Selbstbeherrschung, und wie könnte ein Maestro eine nette Bitte wie diese ignorieren. Gib mir deine Handgelenke."
Würden stählerne Handschellen ihre Gelenke umschließen, so fest angezogen, dass sie sich in die Haut gruben?
Miles umfasste sie mit sicherem Griff. „Ich verletze dich nicht, Sally. Du kannst jederzeit eines der Wörter benutzen."
Er zog etwas unter dem Kopfkissen hervor und zeigte es ihr.
Es waren lederne Manschetten, unterfüttert mit dickem Fleece.
Miles lächelte sie an. „Alle unsere Handschellen sind gepolstert. Diese hier hat John für dich gekauft. Er wusste, was passieren würde, ahnte, dass du dich danach sehnst, dich von mir dominieren zu lassen."

Weich und beschützend umschlossen sie ihre Handgelenke. Er hakte sie zusammen und verknotete ein Seil daran, das er um das Kopfteil des Bettes wickelte.

Er prüfte erneut den Sitz. „Fühlst du dich wohl, Sally?"

Diesmal schaffte sie nur ein Nicken.

„Du erinnerst dich an meine Frage?"

Verdammt, sie hatte gehofft, er hätte sie vergessen.

„Es ist so lange her, ich kann mich kaum an den letzten Orgasmus erinnern."

„Hast du masturbiert?"

„Das war verboten."

Die Antwort fiel ihr leichter als gedacht, denn Miles sah sie auf eine Weise an, die ihr das Gefühl gab, dass nur sie für ihn im Moment zählte, dass er alles unternahm, um sie zu retten, dass er sie unerbittlich aus dem schwarzen kalten Loch zog.

„Diese Orgasmen wirst du niemals vergessen."

Orgasmen!

Lieber Himmel.

„Ich stimuliere dich mit meiner Zunge, bringe dich dazu, dass du kommst."

Er streichelte ihre Wange, schob ihr einen Finger in den Mund. Sie lutschte daran, und er berührte mit der feuchten Spitze ihre überempfindlichen Nippel, stimulierte die Warzenvorhöfe. Der Reiz fuhr in ihr Geschlecht.

Er fasste zwischen ihre Schenkel.

„Weitaus nasser als vorher. Dir gefällt die Fesselung, der Gedanke, dass du mir ausgeliefert bist, dennoch weißt du, dass ich dir nicht schaden werde."

Miles konzentrierte seine Bemühungen zunächst auf ihre Brüste. Er leckte die empfindlichen Knospen, saugte an ihnen, bis sie sich aufbäumte und sie genauso pulsierten wie ihre Klitoris.

„Spreiz deine Beine für mich."

Er ließ sich Zeit, sie zu betrachten, bis sie von seinem Blick bebte. Auf diese Weise hatte sie sich noch nie gefühlt. Vor Séamus hatte sie eine Reihe Liebhaber gehabt, aber es fehlte immer das besondere Gewürz, das den Akt in eine Köstlichkeit verwandelte.

Miles erinnerte sie an Vanille, deren Geschmack sie über alles liebte. Er schlängelte sich hinunter, bis sein Kopf zwischen ihren Schenkeln ruhte.

„Äußerst nass, zudem sehr heiß. Dein Geschlecht ist geschwollen, dabei habe ich deine Scham kaum berührt."

Er leckte direkt über die pulsierende Perle und platzierte eine große Handfläche auf ihrem Bauch. Es intensivierte das herrliche Gefühl des Ausgeliefertseins. Sie krampfte die Pomuskeln zusammen, während sie den Rücken durchbog. Sie war dicht dran.

Er führte einen Finger in ihre Spalte, derweil saugte er an ihrer Klitoris, hielt sie mit einer Hand unbeweglich, bis der Orgasmus sie überrannte. Sie presste die Lippen aufeinander, um das Stöhnen zu unterdrücken.

„Sally, dieses eine Mal lasse ich es dir durchgehen. Aber später verlange ich von dir, dass du deine Emotionen nicht zurückhältst."

Er lächelte sie verführerisch an. „Ich will dich schreien hören." Miles küsste ihren Bauch. „Wenn du mir nicht gehorchst, verfüge ich über Mittel und Wege, dich dazu zu bringen, mir alles zu geben."

Das schnell schlagende Herz, der Schweiß, der ihr aus den Poren brach, und das Empfinden, ihre Muskeln hätten sich verflüssigt, wurde diesmal nicht von Angst verursacht, sondern von Erregung.

„Diese Vorstellung gefällt dir, Kleines."

Er hielt ihr einen Becher mit einem Strohhalm an die Lippen, und sie trank dankbar.

Was hatte er mit ihr vor? Warum zog er nicht seine Jeans aus und fickte sie? Noch niemals hatte ein Mann sie auf diese Weise zum Orgasmus gebracht, ihr Vergnügen geschenkt, ohne dass sie es ihm zurückgeben konnte.

Sie fühlte sich verletzlich, doch stellte es bei Miles kein unbehagliches Gefühl dar, stattdessen berauschte es sie.

Er löste die Handgelenksfesseln und küsste sie auf die Handgelenke. „Waren die Fesseln unangenehm für dich?" Seine Augen funkelten vergnügt, weil er die Antwort kannte.

„Nein, Maestro, im Gegenteil."

Er ging zu dem Sideboard und nahm ein großes weißes Handtuch aus der Schublade. Plötzlich durchfuhr das Bild ihren Kopf, wie es sich mit ihrem Blut rot sprenkelte.

„Sally, nicht! Bleib bei mir!"

Miles zog sie in die Arme. Sein ruhiger Herzschlag riss sie zurück. Er gab ihr keine Gelegenheit, an ihren Zufluchtsort zu gelangen, denn er war ihr Refugium.

„Das Handtuch ist dazu da, dass kein Öl auf die Laken tropft. Ich möchte dich massieren, bis du alles um dich herum vergisst, kleine Subbie."

Sie liebte es, wenn er sie so nannte, und es lockte ein Lächeln auf ihr Gesicht.

„Sag es mir, Honey."

Sie holte tief Luft, suchte die Kraft, es in Worte zu fassen.

„Ich musste das Bett mit Handtüchern bedecken, damit mein Blut …" Ihre Stimme erstarb.

„Sieh mich an."

„Wenn ich in mein Schlafzimmer kam, lagen sie auf der Matratze, während ich auf ihn wartete. Er ließ sich Zeit, um meine Angst zu vergrößern. Das war das Schlimmste."

Nachdem sie es ausgesprochen hatte, löste sich die eiserne Klammer, die um ihren Brustkorb lag.

„Wenn ich etwas auf dein Bett lege, dann nur mit dem Ziel, dass du vor Begierde vergehst."

Miles breitete das Handtuch auf einer Seite aus. Er betrachtete sie prüfend mit einer Hitze in seinem Blick, bis sinnliche Glut ihren Körper packte, beinahe so, als ob er sie mit den Händen streichelte.

„Dieser Glanz in deinen Augen sieht verdammt verführerisch aus, denn er verrät mir, dass du sehr erregt bist." Er lachte weich. „Ich kann deine Lust riechen und sehen. Deine Nippel sind geschwollen, deine Haut ist heiß, und ich wette, deine Klitoris pulsiert, obwohl ich sie nicht berühre."

Sie schluckte, spürte, dass Feuchtigkeit ihre Oberschenkel benetzte. „Ja, Maestro", flüsterte sie.

„Leg dich auf den Bauch mit gespreizten Beinen, die Arme entspannt, sodass es bequem für dich ist. Ich erwarte, dass du stillhältst, egal, was ich dir antue."

Sie hörte das Amüsement in seiner Stimme, und doch war er ein Maestro durch und durch.

Ehe sie wusste, was sie tat, küsste sie ihn auf die Lippen. Er umfasste ihren Nacken, umschlang sie mit dem anderen Arm, hielt sie unbeweglich, bis sie seidenweich in seinem Griff lag.

Er übernahm den Kuss, eroberte ihren Mund unerbittlich. Sie spürte seine Erektion, die gegen ihre geschwollenen Schamlippen presste.

Warum fickte er sie nicht endlich?

Atemlos entzog er sich ihr. „So gern ich deine Einladung, dich zu lieben, annehmen würde, es ist noch zu früh."

Oh.

„Ich möchte es. Wirklich."

„Ich entscheide, wann du so weit bist, Cara. Vertraue mir auch in dieser Hinsicht. Leg dich hin."

Seine Stimme erinnerte sie an in Samt verhüllten Stahl. Es war einfach, ihm zu gehorchen, seine Befehle schmeckten wie bittersüße Schokolade.

Miles betrachtete seine willige Schiava, den festen Po, die schlanken Schenkel. Narben überzogen ihren Körper, die meisten waren schmal, einige verblasst.

Es gemahnte ihn daran, wie behutsam er vorgehen musste. Er lächelte, weil sie eine Gänsehaut bekam, als er ihren Nacken leicht mit den Lippen berührte.

Eine sehr empfindliche kleine Sub. Er öffnete die Flasche mit dem Mandelöl und platzierte einzelne Tropfen auf ihrer Wirbelsäule. Sally lachte quietschend, als er sie auf den Po klapste. Er liebte das.

„Halt still." Sein Tonfall war nicht halb so dominant wie geplant.

Bei der ersten Berührung spannte sie den Körper an. Er wartete geduldig, bis sie ausatmete, sich vertrauensvoll in seine Hände begab.

Er spürte förmlich, dass sich ihre Anspannung durch die sanfte Massage verflüchtigte, während seine Anspannung anstieg. Noch ein wenig mehr und seine Boxershorts drohten zu platzen. Sally fühlte sich großartig an mit der weichen Haut, den zarten Gliedern.

Miles, was tust du da? Du sollst ihr nur helfen, dich nicht in sie verlieben.

Er schob seine Handfläche von hinten unter ihr Becken, umfasste ihre Scham, seufzte innerlich auf, denn unglaubliche Hitze erwartete ihn. Sie war verflucht nass.

Ohne Umschweife presste er den Daumen in ihren Anus. Ihr Stöhnen ließ seinen Schwanz weiter erhärten. Er merkte, dass sich ihr Kitzler zusammenzog. Sally hob ihre Hüften an. Darauf hatte er nur gewartet. Er entzog ihr den Daumen, führte stattdessen Mittel- und Zeigefinger in das Hintertürchen. Ein zügelloses Keuchen belohnte ihn.

Sie reagierte mit reiner Begierde auf die anale Stimulation, ein Indiz, dass die Ratte sie auf diese Weise niemals misshandelt hatte.

Mit der anderen Hand massierte er in kreisenden Bewegungen ihre Klitoris, die erregt hervorstand. Das nächste Mal würde er sie frei im Raum anbinden, sodass er sie von beiden Seiten betrachten konnte.

„Komm, Sally, jetzt."

Dieses Mal hielt sie sich nicht zurück, begegnete den Versuchungen mit einem lang gezogenen Stöhnen, als sich ihre Vaginalmuskeln kontrahierten, sich ihr Anus um seine Finger spannte. Es reichte ihm nicht. Er reizte die Nerven in ihrer Hinterpforte, führte den Mittelfinger der anderen Hand in ihre heiße Pussy, während sein Daumen sie stimulierte. Sie versuchte, den intensiven Verlockungen zu entkommen, doch es war unmöglich. Er liebte diese Macht, die er über sie ausübte.

Schreiend drückte sie ihr Gesicht in das Kissen. Er hörte erst auf sie zu reizen, als sie aufhörte zu zucken. Miles musste sie ansehen. Mit einer Bewegung drehte er sie auf den Rücken.

„Bitte, Miles, bitte. Bitte nimm mich." Tränen standen ihr in den Augen. Zur Hölle mit dem, was er sich vorgenommen hatte.

Er entledigte sich seiner Jeans, und ein warmes Lächeln traf ihn. Sie richtete sich auf, um ihm die Boxershorts herunterzuziehen.

„Das wolltest du dir nicht wirklich antun? Mich ablehnen und dir später selbst Erleichterung verschaffen?"

Ehe er überhaupt Zeit hatte zu reagieren, umschloss ihr heißer Mund seinen Schwanz.

Sie sah zu ihm auf, mit einem verflucht lüsternen Ausdruck.

„Ich will, dass du schreist."

Sie sagte es so süß, so unschuldig, und das war sie auch. Zudem verteufelt entschlossen.

Er durfte sich nicht in sie verlieben. Aber er wusste, der Gedanke war vergeblich. Es war längst geschehen, seit dem ersten Augenblick, als er sie gesehen, sie auf seinen Armen getragen hatte, zutiefst erschüttert von ihren Verletzungen, beeindruckt von dem Mut, den sie bewiesen hatte. In dem Moment, als sie die Lider aufgeschlagen und ihn mit diesen graublauen Augen angesehen hatte, war es passiert.

Verdammt!

Das sollte er ihr nicht antun. Er war ein Maestro, der es liebte, einer Schiava lustvollen Schmerz zuzufügen. Selbst wenn er auf eher milde Pein aus war und am liebsten die Arschbacken unter der Hand spürte, sah, wie die Haut sich erhitzte, die Begierde der Devoten durch die Schläge erwachte, brauchte er ab und zu auch den Einsatz einer Gerte oder eines Rohrstocks, sehr selten eine Peitsche.

Vor einiger Zeit hatte er eine Vanilla-Beziehung probiert, die kläglich gescheitert war.

Sally lehnte die Stirn gegen sein Bein und küsste ihn zart auf den Oberschenkel. Erneut nahm sie seinen Schwanz in die Hand, betrachtete ihn ausgiebig, bevor sie vorsichtig an der Eichel saugte.

Miles umfasste ihre Schultern, widerstand der Versuchung, in ihre Haare zu fassen, um die Kontrolle zu übernehmen. Sie leckte mit der Zunge an seinem Phallus entlang, ließ ihn die Rauheit spüren, bis er keuchte. Dabei sah sie ihn scheu an und lächelte süß.

Shit, er war verloren.

Sally konzentrierte das Saugen auf die Spitze, folterte ihn, indem sie sanft seine Hoden streichelt. Mit der anderen Hand umklammerte sie seine Arschbacke, so fest, dass es fast schmerzte.

Sein Stöhnen wurde zügelloser, und mit äußerster Mühe entzog er sich ihr. In ihren Mund zu spritzen reichte ihm nicht, er musste sie ficken.

Er umfasste ihren Nacken. Vertrauensvoll übergab sie ihm wieder die Kontrolle und legte den Oberkörper auf der Matratze ab.

Miles warf ein Kissen auf den Boden und kniete sich darauf. Er zog sie an den Beinen an die Kante. Sie spreizte willig die Schenkel, zeigte ihm, dass es sie angemacht hatte, ihn oral zu verwöhnen. Ihr Pussy war nicht nur geschwollen, Feuchtigkeit glitzerte auf den Schamlippen.

Sie wimmerte, als er seinen Schwanz über ihren Kitzler rieb und langsam eindrang. Heiße Nässe umschloss ihn. Sie hatte die Lider geschlossen, und ihre Hände lagen auf ihren Brüsten. Sie massierte ihre Nippel, während er sie fickte. Sie lugten dunkelrosa zwischen den Fingerspitzen hervor.

Er hatte noch nie etwas Erotischeres gesehen. Sie gab sich ihm hin, vertraute ihm bedingungslos.

Sie drückte den Rücken durch, um ihn tiefer zu empfangen. Er stimulierte ihre Klitoris, bis sie zappelte, erst dann schob er ihr die Handflächen unter den köstlichen kleinen Arsch und hob sie seinen Stößen entgegen. Er konnte sich nicht an ihr sattsehen. Sally war verdammt sexy in ihrer Hingabe. Miles hielt inne, um sich zu sammeln, bewegte sich langsam, wollte die Erfüllung hinausziehen. Sie war so eng, drängte sich ihm obendrein entgegen. Wie von allein bewegte er sich schneller, unfähig, länger zu widerstehen. Bei seinem Orgasmus sah sie ihm in die Augen. Sie behielt recht, er schrie.

Sally umklammerte ihn und brach in Tränen aus. Miles sah ihr an, dass es Tränen der Erleichterung waren, die ihr halfen, die Schäden, die das Arschloch angerichtet hatte, zu heilen.

Er sollte das hier sofort beenden, sie an einen anderen Maestro aus dem *Federzirkel* verweisen, vielleicht Ricardo.

„Ich danke dir, Maestro."

Wer könnte ihr widerstehen? Er offensichtlich nicht. Eigentlich hatte er sie nach der Session in ihr Zimmer bringen wollen.

Und ficken wolltest du sie auch nicht, meldete sich die Stimme in seinem Bewusstsein, die sich sehr nach John anhörte. Er sah das Lächeln seines Bruders förmlich vor sich.

„Bleibst du heute Nacht bei mir?"

Oh, verdammt.

Er glitt neben sie und zog sie an sich. Sally legte den Kopf auf seine Schulter, lächelte ihn an, scheu und zufrieden, bevor sie in einen tiefen Schlaf fiel.

Kapitel 4

Das Geräusch von Regen weckte Sally. Verwirrt schlug sie die Augen auf. Sie hatte verschlafen, das erste Mal seit Ewigkeiten.

Der Platz neben ihr hielt Miles' Körperwärme. Sie fühlte sich köstlich benutzt, ihre Klitoris pochte überempfindlich. Noch nie hatte ein Mann sie mehrere Male hintereinander zum Orgasmus gebracht. Und das herrliche Gefühl der analen Stimulation, welches den Reiz in ihrem Geschlecht unglaublich intensiviert hatte, war noch immer spürbar.

Ob sie in ihr Zimmer gehen sollte, um zu duschen? Sie konnte keinen logischen Gedanken fassen. Wie spät war es überhaupt? Sie musste Frühstück zubereiten.

Unerwartet überfiel sie Angst, gleich einem Schatten, der sie ansprang und niederrang. Sie verletzte ihre Pflichten, und darauf stand Strafe.

In diesem Moment öffnete sich die Tür. Wimmernd wich sie zurück, wollte sich gerade auf den Boden werfen, als starke Hände sie packten.

„Sally."

Das Grauen löste sich aus ihrem Bewusstsein, weil es nicht Séamus war, sondern Miles.

„Es tut mir leid. Für einen Augenblick dachte ich, ich hätte verschlafen und Séamus würde zur Tür reinkommen."

„An deinem Bedürfnis, dich auf die Erde zu schmeißen, müssen wir arbeiten." Er setzte sich auf die Bettkante und zog sie auf seinen Schoß. „Wiederhole meine Worte, Sally."

Oh Gott, sie war nackt und sah die Röte, die ihren Körper ergriff. Es freute sie, denn Scham zu verspüren war ein Gefühl, das sie sich lange versagt hatte.

„Ich raube meinem Maestro den Spaß, wenn ich mich auf den Boden werfe, ohne dass er es mir befohlen hat. Es nimmt ihm jegliche Freude an der Bestrafung." Miles' Stimme klang amüsiert.

Bevor sie auch nur die Chance bekam, die erste Silbe zu sagen, glitt Miles mit seiner Hand zwischen ihre Schenkel. Er verstärkte den Griff um ihre Taille. „Wiederhole es, Schiava."

Das war nicht sein Ernst. Was hatte er gesagt? Er führte einen Finger in ihre Scham, rieb Feuchtigkeit auf ihre Klitoris.

Sein Daumen zog langsame Kreise, während er geschickt ihren G-Punkt fand. Ihr Becken besaß ein seltsames Eigenleben, es drängte sich zuckend der Berührung entgegen.

„Leg dich zurück."

Es machte sie an, wenn er ihr Befehle erteilte.

„Spreiz die Beine.“ Er zwickte ihren Nippel und entlockte ihr ein Stöhnen.

„Schwierigkeiten bei der Konzentration?“ Er lachte sie an, beugte sich herunter, saugte sehr anhaltend und hart an der pulsierenden Brustwarze.

„Du siehst so verführerisch aus, mein kleines geiles Luder. Deine Haut ist heiß und gerötet, deine Pussy ungehörig nass.“

Er kniff fest in ihre Brustspitzen, sodass sie sich aufbäumte, weil das Gefühl sich mit der Stimulation seiner gewandten Finger vereinte. „Ich warte, Sally.“

„Beraube Maestro Vergnügen … Spaß“, stammelte sie am Rande des Orgasmus.

Er lachte leise, unendlich sexy.

Sie legte den Kopf in den Nacken, um ihm in die Augen zu sehen. „Bitte, darf ich kommen, Maestro?“

„Noch nicht, meine Kleine. Ich möchte, dass du vor mir auf dem Bett kniest, mir den Arsch entgegenreckst, damit ich dich tief ficken kann. Ich gebe dir die Erlaubnis, jederzeit einen Höhepunkt zu erreichen, während mein Schwanz und meine Finger dich stimulieren. Gern auch mehrmals.“

Mehrmals?

Sie kniete sich hin. Miles spreizte mit den Händen ihre Schenkel. Bedächtig drang er in ihr Geschlecht, bis er sie ausfüllte.

Sie hörte ein vibrierendes Geräusch, und im nächsten Moment presste Miles ein weiches Sextoy auf ihre Klitoris.

„Mindestens zwei Mal, Schiava.“

Der erste Orgasmus kam sofort und überraschte sie mit seiner Heftigkeit. Miles nahm den Vibrator nicht fort, fickte sie langsam und intensiv.

Es war nicht zum Aushalten. Ihren Versuch, der fordernden Vibration zu entkommen, unterband er, indem er sie auf den Po klapste.

Zu ihrem Erstaunen gefiel ihr der Klaps, weckte den Wunsch nach stärkerem Schmerz, und sie krallte sich in die Bettdecke. Nicht nur ihre Perle pulsierte, sie spürte das Gefühl bis tief in ihre Vagina. Es war wie ein Vororgasmus, der Reiz, kurz bevor sie den Höhepunkt erreichte.

Miles ließ sie auf dieser Klippe, bis sie jammerte, ihn anbettelte, alles um sich herum vergessend.

Mit einem äußerst maskulinen Geräusch intensivierte er seine Stöße, bis sie ihre Lust herausschrie, gehalten von kräftigen Händen.

Sie kicherte, denn sein Schrei stand ihrem in nichts nach. Anscheinend war auch er die ganze Zeit knapp davor gewesen.

Schwer atmend legte er seinen Kopf auf ihre Schultern. Sally wusste nicht wieso, sie brach in lautes Lachen aus.

Miles drehte sie auf den Rücken, fiel in ihre Heiterkeit ein und presste sie an sich.

„Ich weiß nicht, wie es dir geht, aber ich verhungere."

„Ich habe meine Pflichten vernachlässigt."

Er sah sie an, als ob sie etwas außerordentlich Dummes gesagt hätte. „Heute ist Samstag. Niemand erwartet von dir, in aller Herrgottsfrühe in der Küche zu stehen." Sein Grinsen wurde breiter. „Anscheinend ist es deiner Aufmerksamkeit entgangen, doch wir Sullivans verfügen über formidabel effektive Gliedmaßen, die auch in der Lage sind, Nahrung zuzubereiten."

Er klopfte sich auf den Brustkorb, und erneut rollte sie sich kichernd auf dem Bett herum.

Sie hatte sich Hals über Kopf verliebt, eigentlich von dem Moment an, als er sie auf den Armen getragen und sie gerettet hatte.

Ein gebrochenes Herz lauerte am Rande ihres Bewusstseins. Es war ihr gleichgültig. Selbst wenn ihre Liebe nicht auf Erwiderung traf, wollte sie das berauschende Gefühl nicht missen, als ob sie zwei Gläser eisgekühlten Wein hintereinander getrunken und danach noch ein Stück Schokoladenkuchen gegessen hätte. Sie konnte sich nicht daran erinnern, wann sie das letzte Mal dermaßen glücklich gewesen war.

Verdammt!

Egal.

Sie sträubte sich, Trauer und Verzweiflung in ihr Leben zu lassen. Zu lange bestimmte Leid ihr Dasein. Sie weigerte sich, sich erneut der Leere hinzugeben.

Miles hob sie auf die Arme und stellte sie unter die Dusche.

„Mochtest du es, als ich dir auf den Po geklapst habe?"

„Ja, Maestro."

Die Antwort schien wichtig für ihn zu sein und zauberte ein Lächeln auf sein Gesicht. Er bemühte sich nicht, das Maestrogesicht aufzulegen, sondern ließ sie die Emotion erkennen. Sie zerschmolz noch ein wenig mehr.

„Halt still, Schiava, sonst sehe ich mich gezwungen, dich zu fesseln."

Sie quietsche, als er mit seifigen Händen über ihre Rippen rubbelte.

„Deine Selbstbeherrschung lässt zu wünschen übrig." Dass er dabei grinste, nahm den Worten nicht die Dominanz. Diese verführerische Kombination zwang sie in die Knie, und er wusste es.

Wie es sich wohl anfühlte, von ihm Lustschmerz zu erfahren? Sie konnte kaum glauben, dass sie mit diesem Gedanken spielte, doch bei ihm war alles anders. Miles verstand sich darin, jede Berührung in Lust zu verwandeln.

Sie war sich sicher, wenn er sie bestrafte, würde sie es genießen, weil er ein negatives Erlebnis nicht zuließ.

„Grübelst du über deine heimlichen Gelüste, Cara?“

Bei Séamus hatte es immer eine Bedrohung dargestellt, dass er sie zu lesen vermochte, bis ihr Innerstes entblößt vor ihm lag. Bei Miles fühlte sie das Gegenteil, es vermittelte ihr Geborgenheit, denn er ging auf ihre Fantasien ein, nutzte sie nicht, um ihr zu schaden, stattdessen um sie zu verführen.

Zart massierte er ihre Brüste, strich an der empfindlichen Haut an den Seiten entlang, lachte maskulin, als sie sich in die Berührung lehnte und ihren Po an seinem Geschlecht rieb.

„Das nächste Mal, meine Kleine, fessle ich dich, sodass du dich nicht bewegen kannst, sondern alles erdulden musst, was ich dir antue.“

Nur daran zu denken, entlockte ihr einen wohligen Seufzer.

„Unersättliches Biest.“

Er berührte mit den Lippen ihre Schultern, und sie erschauerte unter dem sinnlichen Gefühl.

„Ich lasse dich leiden, bis du wimmernd um Gnade flehst, doch ich gewähre sie dir nur, wenn du mir vertraust.“

„Ich vertraue dir, Maestro“, flüsterte sie.

Sie drehte sich zu ihm und stahl ihm einen Kuss. Er belohnte sie mit einem Keuchen und riss sich schwer atmend von ihr los. Wieder zuckten ihre Mundwinkel, sodass sie die Stirn gegen seinen Brustkorb lehnte, mit dem Wunsch kämpfte, nicht nur seine Schiava zu sein, sondern auch seine Geliebte. Sie wollte das, was Viola und Kim besaßen. Die spitzen Krallen, die versuchten, sich in ihr Herz zu bohren, schüttelte sie ab.

Nicht jetzt.

Miles brachte sie in ihr Zimmer.

„Von mir aus könntest du nackt zum Frühstück erscheinen.“ Er kniff ihr leicht in den Po und zwinkerte ihr zu. Der Duft seines Körpers haftete überall an ihr, selbst die Wärme seiner Berührung verblieb auf der Haut, hüllte sie ein, gleich einer Schicht flüssigen Honigs. Sie war direkt aus der Hölle in ihrem persönlichen Himmelreich gelandet und drohte ungebremst auf die Erde zu stürzen.

Sie nahm den Fall gern in Kauf.

Sallys Duft haftete an ihm, vermischte sich mit ihrem sinnlichen Lachen, das in seinem Bewusstsein nachhallte. Er liebte den hellen Klang, den Geruch auf seiner Haut. So ein verdammter Mist. Mit Vehemenz drängte sich Deborah in seine Seele, wie sie ihn nach dem sanften Spanking verachtet und mit purem Entsetzen reagiert hatte.

Er hatte sie geliebt, ihr zuliebe seine Natur unterdrückt, doch irgendwann überredete er Debby, es wenigstens auszuprobieren. Sie brach nach ein paar Schlägen, die er mit der Hand ausgeführt hatte, in Tränen aus, weigerte sich, mit ihm darüber zu reden. Noch nicht einmal John hatte es geschafft, ein Wort aus ihr herauszulocken.

Miles grinste zynisch. John und Dean mochten Debby nicht, misstrauten ihr von der ersten Sekunde an. Dennoch hatte John sie als verantwortungsvoller Maestro besucht und den vergeblichen Versuch unternommen, sie zu beruhigen.

John hüllte sich in Schweigen, was seinen Besuch anging, ließ Miles nur wissen, dass Deborah es ablehnte, ihn jemals wiederzusehen, dass es am besten für ihn wäre, sie zu vergessen.

Der Schmerz des Verlustes hatte ihn tief getroffen, und er wusste nicht, ob er auf Sally weitreichender eingehen sollte, als er geplant hatte. Im Gegensatz zu Deborah war Sally devot, doch ihre Vergangenheit drückte schwer, und er wollte nicht riskieren, dass er sie überforderte.

Miles fühlte sich völlig durcheinander und begab sich auf die Suche nach seinen Brüdern, nachdem er sich Jeans und ein Hemd lose übergeworfen hatte.

Kims helle Stimme führte ihn auf den richtigen Kurs. Sie prallte in der Küchentür mit ihm zusammen. Ihre blauen Augen waren weit aufgerissen, das herrliche rote Haar stand in allen Richtungen von ihrem Kopf.

Er umfasste ihre Oberarme und hielt sie fest. Dean tauchte hinter ihr auf, seine Mimik könnte nicht triumphierender sein.

„Du kommst wie gerufen, Bruder. Lust, Kim festzuhalten, während ich ihr den Arsch versohle?“

Kim strampelte in seinem Griff, und zu seinem Entsetzen trat sie ihm gegen das Schienbein, zwar nicht hart, doch die freche Geste zählte.

Miles presste seine zukünftige Schwägerin an sich. Sein Gesichtsausdruck ließ sie erbleichen.

Er liebte das.

„Was hat sie verbrochen?“

Kim öffnete den Mund, jedoch ehe sie auch nur ein Wort von sich geben konnte, legte Dean ihr seine große Handfläche über die Lippen.

„Sie hat meine Lieblingsjeans nicht nur weggeworfen, um ganz sicher zu sein, hat sie sie vorher zerschnitten.“ Die grauen Augen seines Bruders funkelten entrüstet.

„Tatsächlich?“

Jetzt nur nicht in Lachen ausbrechen.

Miles musste sich bemühen, gebieterisch zu klingen, denn er vermochte es Kim nicht zu verdenken, dass sie sich des hässlichen Kleidungsstücks entledigt hatte. Sie warf Miles einen bösen Blick zu. Mittlerweile beherrschte sie es genau so gut wie Viola.

„Strafzimmer?"

Dean nickte seine Zustimmung. Sie packten die zappelnde Beute.

„Hey!"

Kim löste ihre Finger von seinem Po, in den sie ihn gekniffen hatte. Sie stellten Kim vor einen gepolsterten Tisch.

„Ausziehen!" Dean legte eine Andeutung von Stahl in seine Stimme, obwohl Miles ihm ansah, dass er mit einem Lächeln kämpfte, denn Kim blickte ihn mit purer Aufsässigkeit an. Zum Glück ahnten die Schiavas nicht, wie oft sie an sich halten mussten, entzückt von den Mienen ihrer Gespielinnen.

Kims Gesichtsausdruck sagte deutlich, was sie dachte, doch sie wusste, jede Sekunde Verzögerung würde Dean sie spüren lassen.

Mit zitternden Händen zog sie das T-Shirt aus, fiel beinahe hin, als sie sich ihrer Caprihose entledigte. Sie trug keine Unterwäsche, gehorsame Schiava.

Dean lungerte hinter ihr und biss sich auf die Unterlippe. Miles berührte das Federtattoo unter ihrem Schlüsselbein. Es schmückte sie gut. Die Tattoomaus hatte die gleiche Farbe wie ihre Augen genommen, ein leuchtendes Blau.

„Leg dich über den Tisch, Kim." Dean hatte seine Contenance zurückgewonnen.

„Ja, Maestro." Aus ihrem Mund hörten sich die Silben mehr nach einem „Ja, Höhlenmensch" an.

„Auf die Knie. Wiederhol die Worte, bis ich sie dir abnehme."

Diesmal pressten Kim die Lippen aufeinander, aber nicht, weil sie drohte, in Lachen auszubrechen. Die kleine Rebellin testete gern ihre Grenzen aus, und oft entschlüpften ihr Sätze, die sie stärker in Deans Falle trieben. Das Funkensprühen ihrer Pupillen könnte einen Weihnachtsbaum in Brand setzen.

Sie sank auf den Boden und hielt sich an Miles fest, der ihr die Hand reichte.

Dean positionierte sich neben ihn und funkelte auf sie herab. Sie funkelte zu ihm herauf.

„Ja, Maestro."

Dean umfasste ihr Kinn und räusperte sich.

„Bitte bestrafe mich." Sie drückte die Wirbelsäule durch. „Dafür, dass ich das hässlichste Kleidungsstück, das mir jemals untergekommen ist und das mit seinem bloßen Anblick meine Pupillen beleidigt hat, vernichtet habe."

Miles versuchte es mit aller Kraft, doch ein Prusten entfloh ihm, angefacht von dem Ausdruck in Kims Augen. Sie sah hinreißend aus, die Wangen gerötet, verursacht von dem inneren Kampf der devoten Seite. Ihr entschlüpfte ein Kichern, und sie lehnte die Stirn an Deans Bein. Ihr Körper bebte, sie biss in Deans Hose, um das Lachen zu unterdrücken.

„Magst du diese Jeans auch nicht?" Dean verlor die Schlacht, sich wie ein Maestro anzuhören, zog stattdessen Kim auf die Füße. Ohne ein weiteres Wort drückte er sie über die Bank. Miles umfasste ihre Handgelenke.

„Sind die Schmetterlinge eingetroffen?", fragte Dean.

Miles deutete nickend Richtung Sideboard.

Dean ging zu dem Möbelstück und kehrte mit einem schmalen lederbezogenen Paddel sowie einem Schmetterlingsvibrator zurück.

„Hast du sie gut im Griff, Miles?"

Dean beugte sich zu Kim herunter. „Du weichst den Schlägen nicht aus. Sonst fange ich von vorn an."

Er holte aus, und die ersten Hiebe trafen den knackigen Po. Dean variierte die Treffer in der Heftigkeit und auch der Geschwindigkeit. Die letzten verabreichte er dem empfindlichen Bereich der Unterseite der Pobacken, sodass sich Kim in Miles krallte, um die Position zu halten.

Dean trat einen Schritt nach hinten. Miles streichelte ihren Kopf und küsste sie auf die Stirn.

Wie sie ihn anfunkelte, doch gleichzeitig ergab sie sich in ihre Verantwortung, vertrauensvoll und erwartungsvoll.

„Umdrehen." Dean half seinem Befehl mit den Händen nach. Dean befestigte die dünnen Lederriemen, bis der Schmetterling genau über Kims Klitoris ruhte.

„Und nun, Eure Frechheit, wirst du uns das Frühstück servieren, bekleidet mit einem Hauch von Butterfly."

Dean schaltete das Sextoy auf die niedrigste Stufe.

„Falls du es wagst zu kommen, züchtige ich dich."

Miles und Dean grinsten sich an, denn die Aufgabe war für Kim außerordentlich schwierig, erreichte sie doch besonders leicht einen Orgasmus. Er sah, wie sie die Proteste hinunterschluckte.

„Sally, möchtest du nicht reinkommen?"

Miles sah ihr in die Augen, während sie erstarrt im Türrahmen stand. Sie hatte nicht hinsehen wollen, doch die Szene hatte sie gepackt, verwandelte ihren Körper und Verstand in willenlose Hüllen, die gierig Kims Bestrafung in sich aufsogen, bis sie sogar herbeisehnte, an der Stelle der Cousine zu sein.

Was, wenn die Männer sie züchtigten für ihr Vergehen? Deans Ausdruck spiegelte pure Dominanz, sodass ihr das Herz versuchte aus der Brust zu springen.

Wie würde es sein, wenn Miles mit einem Lederpaddel zuschlug, dabei ihre Erregung erzwang? Festgehalten von Dean, gezwungen, ihn anzusehen. Eine völlig befremdliche Gier breitete sich in ihr aus, erschreckte sie mehr als der Gedanke an den Schmerz. Kims Po zeigte eine wundervolle Zeichnung, denn es waren keine blutigen Striemen. Dean hatte sichergestellt, dass ihr gefiel, was er ihr antat. Miles hatte sie genau beobachtet, sie getröstet, als die Pein drohte, sie zu verschlingen.

Kim stand mit roten Wangen und zerzausten Haaren vor Dean, der sie an der Hüfte packte und an sich zog.

Ihre Füße fühlten sich an, als ob Zement sie ummantelte. Und trotzdem ging sie auf Miles zu, gefangen von seiner Ausstrahlung.

Kurz blitzte eine Erinnerung auf – Séamus' Antlitz, zu einer grausamen Fratze verzogen, und ihr knickten beinahe die Beine weg.

„Nicht, Cara. Bleib bei uns."

Fast wünschte sie sich, er käme auf sie zu, um sie in der Geborgenheit seiner Arme zu halten, jedoch tat er es nicht. Ängstlich sah sie zu Dean, erwartete Wut in der Mimik, stattdessen lag Zuneigung auf seinem Gesicht. Sie verstand, dass Kim ihn liebte, ihm über alles vertraute. Kim lehnte zitternd gegen ihn, aber nicht aus Angst; ihr Beben hatte weitaus lustvollere Gründe.

Sobald sie Miles erreichte, umfasste er ihren Nacken und sah bis in ihr Innerstes, sie spürte es deutlich.

„Was fühlst du, Sally?"

Sie wusste, sie musste die Wahrheit sagen, denn Miles ließ ihr viel durchgehen, aber keine Lüge.

„Ich bin durcheinander. Eigentlich sollte es mich abstoßen, dass ihr Kim gezüchtigt habt, doch es erschien mir so … respektvoll." Sie lächelte und ahnte, es wirkte schüchtern. „Und liebevoll."

Kim öffnete den Mund, um zu protestieren. Bevor ihr die erste Silbe entschlüpfte, legte sich Deans Hand auf ihre rechte Brust und zwirbelte den Nippel zwischen Daumen und Zeigefinger.

„Soll ich Sally demonstrieren, dass du verdammt erregt bist, Schiava?" Er lachte dunkel. „In der Weise, wie sie aussieht, steht ihre Erregung deiner nicht nach."

Sally spürte, dass eine tiefe Röte sie packte, ihre Haut mit unerträglicher Glut überzog.

Dean grinste anzüglich. „Miles, zeig es mir. Sie schuldet uns wenigstens das für ihre Verfehlung."

„Zieh dich aus, Kleines." Miles sanft gesprochene Worte täuschten sie nicht darüber hinweg, dass die Maestros ihren Gehorsam erwarteten, ihn auch erzwingen würden, wenn sie nicht das Safeword schrie.

Ihr gedachtes Nein verschluckte sie, zog stattdessen das langärmlige T-Shirt aus.

„Hast du deiner Schiava nicht untersagt, Unterwäsche zu tragen?" Dean hob die Hand. Sally zwang sich, still zu verharren. Ein verdammt charmantes Lächeln belohnte sie. Dean zog mit dem Mittelfinger die Kontur des schwarzen Spitzen-BHs nach. „Runter damit." Gleichzeitig befahl er Kim, sich auf den Boden zu knien.

Sally zitterte unübersehbar, und nur mit Mühe gelang es ihr, die Haken zu lösen. Sie bedeckte automatisch ihre Brüste. Die Maestros verblieben stumm, jedoch sagte ihre Haltung mehr als genug. Sallys Arme fielen herab.

„Wunderschöne rosafarbene Nippel und mir scheint, äußerst empfindlich. Verrate mir, Miles, hast du sie bereits mit Nippelklemmen geschmückt?" Federleicht unterstrich Dean das Gesagte, indem er ihre Brustwarzen mit den Knöcheln streichelte.

Sie pulsierten unter der Berührung, erweckten den Wunsch in ihr nach einer härteren Behandlung.

„Jetzt die Jeans, Kleines." Miles stützte sie, als sie aus der Hose stieg. Das schwarze Spitzenhöschen zog ihr Dean aus. Er küsste sie auf den bebenden Bauch, umfasste mit starken Händen ihren Po. Seine Lippen berührten ihre Klitoris, bis heiße unverfälschte Begierde sie heimsuchte.

Wie konnte sie nur!

„Du hast brav zugenommen."

Dean massierte sanft ihre Hüfte. „Solch weiche Haut, noch empfindlicher als bei Kim."

„Spreiz die Schenkel, Sally", sagte Miles. „So ist es gut." Dean fasste zwischen ihre Beine, mühelos drang sein Zeigefinger in die feuchte Scham. „Du hattest recht, sie ist extrem erregt." Seine Hand glitzerte nass, und er fuhr mit dem Finger ihre Unterlippe entlang. Sie schmeckte sich, und er schob ihn ihr in den Mund.

Dean beobachtete sie intensiv, sodass erneut eine Welle der Erregung sie packte. Er wusste, wie sehr es sie anmachte, dass er sie betrachtete, wusste genau, dass sie verdammt geil war.

„Jetzt haben wir zwei nackte Schiavas für unser Frühstück. Miles, schmücke sie bitte mit einem Schmetterling."

Dean lachte weich, während er Kim auf die Füße half. Er nahm einen dritten Butterfly, und mit einem äußerst sinnlichen Lächeln lief er aus dem Raum. Sein Arm lag sicher um Kim, das Sextoy baumelte aus der anderen

Hand. Beides erinnerte sie an eine Beute, die er gestellt hatte, eine Beute, die gleich fühlen würde, dass sie sich unter seiner Gnade befand.

Sie hörte, dass er nach Viola rief.

Miles' Atem traf ihre Haare, und er ging vor ihr auf die Knie, befestigte die schmalen Lederstreifen um ihre Hüfte, führte die restlichen zwischen den Beinen durch und platzierte den schwarzen Lustbringer genau auf der Klitoris.

Mit einem verruchten Ausdruck auf dem Gesicht schaltete er ihn ein, und der Schmetterling entlockte ihr ein Keuchen.

„Ein wenig überempfindlich, wie mir scheint." Noch nie hatte ein Mann sie dermaßen besitzergreifend, mit purer männlicher Dominanz, angesehen. Der Blick drang zusammen mit der Vibration in ihren Schritt, sodass sie Miles umklammerte.

„Das ist die niedrigste Stufe, kleine Sub."

Oh Gott!

Schmunzelnd zupfte er an ihren Nippeln. „Du solltest dich beherrschen, Dean mag es gar nicht, wenn eine Schiava unerlaubt kommt." Er saugte hart an der Brustwarze, bis köstlicher Schmerz durch sie jagte. „Ich dagegen liebe es, gibt es mir doch die Gelegenheit, sie zu bestrafen, ganz wie es mir beliebt."

Bestrafen? Das, was sie gerade mit Kim beobachtet hatte, war die herrlichste Pein, die sie jemals gesehen hatte. Wie wäre es, sie von Miles zu erfahren?

Ein Lachen entschlüpfte ihr, denn die Vorstellung erfüllte sie mit Gier.

Miles' grüne Augen funkelten. „Schenk mir das Vergnügen, Cara." Er schob einen Finger in ihre pulsierende Scham. Sie musste den Griff um seine Taille verstärken, weil sie drohte, zu Boden zu fallen, die Beine weich wie Watte.

Er warf sie über die Schulter und klatschte mit der Handfläche auf ihren Po, als sie protestierte. Die pure, reine Lust, die daraufhin durch ihren Körper tobte, hätte sie endgültig auf die Knie befördert. Miles' maskulines Lachen raubte ihr den Rest der Beherrschung. Sally blieb nur übrig, zu erdulden, was der Maestro mit ihr plante.

Als sie das Esszimmer erreichten, lag Viola gerade auf dem Tisch und versuchte, John gegen den Schenkel zu treten. Das Schimpfwort, das sie aus voller Kehle schrie, ließ Sally erstarren.

John lachte nur. Dean umklammerte grinsend mit Genuss ihre Handgelenke.

„Das wirst du bereuen, Schiava", knurrte John. „Die unterbelichteten Godzillas sind vielleicht belichteter als du ahnst."

Kim saß aufrecht auf einem Stuhl, die Hände gefesselt hinter der Lehne, die Unterschenkel an die Stuhlbeine gebunden.

Viola erlitt das gleiche Schicksal. Ihre honigblonden Haare hingen in einer wirren Masse um ihr Gesicht. Die tiefe Röte ihrer Wangen setzte sich auf dem Dekolleté fort. Sie war überall gerundet, verfügte über Brüste, die Sally vor Neid erblassen ließen.

„Brauchst du Hilfe, Miles?"

Sally saß bereits, und John reichte ihm Handgelenksmanschetten. Sie traute sich nicht, auch nur eine abwehrende Bewegung auszuüben. Dean sah viel zu begierig aus, betrachtete interessiert ihren Brustkorb, der sich unter der Atmung hob und senkte, die Nippel erregt.

„Hübsch." Er zwinkerte ihr zu.

Miles überprüfte den Sitz der Manschetten, während Dean ihre Beine fesselte.

„Viola, sei still", knurrte John.

Viola warf John einen giftigen Blick zu, doch was immer sie hatte sagen wollen, verschluckte sie. Gott, obwohl er nicht mir ihr geredet hatte, riskierte Sally kaum zu atmen. Woher nahm Viola den Mut?

John hob die Hand.

Bitte nicht!

Zuck nicht zurück, zuck nicht zurück!

„Sally, sieh mich an", sagte er sanft. „Gab ich dir irgendeinen Grund, dass du vor mir mehr Angst verspürst als vor Miles und Dean?" Er legte seine Handfläche unter ihr Kinn. Jetzt musste sie ihn ansehen. Silberne Entschlossenheit lag in den Tiefen seiner Pupillen, gepaart mit Zärtlichkeit.

John erwartete eine Antwort, würde sie nicht von der Angel lassen, bis sie seinen Wunsch erfüllte.

„Nein, ich kann mir nicht helfen. Du schüchterst mich ein, mit deiner … Silberrückendominanz."

Wieso nur hatte sie diese Worte gewählt?

Seine Augen funkelten stärker, während er sich zu ihr herabbeugte. „Du vergleichst mich mit einem Gorilla?"

Eine Ader zuckte auf seiner Wange, schüchterte sie ein, bis sie sich wie feine Seide fühlte, denn er könnte alles mit ihr anstellen, hatte sie ihm doch nichts entgegenzusetzen.

Miles trat hinter sie, um ihre Schultern zu umfassen. Sie ahnte, dass er grinste, äußerst zufrieden mit der Lage, in der sie sich befand. Das Sextoy hielt ihre Erregung konstant, benebelte unaufhaltsam ihren Verstand.

„Nein … ja."

John strich mit dem Daumen an ihrer Unterlippe entlang. „Dieser Vergleich wäre nicht neu."

Viola kicherte. Mit einem Grinsen, das man nur als sadistisch bezeichnen konnte, nahm John die Fernbedienung in die Hand und bediente einen Knopf. Viola quietschte, und ihre Wangen erröteten heftiger.

„Wer von euch Dreien zuerst unerlaubt kommt, wird bestraft", sagte Miles weich.

Auch er betätigte eine Fernbedienung, und stärkere Vibrationen ergriffen Sally. Die konfusen Gefühle verstärkten die Erregung, verdreifachten den Reiz auf ihrer Klitoris. Ja, sie verspürte Angst, und doch hoffte sie, sie würde als erstes kommen und von Miles eine Bestrafung erfahren.

„Keine Furcht, dass ich derjenige bin, der die Züchtigung ausführt, kleine Sally?" Sie hatte Mühe zu atmen, denn John atmete ihr den gesamten Sauerstoff weg. Wie gebannt fixierte sie seine Hände – groß, kräftig, mit schlanken sensiblen Fingern, dazu geschaffen, Lustschmerz zu verursachen.

Miles zog ihren Kopf in den Nacken. „Dein Ausdruck gefällt mir, Schiava, zeigt er uns doch nachdrücklich, dass du mutiger bist, als du erscheinst."

Wirklich?

„Kommst du ebenso schnell wie Kim?"

Jetzt stand auch Dean vor ihr. Sie konnte Kim und Viola, die gegenüber von ihr saßen, nicht mehr sehen, jedoch hörte sie die Frauen deutlich. Viola atmete heftig, Kim entschlüpfte ein Wimmern.

„Sally ist mir zu ruhig", sagte Dean.

Miles umfasste ihre Brüste, knetete sie erst leicht, dann fester, bis die Nippel hart und geschwollen zwischen den kundigen Fingerspitzen lagen.

Sie biss den Kiefer zusammen, versuchte, keinen Ton von sich zu geben. Es war sinnlos.

„Wunderschön, wie die Erregung in ihr ansteigt." John berührte sie an der Wange, seine Hände fühlten sich kühl auf der heißen Haut an. Sie lehnte sich in die Berührung. Er belohnte sie mit einem Lächeln, das ihr den letzten Nerv raubte. Zur Hölle mit der Selbstbeherrschung. Ihr entwich das gleiche Wimmern wie Kim.

„Entzückend." Dean küsste sie auf die Nasenspitze, und sie setzten sich zu ihren Opfern.

„Durst, meine kleine Sally?", fragte Miles.

Das meinten sie nicht ernst. John hielt Viola einen gebutterten Toast vor den Mund, und sie sah ihn an, als ob sie ihn in seine Bestandteile auflösen wollte, ehe er mit einem sadistischen Grinsen auf den Knopf drückte. Wenn Viola gekonnt hätte, wäre sie von der Sitzfläche geschossen.

„Falls du mich weiter auf diese Weise anfunkelst, bringe ich die neuen Nippelklemmen an."

Alles um Sally verblasste und geriet in den Hintergrund. Es gab kein Entkommen, das Pulsieren auf ihrer Klitoris nahm zu. Miles packte ihr Kinn, während der Orgasmus sie überrannte – mit einer Intensität, die sie überraschte. Wellengleich zuckte ihr Becken, und sie lehnte beschämt die Stirn gegen Miles' Brustkorb.

„Mhm, sie kommt laut und heftig. Ein reizvoller Kontrast, wirkt sie doch ansonsten sehr schüchtern." Musste John es in Worte fassen? Würde er sie jetzt vom Stuhl reißen, um sie zu schlagen?

Wenn sie gekonnt hätte, hätte sie Miles umklammert. Sie tat das Einzige ihr mögliche, sie kam erneut, weil der Schmetterling stärker vibrierte als zuvor, gehalten von Miles' kräftigen Armen und seinem Herzschlag, der bis in ihr Innerstes reichte.

Sie liebte ihn, vertraute ihm und war hoffnungslos aufgeschmissen.

„Schhhh, ganz ruhig, Cara."

Die Vibration stoppte. John löste die Fesseln, sodass sie sich noch enger an Miles presste.

„Du zitterst", sagte John weich. John legte ihr eine Decke um die Schultern, und sie wagte, zu ihm zu sehen, erleichtert, dass er keinen Rohrstock in der Hand hielt. „Du brauchst dich nicht zu fürchten. Viola hat zuerst die Beherrschung verloren." Dann grinste er breit. „Wunderschön, wie du alles um dich herum vergessen hast. Wir danken dir, kleine Sub." John zog ihren bebenden Körper an sich. „Jetzt darfst du Miles dabei zusehen, wie er Viola bestraft. Oder aber du nimmst es ihr ab, legst dich über Miles' Knie und vertraust ihm, dass er dich nur so fest schlägt, dass es dich erregt."

Sie gewährten ihr eine Wahl, es war fast zu viel.

„Ich benutze nur meine Hand, Honey. Ein erotisches Spanking, das dir gefallen wird." Miles' Ausdruck zerschmolz sie mit seiner Intensität. Sie wollte es, wollte wissen, wie es sich anfühlte.

„Komm zu mir, Sally."

Erstaunlicherweise versagten ihre Beine nicht den Dienst. Sie überbrückte die wenigen Schritte, bis Miles' Präsenz sie umhüllte, gleich einer Schicht aus cremigem Schaum. Er umfasste ihre Handgelenke und küsste sie leidenschaftlich und entfernte den Schmetterling.

Würde er es hier tun? Mit Zuschauern? Ihre Gier war zu weit fortgeschritten, um zu protestieren.

Miles lächelte sie an, die grünen Augen leuchteten smaragdgleich. „Diesmal gewähre ich dir ein privates Vergnügen, kleine Sub."

Seine Stimme war heiser, und sie ahnte, dass ihre Reaktion ihn erfreute.

Zu ihrem Erstaunen brachte er sie in ein Schlafzimmer. Es handelte sich nicht um eines der Gästezimmer, es war Miles' Schlafzimmer. Ehe sie

Gelegenheit bekam, den modern eingerichteten Raum zu betrachten, saß Miles auf einem der beiden beigefarbenen Sessel.

„Drüberlegen."

Den Anflug von Panik bekämpfte sie mit Entschlossenheit. Sie musste es tun, weil es den Dämon aus der Vergangenheit, der ihre Seele mit Dunkelheit erfüllte, verbannte. Zudem vibrierte ihr Körper mit unvorstellbarer Begierde.

Sie konnte nicht widerstehen, kniete vor Miles und umfasste seine Hand, betrachtete die Stärke, die darin lag, küsste ihn auf den Handrücken.

Der Moment wäre perfekt gewesen, wenn sie ihm hätte sagen dürfen, dass sie ihn liebte, sich nach seiner Liebe verzehrte.

Sie erhob sich auf die Füße, wünschte, sie schaffte es anmutiger, doch ihre Muskeln verloren den Halt. Mit einem Seufzer fiel sie fast über seine Knie.

„Begierig, Schiava?" Er lachte leise, überhaupt lachte er viel. „Ich fixiere dich nicht, zwinge dich nicht." Miles beugte sich herunter, um sie auf den Nacken zu küssen.

„Es ist unglaublich erregend, dass du dich freiwillig und vertrauensvoll in meine Verantwortung begibst, kleine Sally."

Seine Erektion presste gegen sie. Er bewegte die Beine, positionierte sie in einer Weise, dass ihr Po stärker hervortrat.

Unbewusst hielt sie die Luft an, während ihr Körper verkrampfte.

Er legte ihr die Hand auf den Lendenwirbel, bis sie ausatmete, gefangen von der wärmenden Ruhe, die er ausstrahlte. „Wie lauten deine Wörter?"

Sie hatte die Wörter vergessen, vergessen, dass sie ihren Rettungsanker darstellten. Miles würde sie niemals missachten.

„Raupe und Wespe", flüsterte sie. Sobald die Begriffe ihre Lippen verließen, entspannten ihre Muskeln weiter. Miles würde sie unter keinen Umständen aus Grausamkeit verprügeln.

Er streichelte ihre Schulterblätter, presste leicht auf die Haut. Der erste Schlag traf den Po, und ihr entschlüpfte ein Kichern.

Gab es ein Wort für zu harmlos?

Miles umfasste ihren Nacken, und die Berührung beschleunigte ihren Puls. Er verstand es perfekt, ihre Angst zu balancieren, hielt sie genau auf der Kante, sodass sie nicht in den Abgrund stürzte. Er intensivierte die Zungen aus Feuer, entlockte ihrem Fleisch Hitze, ihrer Pussy Feuchtigkeit.

„Spreiz deine Schenkel." Er unterstrich das Gesagte mit einem brennenden Hieb, der ihr ein Keuchen raubte. „Du bist unglaublich nass." Er führte einen Finger in ihr heißes Geschlecht, indes umkreiste sein Daumen ihre Klitoris.

„Bitte, Miles, bitte."

„Bitte?“
„Ich möchte kommen, Maestro.“
Er schlug ihr auf die empfindlichere Unterseite der Pobacken, die irrsinnig köstlich glühten, und rieb mit der Handfläche über ihre Scham. Die Lustqual trieb sie höher, bis sie die Spitze erreichte, alles still in ihr wurde und sie schreiend kam.
Mit einem äußerst maskulinen Geräusch stand Miles auf, nahm sie bei der Bewegung mit und warf sie auf das Bett. Ohne Umschweife zerrte er seine Jeans hinunter, spreizte ihre Beine, schob ihr die Hände unter den heißen, brennenden Po und fickte sie herrlich hart, das erste Mal, dass er es dermaßen ungezügelt tat, genau wie sie es brauchte.
Er presste seine Lippen auf ihre, eroberte ihren Mund leidenschaftlich, nur um ihre Hüften seinen Stößen entgegenzuheben. Sein schlüpfriger Finger glitt in ihren Anus. Sie hob das Becken weiter an, um ihn tiefer in sich zu spüren.
Oh Gott, sämtliche Reize vermischten sich, und als Miles in ihren Hals biss, packte sie eine neue Welle, während er seine Lust in den Raum schrie.
Miles blieb schwer atmend auf ihr liegen. „Du weinst, Cara.“
Die Art, wie er die Liebkosung sagte, lief an ihr wie geschmolzene Schokolade herunter. Sie fasste an ihre Wangen und drückte das Gesicht gegen seine starke Schulter, spürte ihn noch immer in sich.
Sie erinnerte sich nicht daran, wann ein Moment sie so ergriffen hatte. Gleichzeitig fühlte sie sich leer und bis zum Bersten mit Leben gefüllt. Erneut wollten ihr Liebesschwüre, die sie nicht äußern durfte, über die Lippen sprudeln.
„Willst du mir etwas sagen?“
„Ich bin ausgehungert.“ Die leicht gesprochenen Worte nahm Miles ihr nicht ab, sie sah es ihm an. Zu ihrer grenzenlosen Erleichterung beließ er es dabei, jedoch wusste sie, er gewährte ihr Freiraum, den er jederzeit einzuschränken vermochte.
Die Maestros ließen viel durchgehen, weil sie es mochten, wenn ihre Subs sich selbstbewusst und kreativ zeigten, doch Lügen duldeten sie nicht.
Welche Frau könnte diesen Männern und Miles im Besonderen widerstehen? Auf der einen Seite lauerte die unnachgiebige, dominante und maskuline Versuchung, auf der anderen Seite waren sie einfühlsam, wie sie es niemals erlebt hatte. Dean und John vergötterten Kim und Viola, trugen sie auf Händen, nur um sie verführerisch zu bestrafen. Den Stich Eifersucht, den sie jedes Mal verspürte, wenn Miles vor allem Viola ansah, sagte ihr nicht zu. Bösartigen Neid verdiente niemand im *Federzirkel*.
Zudem besaß sie keinerlei Anrecht auf Miles. Er hatte ihr weder Versprechungen gemacht noch sie belogen. Sie weigerte sich, darüber

nachzudenken, dass er mit sämtlichen Schiavas das Gleiche fühlte wie mit ihr. Der Gedanke war dermaßen grauenvoll, dass es ihr die Wärme entzog.

„Frierst du, Kleines?“

Die Geborgenheit, die er ihr schenkte, gab ihr den Rest. Sie war verloren. Falls er sie eines Tages abwies, würde es ihr Inneres zerstören. Obwohl sie es wusste, klammerte sie sich an ihn, wild entschlossen, jede Sekunde, die er ihr gewährte, zu genießen.

Nach diesem Erlebnis verliebte er sich ein Stück weiter in Sally.

War das überhaupt möglich?

Sie hatte sich in ihn verliebt, er sah es ihr deutlich an, spürte es mit jeder Faser seines Daseins. Durfte er es zulassen, dass sie nach der Erfahrung mit dem Monster sofort in eine neue Beziehung schlitterte? Mit ihm? Einem Maestro, der Schmerz zufügte, um glücklich zu sein. Er kannte Maestros, die sich nebenbei Spielsubs hielten, weil sie Partnerinnen besaßen, die BDSM hassten. Für ihn stellte das keine Alternative dar; wenn er liebte, dann nur ganz, dazu gehörten auch die SM-Sessions. Mit Deborah hatte er das schmerzvoll erkennen müssen. Es gab nichts Befriedigenderes, als eine Partnerin lustvoll zu quälen.

Seine Gedanken riefen ihm die Anfangszeit als Dominus in Erinnerung. Es war John gewesen, der ihn und Dean mit viel Fingerspitzengefühl in diese Art der Liebe eingeführt hatte.

Anfangs rissen ihn das schlechte Gewissen sowie die herrliche Lust auseinander. Er erinnerte sich gut daran, wie er das erste Mal eine Gerte gepackt und sie bei einer erfahrenen Sub eingesetzt hatte, die vor ihm auf dem Strafbock lag.

Sie leitete ihn mit profundem Wissen, nahm ihm die Bedenken, etwas Schreckliches zu tun.

Vorher hatte er John zu einigen Sessions begleitet, jedoch nur seine Hand eingesetzt. Der erste Schlag auf den prallen Popo der Sub weckte nicht nur Gier in ihm nach mehr, sondern auch Angst, dass er es zu weit treiben könnte.

Doch er ging nie zu weit, und seine ursprüngliche Furcht war unbegründet. Zu gut hatte John ihn in die Geheimnisse des BDSM eingeweiht: Wie wichtig die Atmung der Schiava war, die Spannung der Muskeln, der Moment des Loslassens, wenn er das Geeignete tat, um ihr das zu geben, was sie herbeisehnte. Dazu gehörte auch, die Grenzen der Sub auszureizen, manchmal auch zu überschreiten. Und man benötigte ein gewisses Maß an Skrupellosigkeit, denn nur auf diese Weise ging man gemeinsam auf eine Entdeckungsreise, so wie er es gerade mit Sally tat.

Dennoch nahmen er und die Sullivan-Brüder die Gefahr des Absturzes nicht auf die leichte Schulter. Nicht nur die Sub konnte abstürzen, es könnte ebenso den Maestro erwischen.

Sally kuschelte sich seufzend an ihn.

„Noch fünf Minuten“, murmelte sie. Sie fühlte sich richtig in seinen Armen an, lag auf ihm drapiert gleich einem Tintenfisch. Ihre Glieder umschlangen ihn, als ob sie nicht genug von ihm bekommen könnte. Er schmunzelte. Ein sehr sexy Oktopus, mit unendlich warmer und weicher Haut, zudem äußerst empfänglich. Um die Skrupel der Sullivans zu zerstreuen, hatte eine erfahrene Switcherin und starke Masochistin sie zu einer Session eingeladen. Er erinnerte sich genau an die dunkelrote Dressurgerte, die sie in der Hand hielt, ein wissendes Lächeln auf dem Gesicht.

„Bevor wir erkunden, ob ihr unkontrollierbare Sadisten seid, füge ich euch jeweils einen Hieb zu in der Härte, in der ich es mindestens erwarte.“

Josy zertrat ihre Bedenken in Grund und Boden. Der eine Schlag hatte gesessen, die Striemen zeichneten ihn und seine Brüder tagelang. Keiner von ihnen war in der Lage gewesen, sie so mitleidlos zu züchtigen, wie sie es verlangte.

Josy hatte sie bedauernd angesehen. „Jetzt wisst ihr, wo ihr steht, Jungs, echt ein Jammer. Ihr habt euren Sadismus hervorragend im Griff.“ Sie küsste sie nacheinander zart auf die Lippen. „Schade.“

Er erinnerte sich an das herzhafte Lachen. Sie waren noch heute befreundet.

Sallys Magen knurrte deutlich, sie sah scheu zu ihm hoch, mit unterdrückter Traurigkeit in den Augen.

Er brauchte nicht zu fragen, woher sie rührte, weil er es wusste. Vielleicht sollte er ihr sagen, dass er mehr für sie empfand, sich eine Beziehung mit ihr vorstellen könnte.

Das Haustelefon klingelte penetrant. John meldete sich am anderen Ende. „Schwing deinen Arsch in die Bibliothek. Du hast Besuch … Debby.“

John versuchte erst gar nicht, die Abneigung aus seiner Stimme zu halten.

Miles umklammerte den Hörer, und die Vorfreude, Debby zu sehen, überrollte ihn lawinenartig. Er verstand es selbst nicht, er hatte gedacht, dass er nichts mehr für sie empfinden würde. Anscheinend hatte er sich geirrt.

„Zieh dich an, Kleines, ich bringe dich zum Frühstück.“

Den Schmerz in ihrem Blick ignorierte er. Dafür hatte er jetzt keine Zeit.

Später.

Kapitel 5

Sally schluckte die Tränen hinunter, darin war sie eine Meisterin. Dieses Mal traf es sie besonders schmerzhaft, und der Kloß in ihrer Kehle erstickte sie fast, verdeutlichte, dass Liebe Gefahr bedeutete.

Blöd, wie sie war, weigerte sie sich, das Gefühl zu verbannen, sogar als der Schmerz grauenvoll in sie biss, sie hatte zu lange nicht mehr geliebt.

Miles wollte ihr etwas Wichtiges sagen, sie hatte es gespürt, gleich einer warmen Vorahnung, doch bei dem Anruf änderte sich seine ganze Haltung. Er wandelte sich in den Maestro. Doch sie verlangte nicht nur nach dem Maestro, sie sehnte sich nach Miles. Selbst wenn es sie zerbrechen würde, falls sie ihn lediglich auf diese Art bekommen konnte, musste sie lernen, es zu akzeptieren.

Weise Worte, die in ihrem Kopf wie Säure brannten, nur um ein kaltes Gefühl zu hinterlassen.

Gentleman, der er war, brachte Miles sie in den Frühstücksraum. Sofort besaß sie die ungeteilte Aufmerksamkeit von John und Dean.

Sie widerstand der unsinnigen Versuchung, sich in die Arme der Brüder zu stürzen, sich für den Verlust von etwas trösten zu lassen, von dem sie nicht wusste, was es darstellte. Miles hatte ihr nichts versprochen, außer sie ins Leben zurückzubringen. Das hatte er äußerst erfolgreich geschafft.

„Genieß das Frühstück, Kleines, ich habe unerwarteten Besuch bekommen und leiste dir gleich wieder Gesellschaft."

Der Kloß aus ihrer Kehle plumpste ihr in den Magen. Wer auch immer in der Bibliothek wartete, sie hasste ihn, denn all ihre Instinkte warnten sie.

Viola klopfte auf den freien Stuhl neben sich. Erleichtert fiel Sally auf die Polsterung, erfreut von dem leichten Brennen auf dem Po.

Johns intensiver Blick lag auf ihr, und automatisch starrte sie auf ihre Hände. „Sally." Seine Stimme war so mitfühlend, dass der Kloß in ihrem Magen das Ausmaß eines Teigklumpens, passend für ein Familiendinner, erlangte. „Alles kommt in Ordnung, Cara."

Wie konnte er so sicher sein?

Dean stellte ihr eine Tasse Milchkaffee vor die Nase. Die Oberfläche des Schaums zierte ein Smiley aus Kakao. Wie schafften diese Kerle es eigentlich, gleichzeitig dermaßen liebevoll und streng zu sein? Genau in der perfekten Dosis.

„Trink." Was würde Dean tun, wenn sie sich weigerte? Würde er sie übers Knie legen? Die Vorstellung reizte sie mehr, als gut für sie war.

Lachend schüttelte er den Kopf.

Verdammt, sie hatte gedacht, sie wäre fähig, ihre Gefühle und Wünsche zu verbergen.

Viola drückte ihr den Arm. „Ich weiß nicht, auf welche Weise sie es schaffen", flüsterte sie. „Sie wissen jede Kleinigkeit." Sie versah John und Dean mit einem provokativen Gesichtsausdruck, der Sally ein Lächeln entlockte.

„Sally, kochst du nächste Woche dieses sizilianische Hühnchen für mich?" Dean verwickelte sie in ein Gespräch über Gewürze und Desserts. Dankbar akzeptierte sie die Ablenkung, jedoch erstarrte alles in ihr, als Miles mit einer unbekannten Schönheit den Raum betrat. War das seine Geliebte? Versagte er sich wegen dieser Frau, mehr in Sally zu sehen als eine Schiava? Sie konnte es ihm nicht verdenken. Welcher Mann würde dieser Verführung widerstehen?

Mit Mühe schluckte sie die Eifersucht hinunter, zwang stattdessen ein Lächeln auf ihr Gesicht. Sie war bestimmt nett und verdiente keine Feindseligkeit.

„Deborah, darf ich dir Sally, Kim und Viola vorstellen."

Die Blonde entsprach so sehr dem Aussehen eines Cheerleaders, dass Sally sie allein deswegen hasste. Makellose Linien verpackt in einer perfekten Hülle. Das leuchtend blaue Etuikleid unterstrich den biegsamen Körper, der Ton passend zu den Augen, die Sally mit kalter Entschlossenheit musterten.

Sie nahm neben Kim Platz. Sally faste sich an die Haare, wusste, dass sie in alle Richtungen abstanden, und nicht nur bei ihr. Viola und Kim sahen aus, als ob sie gerade gefickt worden wären, ausgiebig und gründlich.

Bei Deborah dagegen befand sich jedes Haar in einem vornehmen Knoten an ihrem Hinterkopf. Er betonte die hohen Wangenknochen, die vollen Lippen, das blöde schöne Antlitz.

„Was möchtest du essen, Deborah?", fragte Miles.

Schnepforah betrachtete angewidert Violas Teller. „Etwas mit wenig Kohlenhydraten." Sie lächelte Viola verschwörerisch zu. „Verzichtet man auf sie und beweist ein bisschen Disziplin, bewirkt es Wunder für die Figur."

Sally hatte nicht gewusst, dass Viola dermaßen hasserfüllt aussehen konnte, doch sie sah auch den Schmerz in der Mimik.

Was für eine dämliche hinterhältige Kuh. Der eigene Zorn brach an die Oberfläche.

John umfasste das Handgelenk seiner Frau, nahm ihr die Gabel fort und fütterte sie liebevoll mit Rührei und Toast. „Iss, Kleines. Ich habe viel von dir verlangt. Du brauchst deine Kräfte für später."

Er richtete seine Aufmerksamkeit auf die Eiskönigin, mit einem Ausdruck auf dem Gesicht, den sie noch nie bei ihm gesehen hatte. Selten erlaubte er sich, offene Abneigung zu zeigen.

„Ich wüsste nicht, dass Viola es nötig hätte, auch nur ein Gramm ihres entzückenden Körpers aufzugeben. Sie übertrifft dich bei Weitem, optisch und persönlich.“ Sein Blick erreichte die Kälte eines Vampirs. „Du bist meilenweit von ihr entfernt.“

Giotto rannte in den Raum, die Pfoten schlammig, der Kopf nass, und aus seinem Maul lief Sabber. Er legte sein Haupt auf Deborahs leuchtend blaues Kleid, und Sally schwor, er grinste.

„Shit!“ Debby sprang auf, und Giotto brach in Knurren aus. Das erste Mal, dass Sally es hörte. Normalerweise stand er in seinem freundlichen Verhalten Viola in nichts nach. Der Hund verfügte über eine ausgezeichnete Menschenkenntnis.

Viola schmunzelte breit, und Kim entschlüpfte ein Prusten.

Ein lautes Lachen kam aus Deborahs Mund. „Gott verdammt, das verdiene ich wohl. Es tut mit leid, dass ich mich auf diese Weise benehme. Eifersucht weckt das Schlimmste in mir.“

Vielleicht, wenn ihre Augen nicht hart wie Glassplitter geglänzt hätten, hätte Sally ihr die Worte geglaubt. Doch sie erkannte Deborah als das, was sie war - ein manipulatives Biest. Und so, wie Miles sie ansah, empfand er viel für diese Frau.

Es wäre besser gewesen zu gehen, jedoch lehnte sich John über Viola, legte seine Hand auf Sallys Bein, presste sie unerbittlich auf den Stuhl. „Du bleibst.“

Zur Hölle mit diesen dominanten Kerlen. Sie fackelten nicht lange, sie handelten, nahmen gern den Zorn auf sich. Sallys zorniger Blick traf John ungebremst und entlockte ihm ein gefährliches Lächeln.

„Versuch es ruhig, Sally.“ Er würde sie auf keinen Fall grausam bestrafen, falls sie sich widersetzte, aber kreativ. Sie konnte nichts gegen die Hitze unternehmen, die sie befiel, an ihr klebte wie warmer Honig.

Kim richtete sich auf. „Ich hole dir saubere Kleidung. Wir müssten die gleiche Größe haben, auch wenn deine Beine etwas kurz sind.“

Sally überkam das Verlangen, ihre Cousine für die Worte zu küssen. Viola schmunzelte ihren Teller an. Wusste Viola, wie bezaubernd es war, dass sie ihre Gefühle offen auf dem Gesicht trug?

Die Art, in der Dean sie angrinste, zeigte ihr deutlich, dass sie Viola in dieser Hinsicht nicht nachstand.

Nach wenigen Minuten kam Kim mit dem hässlichsten Jogginganzug zurück, den Sally jemals gesehen hatte, eine pinkfarbene raschelnde Schrecklichkeit aus den Urzeiten der Achtzigerjahre.

Leider raubte ihnen Deborah die Freude, denn als sie aus dem Bad zurückkehrte, sah sie selbst darin hinreißend aus. Miles setzte sich auf den freien Platz neben der doofen Kuh. Sally konnte den Anblick nicht mehr ertragen, spielte ernsthaft mit dem Gedanken, die Kreativität von John auf eine harte Probe zu stellen.

Sie wollte gerade aufstehen, als Miles sie ansah, lächelte, und alles in ihr zerschmolz. „Komm her zu mir, meine Kleine."

Ohne mit der Wimper zu zucken, sank sie neben seinem Stuhl auf die Knie und presste sich an sein Bein. Er legte die Hand auf ihren Kopf, streichelte ihr Haar.

„Das, Debby, kannst du mir nicht geben. Sally ist mir sehr wichtig. Falls du es ernst meinst mit deiner neu entdeckten SM-Neigung, verweise ich dich gern an ein anderes Mitglied des *Federzirkels*."

Sally schossen Tränen in die Augen, und sie blinzelte, um sie zu unterdrücken.

Miles gab zu, Debby führte ihn in Versuchung mit den verlockenden Worten, dass sie ihn vermisste, bereit war, sich auf die Welt des *Federzirkels* einzulassen. Ihre strahlend blauen Augen hatten von Tränen geglänzt, doch sie vermochte ihn nicht zu täuschen. Er erkannte eine Lüge, wenn ihm eine begegnete.

Dennoch, es hatte ihn gereizt, der hübsche, einwandfreie Körper, so perfekt und geschliffen wie ihre Reaktionen – bis er Sally ansah, deren offene Emotionen ihn ansprangen.

Nein, es verlangte ihm nicht nach Makellosigkeit, er wollte zügellose leidenschaftliche Gefühle, die Sally ihm geben konnte, nicht aber Debby.

Er verspürte den Wunsch, Sally auf den Tisch zu werfen und sie liebevoll zu ficken, für das Geschenk, das sie ihm gab. Sie war ohne darüber nachzudenken neben ihm auf die Knie gesunken, schmiegte sich an ihn, vertraute ihm bedingungslos. Falls seine Brüder noch breiter grinsten, erwog er, sie als Breitmaulfrösche zu verkaufen.

„Es tut mir leid, Debby, doch du kannst mir nicht bieten, was ich verlange."

„Und sie schon?" Zum ersten Mal zeigte Debby eine richtige Reaktion, denn pure Eifersucht schimmerte in jeder Silbe. „Ich finde allein raus."

John stand auf und umfasste ihren Arm. „Ich bringe dich zur Tür."

Sie verschwand genauso schnell, wie sie aufgetaucht war, nur ihr schweres Parfum lag in der Luft. Giotto sah ihr mit einem Ausdruck hinterher, den man nur als Triumph bezeichnen konnte.

Debby hatte Viola gekränkt, Miles sah es ihr an. Heute Abend würde er ihr zuflüstern, was für eine Versuchung ihr praller Arsch darstellte, während er ihn unter der Handfläche spürte.

Sally hatte Deborah von seiner Haut gespült, gleich einem Sommerregen. Das klebrige Gefühl, das er bei ihrem Anblick verspürt hatte, löste sich auf.

Viola behielt nervös die Tür im Auge, und Kim löffelte den Joghurt mit Früchten in sich hinein, als ob es kein Morgen gäbe.

Er traf den Blick von Dean, und beide starrten Viola an. Schuldiger vermochte niemand auszusehen. Viola war im Begriff aufzuspringen, und Miles legte ihr eine Hand auf die Schulter.

„Bleib sitzen, Schiava."

Sie spielte ernsthaft mit dem Gedanken, es auf einen Versuch ankommen zu lassen, das verriet ihm das leichte Anspannen ihrer Glieder. Miles hob nur die Augenbrauen, was bewirkte, dass sie zusammensank, als ob ihr jemand die Muskeln stahl.

Nur Sally sah unschuldig aus und beobachtete die Szene aus großen Augen.

John betrat den Raum wie ein Panther. Falls Kim sich tiefer über ihre Schüssel beugte, würde sie in Joghurt ertrinken.

John glitt näher, blieb hinter Viola stehen. „Du und Kim, ausziehen, auf die Knie neben Sally." Er nutzte die beste Maestrostimme, über die er verfügte, sodass die beiden Schiavas seiner Order ohne Widerspruch nachkamen. John bekam seine Frau gerade noch an den Oberarmen zu fassen, sonst wäre sie in ihrer Hast gestolpert. „Sally, Liebes, auch du ziehst dich bitte aus."

Eine Bitte war das nicht, und Sally wagte es, John anzufunkeln und fragte sich offensichtlich, was er zu tun gedachte, für den Fall, dass sie sich weigerte. Doch der Gedanke verflog so schnell, wie er auftauchte. Miles las sie wie ein Buch. So viel Mut besaß sie nicht. John funkelte sie an, die Mundwinkel spöttisch nach oben gezogen, selbst seine Fingerspitzen wirkten dominant. Die arme Sally erbleichte.

Und was hatte das kleine Violabiest angestellt?

„Bewegt ihr die süßen Körper nur einen Millimeter, merke ich es. Solltet ihr versuchen, ein Versteck im Haus zu suchen, finde ich euch." John umrundete sie, ergötzte sich an den bebenden Schiavas.

Die drei Frauen musterten interessiert das Parkett und John biss sich auf die Unterlippe. Er deutete mit dem Kopf zur Tür.

„Brüder, wir haben die Zügel schleifen lassen und müssen entsprechend reagieren." Er führte sie in die Eingangshalle. Dort hing ein neues Gemälde von Viola und offensichtlich ebenfalls von Kim, denn auch ihre Signatur zierte die Oberfläche.

Dean brach in brüllendes Gelächter aus. Miles musste sich an John festhalten, weil er drohte, zu Boden zu sinken.

Das Gewieher der Männer hallte in den Raum. Sally wusste nicht, ob es ein gutes oder schlechtes Zeichen darstellte. Fragend sah sie zu den Übeltäterinnen.

„Was habt ihr getan?", flüsterte sie.

„Wir malten drei Esel: Johnkey, Deankey und Milkey." Viola prustete die Worte hinaus.

Was? Sally entwich ein hysterisches Geräusch. Waren die beiden verrückt?

Kim warf Viola einen unglücklichen Blick zu. „Du hast mich angestiftet."

Viola schnaubte wie ein Pferd. „Netter Versuch. Du hast mich doch erst auf die Idee gebracht."

„Und was habe ich damit zu tun?" Sally wünschte, sie könnte sich in Luft auflösen.

Viola biss sich auf der Unterlippe herum. „John sah unheimlich motiviert aus."

Sie verstummten, denn die näher kommenden Schritte versprachen Unheil. Sally betrachtete die Fußspitzen, die vor ihr auftauchten wie eine Haifischflosse.

„Wir verhören euch, um die treibende Kraft, die hinter diesem Werk steht, aufzuspüren." Johns Stimme jagte Sally eine Gänsehaut über den Rücken. Er umrundete sie, und als Viola den Kopf hob, um ihn anzusehen, packte John ihr in die Haare. „Nach vorne beugen! Streckt eure süßen Ärsche in die Höhe. Jedes Zögern zieht eine Züchtigung nach sich, die ihr allerdings allesamt zu spüren bekommt."

„John", stammelte Viola. Sie versuchte, sich aus seinem Griff zu befreien.

Ein klatschender Treffer landete auf Sallys Po, zeitgleich mit Kims empörtem Schrei. Dean hatte sie wesentlich härter geschlagen, als Miles es bei Sally getan hatte.

„Du erhältst drei Schläge, von jedem einen, und solltest du nicht augenblicklich deinen Hintern in die Luft strecken, erhöhe ich die Strafe, die jeder Maestro ausführen darf." John lachte sinnlich. „Und du weißt, wie gern meine Brüder deinen üppigen Hintern bearbeiten."

Viola sank auf den Boden. Nacheinander erreichten die Handflächen ihren Po, und das Geräusch hallte laut im Raum.

Sie schrie erbost auf, versuchte vergeblich, sich nach vorn zu schlängeln. John packte ihre Fußknöchel, zog sie grob zurück.

Diesmal erhielt Viola sechs harte Hiebe, Kim und sie jeweils zwei. Ihre waren mehr ein Streicheln, ausgeführt von John.

„Vielen Dank, Viola", zischte Kim. Neun Schläge trafen ihre Cousine in einer Stärke, die ihr ein Wimmern entrissen.

„Aufrichten, Po auf die Fersen, Handflächen auf die Schenkel." John nutzte diesen Tonfall, der ihr eine Gänsehaut über den Körper trieb. Er begutachtete sie, und Sally starrte auf seinen Oberschenkel. Seine Fingerspitzen trommelten gegen den Muskel.

Mist! Sie hatte auf den Boden gestarrt, dabei die Ringe in der Holzmaserung gezählt.

Falls es jemand wissen wollte, es waren zehn Stück.

Sie richtete den Blick nach oben, und die silbrige Intensität jagte ein Pulsieren durch ihr Geschlecht.

„Sally sieht unschuldig aus."

Erleichterung wollte sich dennoch nicht einstellen. Sie hing zusammen mit den Nixen in einem Netz aus Lust.

John setzte einen Schritt nach rechts, legte die Handflächen auf jeweils eine zitternde Schulter. „Aber ihr zwei seid so schuldig, wie man nur zu sein vermag."

Beide Frauen hielten die Luft an, es entlockte John ein weiches maskulines Lachen, welches größte Gefahr bedeutete.

„Aus welchem eurer Gehirne ist die Idee zuerst entsprungen?"

„Aus ihrem", stammelten Viola und Kim gleichzeitig.

Sally sah, dass Miles und Dean die Lippen aufeinanderpressten, als ob sie sich davon abhalten müssten, in lautes Gelächter auszubrechen.

Das konnte nicht sein? Oder doch?

„Wir erwarten für heute Abend einen Verhörspezialisten, der auch ein Meister in der Disziplinierung ist."

Wozu das? Sally würde ihnen alles gestehen, benötigte keinen Anreiz eines zusätzlichen Maestros.

Kim und Viola atmeten aus.

„Um den Einfluss, den die beiden Übeltäterinnen auf Sally ausüben, im Keim zu ersticken, wird sie dem Verhör als Zeugin beiwohnen." John lachte dunkel. „Punkt acht Uhr im *dunklen Salon*. Es wäre besser für euch, wenn ihr außer eurer Haut nichts anhabt."

Der *dunkle Salon*.

Oh, bitte nicht.

Er strotzte vor Utensilien und Möbeln, die ihr nur bei dem Gedanken, was sie damit anstellen konnten, Schauder der Erregung begleitet von Furcht über den Körper jagten.

Miles grinste sie an, er wusste genau, was in ihr vorging. Und nicht nur er. Dean und John wirkten, als ob sie nach Tagen der Hungersnot einen saftigen Hamburger entdeckten, der von einer nackten Köchin zubereitet wurde.

Kapitel 6

Sally starrte den Maestros hinterher, bemerkte erst jetzt, dass ihre Schenkel benetzt waren, ihre Nippel pulsierten und ihre Haut vor Lust glühte. Sie schaute zu Viola und Kim und stellte fest, dass sie auch nicht anders aussahen.

Kim rappelte sich auf, und Viola zog sich an ihr hoch, unfähig, selbst auf die Füße zu kommen.

Sally fühlte sich außerstande, sich zu erheben, sodass die beiden Frauen ihr unter die Arme griffen.

Sie sackte weg, und Viola packte sie um die Taille. Violas Busen drückte sich gegen ihren. Sally blickte in das feuerrote Gesicht von Viola.

Die Anspannung verebbte, um einen befreiendem Lachen zu weichen, bis ihnen die Tränen die Wangen herunterliefen.

„Was habt ihr euch dabei gedacht? Und wie soll ich die Stunden bis zum Abend herumbekommen? Ich sterbe jetzt schon."

„Genau das beabsichtigen sie. John weiß, dass ich es hasse, wenn er das tut, sadistisches Monster." Viola, die mit dem Rücken zur Tür stand, erbleichte. „Er steht hinter mir, gleicht einem diabolischen Hai, der eine saftige Robbe entdeckt."

„Ich würde einen Hai vorziehen", flüsterte Sally und bemerkte, dass auch sie die Farbe verlor, als John ihr die gesamte lasernde Aufmerksamkeit des unnachahmlichen Johnblicks schenkte.

„Ihr solltet am späten Mittag ausreichend essen, sodass ihr für den *dunklen Salon* genügend Kraft besitzt. Wir speisen erst nach dem Verhör … und der Disziplinierung."

Er streichelte mit den Fingerspitzen über Violas Schlüsselbein. „Du wirst uns heute Abend manchen Schrei schenken." Er beugte sich zu Kim. Sally bewunderte die Standhaftigkeit der Cousine. „Nicht nur Viola."

Er drehte sich zu Sally, zwinkerte ihr zu, und sie umklammerte Viola. Sie hörte ihn noch lachen, als er den Flur hinunterlief. Es war das Geräusch eines dämonischen Verführers.

„Mistkerl." Violas Hände zitterten, und trotz alledem stand ihr herrliche Erregung in der Mimik.

„Eine Idee, wer es sein könnte?" Kim fuhr sich durch die Haare, die Pupillen geweitet.

Offensichtlich löste sich der Mut der beiden Nixen in Luft auf, zurück blieben Sünderinnen. Viola schüttelte den Kopf, plumpste auf den nächstbesten Stuhl. „Ich weiß nicht, doch wer immer es sein wird, versteht sein Handwerk." Sie lächelte Sally zu. „Keine Angst, sie tun uns lediglich an, was wir aushalten können."

Kim schnaubte. „Aber bis zum Ende der Session werden unsere Gehirne uns etwas anderes vormachen." Sie schluckte. „Dafür sorgen die Maestros."

Inzwischen zitterten auch Sallys Hände, sodass sie Mühe hatte, die Kleidung überzustreifen. „Und wenn wir uns verstecken oder flüchten?"

Kim und Viola tauschten einen Blick aus und erröteten.

„Das haben wir letzte Woche probiert. Dean und John fanden uns und verschleppten uns ins *Salt*, ein BDSM-Hotel mit Restaurant." Violas grüne Augen versprühten Funken. „Sie fesselten uns splitterfasernackt, legten uns über einen Tisch, und jeder der Doms durfte uns auf den Po schlagen." Sie riss die Augen weiter auf. „Manche von ihnen besaßen Handflächen in der Größe von Bärentatzen. Sie alle machten sich sehr eifrig ans Werk."

„Und das Allerschlimmste war, dass die sadistischen Sullivan-Brüder sicherstellten, dass wir zum Höhepunkt gelangten, vor den versammelten Gästen." Jetzt plumpste auch Kim auf einen Stuhl. Sally tat es ihr nach. „Mehrmals!"

„Ich weiß zwar nicht wie es euch geht, Mädels, aber ich brauche einen Drink." Niemals zuvor hatte Sally ein dermaßen starkes Verlangen nach Alkohol verspürt.

Sie gingen in die Küche, und Viola holte drei Alcopops aus dem Kühlschrank. Sally hatte auf etwas Härteres gehofft, und Kim rollte mit den Augen. „Die starken Sachen halten sie unter Verschluss."

„Trinken sie während einer Session?"

„Nein. Sie sind vorsichtig mit Alkohol. Sogar vor einer Session trinken sie höchstens ein Glas." Viola griff nach ihren Oberarmen.

„Gott, Sally, du bist kreidebleich. Hat Séamus sich betrunken?"

Sie nickte, die Kehle zugeschnürt von den grausamen Erinnerungen. „Wenn er mich hinterher vergewaltigte, dauerte es umso länger. Wieso nur habe ich das über Jahre hinweg erduldet? Ihr müsst mich verachten." Sie biss sich auf die Unterlippe, um die brennende Schuld zurückzuhalten. Warme kräftige Hände umfassten ihre Schultern und zogen sie von der Bank.

Miles.

Ohne ein Wort zu sagen, hob er sie auf die Arme, brachte sie in sein Schlafzimmer, legte sie aufs Bett und umarmte sie schweigend, bis die Tränen versiegten.

Kein Wunder, dass Miles sich nicht ganz auf sie einließ. Wer vermochte eine dermaßen schwache Person zu lieben?

„Kleines, du brichst mir das Herz." Er reichte ihr ein Papiertuch. „Du machst dir Vorwürfe, glaubst, niemand könnte dich lieben."

Sie versuchte, seinem Blick auszuweichen, weil sie sich hilflos und nackt fühlte, er erneut in ihre Seele sah. Er zog sie in eine sitzende Position.

„Du spielst mit dem Gedanken, es wäre deine Schuld, was Séamus mit dir getan hat, denn schließlich hast du dich nicht gewehrt, nicht aufbegehrt, als es schlimmer wurde.“ Sanft streichelte er ihre Wangen. „Du fühlst dich schmutzig und wertlos.“ Miles sah sie traurig an. „Denkst du das über mich, Sally, dass ich zweitklassig und ekelerregend sei?“

Verständnislos presste sie sich dichter an ihn. Was meinte er?

„Ich wuchs in einem kirchlich geführten Waisenhaus auf. Einer der Angestellten hat sich an mir vergangen, körperlich und psychisch. Ich wollte mir gerade das Leben nehmen, als John und Dean mich fanden.“

Sie spürte das Anspannen seiner Muskeln. „Aus Hilflosigkeit und Angst ließ ich es mir viele Monate gefallen.“ Er küsste sie zart auf die Stirn. „Die meisten Menschen zeigen mehr Verständnis für den Täter als für das Opfer, Sally. Aber nicht wir.“

Tränen glänzten in seinen Augen, und sie verlor sich in dem Augenblick. Sie klammerten sich aneinander fest, gefangen in düsteren Erinnerungen, die ihren Schrecken einbüßten, solange sie sich berührten.

Vielleicht konnte er sie doch lieben.

„Hältst du mich für eine schwache Person, Sally?“

Sie schüttelte energisch den Kopf. „Du bist einer der gefestigtsten und ehrlichsten Menschen, den ich jemals kennengelernt habe.“

„Kämpfe gegen Séamus an, Kleines. Erlaube nicht, dass er dich verschlingt. Ich helfe dir. Alle im *Federzirkel* unterstützen dich, selbst Giotto. Du musst uns lediglich lassen.“

Er küsste sie auf die Wangen. „Du brauchst dir nichts vorzuwerfen, wenn du nicht gewesen wärst, wären viele Frauen verloren gewesen.“ Er lächelte sie an. „Wir erhielten gerade die Nachricht, dass sie Bills Schwester Kathy lebend gefunden haben.“

„Wie geht es ihr?“ Noch wollte sich kein Glücksgefühl einstellen.

„Wir wissen nur, dass sie lebt. Mehr erfahren wir morgen. Und nun suchst du die beiden Übeltäterinnen auf und fährst mit ihnen in die Stadt, um in Kaufgelüsten zu schwelgen. Dort könnt ihr Pläne und Strategien aushecken.“ Pures Vergnügen lag auf seinem Gesicht. „Nicht, dass es euch etwas nützen würde. Egal, was ihr ausheckt, wir reagieren entsprechend, innovativ und anhaltend.“

Darauf verwettete sie ihr Lieblingskochbuch.

Ein nervöses Flattern begann in ihrem Körper, und sie realisierte, es waren erregende Angst, Freude sowie Lust auf das Unbekannte. Denn was immer die Maestros für die Schiavas geplant hatten, sie würden sicherstellen, dass sie es mit allen Sinnen spürten und genossen. Jetzt verstand sie, wieso Viola das Bild gemalt hatte, es war ein Spiel der Unterwerfung und des Vertrauens, ein verdammt reizvolles Unterfangen.

Miles grinste breit. „Schamlose kleine Dirne.“ Sie sah ihm an, dass es ihm gefiel, wenn sie etwas ausheckte, ihm einen Grund gab, dass er sie bestrafen konnte.

„So wie du es von mir einforderst, Maestro.“ Sie klimperte mit den Wimpern, wackelte mit den Hüften und erntete einen Schlag auf den Po, der bis in ihr Innerstes drang, nicht weil er schmerzte, sondern weil er das dunkle Verlangen in ihr weckte.

Ob Miles plante, sie heute Abend lustvoll zu spanken?

In der Eingangshalle fand sie Viola und Kim. Sie kicherten auf dem Weg zu Kims rotem Micra mit den weißen Rallyestreifen.

Ein wenig nervös, die frechen Monster, sie konnte es ihnen nicht verdenken. Sie selbst fühlte sich wie ein Erdmännchen, welches vor einer Hyäne flüchtete, nur um festzustellen, dass ein Löwe vor seinem Bau lag.

Miles hatte es geschafft, seine Dämonen aus der Vergangenheit zu bewältigen und tat alles, um ihr bei den eigenen Schrecken zu helfen. Ein Gefühl der Ruhe durchfuhr sie, dieses hielt allerdings nicht lange an. Nach ein paar Minuten flatterte unverfälschte Vorfreude durch ihren Körper, gleichzeitig beängstigend und verdammt erregend.

Viola betrachtete die Auslage des Geschäfts, griff lustlos nach einer dunkelroten Tunika.

„Was ist los, Süße?“ Sally kannte sie inzwischen gut genug, um zu wissen, dass sie geknickt war. Falls sie Ohren wie Giotto hätte, würden sie traurig nach unten hängen.

„Boutiquen sind für dich und Kim, nicht für mich. Wieso stellen die keine Waage in den Eingangsbereich und verwehren einem gleich den Zutritt, wenn man über 55 Kilogramm wiegt?“

Frustriert seufzend hängte sie das Kleidungsstück zurück.

„Von wegen“, brummelte Kim. „Ich brauche einen Push-up, damit ich diese ausgeschnittenen Dinger überhaupt anziehen kann.“

Sally schnaubte noch lauter. „Was soll ich denn sagen? Bei mir reicht kein Push-up, ich müsste zusätzlich Socken hineinstopfen.“

Die Worte von Deborah hatten Viola verletzt, und Sally verspürte erneut das Bedürfnis, der fiesen Schlange nicht nur die Augen auszustechen.

Die brünette Verkäuferin tauchte verständnisvoll lächelnd hinter ihnen auf. „Ich habe für jede der Ladys das Passende.“ Energisch zog sie die dunkelrote Tunika von der Stange. „Das war bereits die richtige Entscheidung. Die leichte Taillierung betont Ihre hübschen Kurven. Kombiniert mit einer gut sitzenden Jeans und nur ein Idiot würde Sie nicht attraktiv finden.“

Sie betrachtete Sally. „Sie brauchen etwas Zierliches, das ihre Augen und Haare zum Leuchten bringt. Lila wäre die perfekte Wahl." Mit zielstrebigen Schritten ging sie zum Nebenständer, reichte ihr eine kurze, taillierte Bluse und eine enge Jeans in der gleichen Farbe. Dann musterte sie Kim. „Ihnen müssten die Etuikleider, die wir frisch reinbekommen haben, fantastisch stehen. Ich habe da eines in leuchtendem Grün."

Die Frau verfügte über ein genaues Augenmaß, die Sachen passten wie angegossen. Sie konnten sich gerade noch davon abhalten, der Verkäuferin um den Hals zu fallen, als sie zufrieden lächelnd vor dem Spiegel standen.

Viola zückte eine Kreditkarte. „Das geht auf John."

Sally wollte protestieren.

„Er besteht darauf, oder soll ich ihm mitteilen, dass du dich weigerst?" Viola lächelte sie süß und mit purem Vergnügen an. Die kleine Erpresserin besaß eine ganz eigene sadistische Ader. „Wusste ich es doch." Triumphierend reichte Viola ihr die Tüte. „Zudem verlangt er, dass wir ins *Naughty Panty* gehen und uns etwas Verführerisches kaufen. Er meinte, wir sollten nicht nackt zu unserem Termin erscheinen."

Die Brünette starrte sie mit offenem Mund an.

Das Herumgealbere und Anprobieren der sinnlichen Kreationen lenkte sie von dem Abend ab, aber kaum saßen sie in einem Bistro, spürte Sally die erregende Vorfreude wie einen lebhaften Regen auf der Haut. Sie fühlte sich zu nervös, um zu essen, erntete aber einen strengen Blick von Viola.

„Glaub mir, du wirst es bereuen, falls du dich nicht stärkst. Wenn du zusammenklapst, weil du nicht genügend gegessen hast, wird Miles dich bestrafen."

Kim lachte. „Du brauchst uns gar nicht mit großen Augen anzusehen. Miles besitzt eine andere Seite, die sich erschreckend konträr zu seiner sanften Art zeigt."

Sally steckte sich zügig eine Gabel mit Nudeln, Tomaten und Austernpilzen in den Mund.

Viola und Kim grinsten sie an. „Sie lernt schnell." Kim fasste ihre Hand und drückte sie. „Ihr beide passt gut zusammen."

„Was?"

„Selbst ein Blinder spürt, dass ihr euch liebt."

Sally trank einen Schluck Traubensaft und unterdrückte das eigenartige Bedürfnis, in Tränen auszubrechen. Die Erwähnung von Liebe, verdeutlichte die Lage, in der sich Sally befand.

„Er hat mir nichts versprochen und ich weiß nicht, ob ich die Richtige für ihn bin."

Viola umarmte sie. „Glaub mir, Sally, du bist die Richtige, und Miles wird es früher oder später erkennen. Wahrscheinlich ahnt er es bereits."

Viola biss herzhaft in die Gemüsetarte. „Ob wir noch ein Dessert bestellen sollen?" Viola sagte es dermaßen verlangend, dass Sally in Lachen ausbrach.

„Wenn Miles dich zum Essen ausführen will, dann musst du besonders auf der Hut sein." Kim sah sie beschwörend an. „Kannst du dir vorstellen, dass er mich gezwungen hat, in einem Restaurant mein Höschen auszuziehen?"

„Das nennst du schlimm. John hat mir ein Vibrationsei in die Pussy gedrängt, mich erpresst, High Heels zu tragen. Fieser Kerl! Und der Kellner wusste Bescheid. Meine Nippel standen ab wie Himbeeren, und ich konnte kaum zur Tür laufen."

„Dean hat mich über den Tisch gelegt, mir das Kleid hochgeschoben, mir den Arsch versohlt. Und das stellte nur die Einleitung dar."

Sally trank den Saft in einem Zug aus und bestellte sich ein Glas Rotwein. Das brauchte sie jetzt, denn Miles hatte ihr vorhin mitgeteilt, dass er sie morgen zum Essen ausführen wollte. „Was glaubt ihr, was führen sie heute Abend im Schilde?"

„Was immer es auch sein wird, es führt uns an unsere Grenzen." Viola kicherte nervös und entriss Sally den Wein, schüttete ihn hinunter, als ob es keinen Morgen geben würde. „Jede von uns hat ihre eigenen Limits. Du brauchst aber keine Angst zu haben, sie scheuen weder Mühen noch Strapazen, damit du das größtmögliche Vergnügen an deiner Furcht verspürst." Ein weiterer Schluck, und in dem Weinglas herrschte gähnende Leere und auf Violas Wangen eine zauberhafte Röte. Dann fingen sie an zu lachen, und die anderen Gäste warfen ihnen amüsierte Blicke zu, weil sie drei pubertierenden gackernden Hühnern glichen.

„Alles in Ordnung, meine kleine Subbie?" Miles küsste Sallys Nacken und strich mit den Lippen über die empfindliche Haut. Er liebte die Gänsehaut, die sie bekam, das Schaudern, das ihren Leib entlanglief. Am meisten jedoch liebte er die Art, wie sie ihn ansah. So vertrauensvoll, die graublauen Augen gefüllt mit köstlicher erregender Furcht.

Die Kreation aus dem *Naughty Panty* stand ihr ausgezeichnet. Leuchtend blauer Satin klebte an ihrem Körper, betonte die Zierlichkeit und bedeckte gerade noch den knackigen Arsch. Die geschwollenen Nippel pressten gegen das zarte Gewebe, bettelten ihn förmlich an, einen der dünnen Träger hinunterzuschieben, damit er ihr Schlüsselbein küssen konnte. Sie seufzte und hätte ihn fast umarmt.

Ein strenger Blick reichte, und sie verschränkte die Fingerspitzen hinter ihrem Rücken, verzog rebellisch die Mundwinkel. Er stellte ihre Beherrschung auf eine harte Probe und fasste mit der Hand an ihren Po, umspannte mit der Handfläche eine Arschbacke, um sie an sich heranzuziehen, sodass sie seine Erregung spürte, die sich gegen seine Jeans drängte.

Verdammt, er stellte nicht nur ihre Disziplin auf eine unerbittliche Probe, es war für ihn nicht weniger schwer. Widerwillig löste er sich von ihr und trat einen Schritt zurück.

Die drei Schiavas waren eine Augenweide. Viola trug ein durchsichtiges grünes Ding, das den perfekten Rahmen für die Kurven bot. Johns samtenes Halsband schmückte ihren Hals, bewirkte, dass die Augen seines Bruders leuchteten vor freudigem Stolz, dass sie ihm in dieser Hinsicht vertraute. Sehr langsam hatte er sich an Violas Grenze herangetastet, die als Kind gewürgt worden war, es nicht ertragen konnte, auch nur eine Halskette zu tragen.

Kims Arsch zierten ein paar schwarze Hotpants und sonst nichts. Sie sah fantastisch aus.

Violas und Sallys Kreationen verfügten über Träger, die mit Schleifen geschlossen wurden. Äußerst praktisch.

„Wir sollten die Schiavas für unsere Gäste vorbereiten“, sagte John mit rauer Stimme.

Ängstlich sah Sally zu Miles, und er zog sie an sich.

„Deine Worte, Sally?“

„Raupe und Wespe“, flüsterte sie.

„Sehr gut. Ich verspreche dir, du wirst sie nicht nutzen wollen. Aber wir tasten uns heute an eine Grenze von dir heran.“

Panikerfüllt sah sie zu dem Sideboard, auf dem zwei Gerten und eine mehrriemige Peitsche mit weichen Lederstrippen lagen.

„Die sind nicht für dich bestimmt. Deine Barrieren sind von anderer Natur.“

Miles setzte sich auf einen Sessel und zeigte auf die Decke, die ein bequemes Polster zu seinen Füßen bildete. Sally ließ sich graziös nieder, sodass sie sich mit dem Rücken zwischen seinen Beinen befand. Er umfasste ihre Schultern und spürte, dass sie sich ein wenig entspannte.

„Zunächst einmal siehst du zu, dass Schmerz durch Gerte und Peitsche verursacht, lustvoll ist, wenn der Maestro sein Handwerk versteht.“

John führte Viola zu dem handgefertigten Andreaskreuz, überzogen mit dunkelbraunem Leder. Miles sah ihr an, wie sie mit sich kämpfte, Angst zugleich Lust empfand, sich John auf diese Weise freiwillig zu unterwerfen.

John befestigte die gepolsterten Ledermanschetten um ihre Handgelenke, ging vor ihr auf die Knie und fesselte ein Fußgelenk. Ein starkes Zittern lief ihr über den Körper, und Dean eilte ihm zu Hilfe, umfasste Viola an der Taille, flüsterte ihr beruhigende Worte zu, sodass John die zweite Manschette um ihren Knöchel schließen konnte. Er überprüfte erneut den Sitz und küsste seine Frau zart auf die Lippen. Er lehnte seine Stirn gegen ihre und entlockte ihr ein süßes Lächeln.

Dean setzte sich neben Miles, und auch Kim nahm zu Deans Füßen auf einer Decke Platz. Dean umspannte mit einer Hand die Kehle seiner zukünftigen Angetrauten. Sie legte den Kopf nach hinten, seufzte lustvoll, als er ihre Nippel zärtlich stimulierte.

Die Tür ging auf. Sean und Ricardo betraten den Raum.

„Das sind Master Sean aus dem *Sadasia* und Master Ricardo, der Besitzer des *Salts*, zudem Mitglied im *Federzirkel*. Sie assistieren uns heute. Master Sean wird Viola disziplinieren."

Miles versuchte, ein Grinsen zurückzuhalten, weil pures Amüsement aus Johns Stimme tropfte, während Viola dunkle Blicke verschoss. Ihre Wangen entflammten in einem entzückenden Rot.

„Du bist still, Kim." Kim zuckte unter der Autorität in Deans Tonfall zusammen, presste allerdings die Lippen aufeinander.

Viola wirkte, als ob sie erwog, mit dem Kreuz zu verschmelzen und gleichzeitig John zu beißen. Sean blieb vor Sally stehen, fixierte sie mit einem unerbittlichen Ausdruck. Miles umfasste ihren Nacken und hielt sie unbeweglich.

Sallys Mund glich einer Wüste. Viola und Kim hatten ihr vom *Sadasia* erzählt, von Master Sean, dass er fast noch *mastriger* wirkte als die Maestros aus dem *Federzirkel*. Sally hatte es sich nicht vorstellen können, jetzt empfand sie die Äußerungen eher als untertrieben. Warum nur musste Master Sean vor ihr stehen bleiben? Mit Mühe unterdrückte sie den Impuls aufzuspringen. Es wäre ihr sowieso nicht gelungen, weil Miles' Hände sie an den Schultern hielten, zudem verfügte sie nicht über genügend Kraft, um seinen Griff zu sprengen. Die arme Viola sah aus, als ob sie gleich in Tränen ausbräche, und John, dieser Arsch, grinste vergnügt.

„Sieh mich an, Sally." Master Seans Stimme zwang sie in den Gehorsam, sodass sie seinen Blick traf. Er war ebenso groß wie die Sullivan-Brüder, einsfünfundneunzig, trug die braunen Haare kurz, und seine blauen Augen blitzten frohgemut. „Ich freue mich zu sehen, dass es dir gut geht." Er legte ihr eine Handfläche unter das Kinn, streichelte mit den Fingerknöcheln der anderen Hand ihre Nippel. „Sehr hübsch und äußerst empfindlich. Miles, deine Schiava ist eine Zierde für den *Federzirkel*."

Er beugte sich zu Kim herab. „Ich liebe diesen Ausdruck in deinen Augen, kleine Sub, besonders den Ausdruck, wenn du kommst. Ich erinnere mich gut an unser erstes Zusammentreffen.“

Sally schluckte bei dem Gedanken, dass Kim bereits auf Master Sean getroffen war und er ihr offensichtlich bereits lustvolle Dinge angetan hatte. Welcher normale Mann sagte so etwas? Doch seine Worte zeigten Wirkung, und Sally fühlte das ziehende Gefühl in ihrem Unterleib, das Bedürfnis, von Miles berührt zu werden. Von ihm Lustschmerz zu erfahren. Ein eigenartiges Verlangen, an Violas Stelle an dem Kreuz zu stehen, hilflos gefesselt, gezwungen zu erdulden, was ein geschickter Master mit ihr anstellen wollte. Wie wäre es, nicht nur von Miles, sondern auch von einem weiteren Master geliebt und bestraft zu werden?

Von Master Sean!

Master Sean umfasste unvermittelt ihr Kinn. „Hübsch. Sag mir, Sally, ist deine Pussy feucht vor Begierde?“

Sie spürte, dass alle sie ansahen, und sie würde die Wahrheit sagen müssen. „Ja“, flüsterte sie.

„Sehr schön.“ Master Sean schenkte ihr ein warmes Lächeln, legte eine diabolische Miene auf, bevor er sich Viola zudrehte.

„John, du hinterhältiger Mcchmaarch.“

Das letzte Wort wurde von Johns Handfläche erstickt.

„Master Sean, sei so gut und entlocke ihr zwei Orgasmen.“

In Johns Hand baumelte ein Knebelball. Viola holte zitternd Luft.

„Es tut mir leid, Maestro.“

John nickte und warf das grässliche Ding zur Seite.

Miles löste die Schleifen des Hemdchens und massierte Sallys Brust, reizte den geschwollenen Nippel zwischen Daumen und Zeigefinger.

„Verschränk die Fingerspitzen hinter deinem Rücken, Sally.“ Miles lachte weich. „Egal, was ich tue, sie bleiben dort. Sonst finde ich einen Weg, dich zu zwingen.“

Master Ricardo setzte sich neben Dean und begann, Kims Brustwarzen zu zupfen.

Sallys Klitoris pochte verlangend, sie wünschte sich, Miles würde sie stimulieren, sie reiben, bis sie kam. Und es war ihr gleichgültig, dass sie nicht allein waren.

Master Sean umfasste Viola an der Taille und flüsterte ihr etwas zu. Was immer es war, sie schenkte ihm ein zögerliches Lächeln.

Sally erstarrte, denn Sean ging zum Sideboard, um die Riemenpeitsche zu holen. Langsam trat er an Viola heran. Beinahe vergaß Sally, die Finger hinter ihrem Rücken zu lassen.

Miles legte eine Hand auf ihre Stirn und zog ihr den Kopf in den Nacken. „Vertrau uns, Kleines. Master Sean verletzt sie nicht ernsthaft. Du hast die Erlaubnis, dein Slowword zu benutzen, falls du der Meinung bist, wir muten ihr zu viel zu."

„Wieso betraft John sie nicht selbst?"

„Weil er ihre Grenzen erweitern möchte. Er vertraut Sean, und Viola weiß in ihrem Inneren, dass John sie über alles liebt, nichts tut, was ihr schadet." Ein Lachen kam aus seiner Kehle, das man nur als gemein bezeichnen konnte. „Aber sie wird es nicht leicht haben … ebenso wenig wie du und Kim."

Die verheißungsvollen Worte rannen an ihrer Wirbelsäule hinab, intensiviert von Kims ungezügeltem Stöhnen, weil Dean und Ricardo ihre Nippel hart zwirbelten. Sally spürte den Laut in ihrem Geschlecht.

Das Wimmern von Viola zwang ihre Aufmerksamkeit auf sie zurück. John legte ihr eine Binde um, und Sally lief es eiskalt den Rücken entlang, weil eine Erinnerung an Séamus sie überrollte, wie er ihr die Augen verbunden hatte, ihre Hände in stählernen Handschellen gefangen. Hindernisse hatten den Raum bevölkert, während er sie mit einer Gerte durch das Zimmer trieb. Sie hatte sich einen Zeh gebrochen und war mit dem Kopf auf dem Boden aufgeschlagen.

„Bleib bei uns, Sally." Miles wusste von dem Vorfall. „Es dient ausschließlich Violas Lustgewinn", flüsterte er ihr zu, die Stimme ruhig und selbstsicher, sodass sich ihr überschlagender Herzschlag beruhigte und sie die Wange gegen seine Handfläche schmiegte. Sie lächelte Dean zu, der sich zu ihr beugte, um sie auf die Nasenspitze zu küssen. Ricardo musterte sie, in den südländischen Gesichtszügen erkannte sie Zuversicht und Zuneigung ohne jegliche Grausamkeit. Und doch waren sie Maestros, allesamt. Der Kontrast raubte ihr den letzten Nerv.

Zwinkernd deutete er mit dem Kinn zu Viola, und sie sah, dass John eine große schwarze puschelige Feder in den Händen hielt. Master Sean ließ die Peitsche durch die Luft zischen, entlockte Viola einen Schrei. Jedoch war es kein Schmerz, der sie schreien ließ, sondern die weiche Berührung der Federn. John streichelte ihren ganzen Körper, bis sie entspannt an dem Kreuz hing, die Schenkel so weit gespreizt, dass Sally ihre Erregung sah.

John nickte dem Master zu, dessen Stimme als dunkles Versprechen über Sally lief, obwohl sie nicht an sie gerichtet war.

„Falls du es wagst, ohne unsere Erlaubnis zu kommen, Sub, kommt es dich teuer zu stehen."

Violas Atmung beschleunigte sich, und sie holte zitternd Atem in Erwartung der Schläge, die sie jetzt treffen würden. Allerdings waren es die

Hände des Masters, die eine Spur an ihren Leib entlangzogen, kurz ihre Scham frech stimulierten.

„Verdammt, Viola. Du bist äußerst nass und willig. Genauso hat dein Maestro dich mir beschrieben."

Unvermittelt entfernte John die Binde, und Master Sean begann mit seiner Arbeit. Er überzog Violas Körper mit Röte, bis sie wimmerte. Die Ruhe, die er ausstrahlte, wirkte anziehend auf Sally, denn er war ein Master und wusste, was er tat. Er schlug nicht hart zu, und dennoch rötete sich Violas Haut. Ihm fehlte Aggressivität, jedoch schenkte er Viola Schmerz. Ihr leises Stöhnen ging in etwas Zügelloseres über. Aus Sallys Kehle löste sich ein Wimmern, weil Miles in ihren Hals biss, an ihrem Fleisch saugte und gleichzeitig an ihren Nippeln zupfte, was beinah unerträglichen Lustschmerz hervorrief. Ihre Finger umklammerten seinen Unterarm.

Mit ruhiger Stimme bat Miles Ricardo, ihm ein paar Handgelenksfesseln zu bringen. Sie war fast dankbar, da sie sich außerstande fühlte, Miles' Befehl nachzukommen.

„Danke, Maestros."

Ricardos warmes Lächeln traf sie, während Miles sie ihr umlegte, den Sitz überprüfte, bevor er sie hinter ihrem Rücken verhakte.

„Dafür bestrafe ich dich später, Sally." Sie hörte in Miles' Tonfall die Lust, die er bei dieser Vorstellung hegte, und ihr entwich ein harter Atemzug.

„Mir scheint, diese Idee gefällt dir, Schiava." Er umfasste ihre Kehle, zwang ihren Kopf in den Nacken, sodass sie ihn ansehen musste. „Wir erweitern heute deine Grenzen, lustvoll und schmerzvoll."

Oh Gott.

Ein Schrei von Viola. John und Sean saugten an jeweils einem Nippel, bereiteten ihre Brustwarzen vor für das, was sie mit ihnen vorhatten. Sie brachten Nippelklemmen an und hängten kleine Gewichte an die Klemmen.

Viola atmete schnell, und Sean berührte ihr Geschlecht, fickte sie mit den Fingern, während sein Daumen ihre Klitoris bespielte.

„John, bitte, Maestro, bitte." Sie keuchte, kniff die Lider zusammen. „Master Sean, ich kann nicht mehr."

„Komm für uns, jetzt, Schiava. Sieh mich an."

Viola zuckte, als sie ihre Lust in den Raum schrie, doch am meisten erregte Sally Johns Mimik. Er sah seine Frau dermaßen hungrig und liebevoll an, dass es warm durch Sallys Körper jagte. Sie wollte das, was Viola besaß, und würde alles tun, um es zu bekommen.

Und wo führte es dich letztes Mal hin, meldete sich eine unangenehme Stimme in ihrem Bewusstsein.

Direkt in die Hölle, antwortete sie.

Genau in diesem Moment beugte sich Miles zu ihr herab, küsste sie zart auf den Mund, öffnete ihre Lippen, und sein Geschmack traf ihre Zunge.

Wenn das die Hölle ist, dann soll es so sein. Meine Seele besitzt Miles bereits.

„Sieh hin, Sally, sieh, was sie ihr antun, wie sehr es ihr gefällt."

John und Sean hatten den gleichen teuflischen Gesichtsausdruck. Sie fassten beide an jeweils eine Klemme.

„Auf drei, Sean."

„Nein!", rief Viola in purer Qual.

„Eins." Noch als John es aussprach, lösten sie die Klemmen. Viola ruckte stöhnend nach vorn, während ihr Tränen aus den Augenwinkeln liefen. Die Männer saugten an den Nippeln, und Seans Hand berührte kaum ihre Scham, als Viola erneut kam, so heftig, dass ihr gesamter Körper zuckte.

Erst jetzt wurde Sally bewusst, dass sie völlig vergessen hatte, das Slowword zu benutzen. Eine Stimme in ihr sagte, hätte sie es getan, wäre Viola alles andere als begeistert gewesen.

Saugende Geräusche drangen an ihre Ohren. Ricardos Schwanz steckte in Kims Mund. Er kniete vor ihr, und Dean nahm ein Paddel auf. „Wenn du ihn beißt, Kim, bekommst du die Peitsche zu spüren."

Er zwang ihr mit den Handflächen die Schenkel weiter auseinander. Kim reckte ihm den Po entgegen, mehr als willig, einen heißen brennenden Arsch zu erhalten. Dean tätschelte zuerst die knackigen Backen, dann traf das steife Leder auf die zarte Rundung.

Aus den Augenwinkeln beobachtete Sally die Maestros. John umfasste Viola an der Taille, während der Master die Fesseln löste, über die Haut rieb und John etwas zumurmelte. Viola hatte einen entrückten Gesichtsausdruck, schien gar nicht zu bemerken, was um sie herum geschah.

Hatte sie sich an einen Zufluchtsort gerettet?

„Sie ist gefangen von den starken Sinneseindrücken. Ihr Körper und vor allem ihr Bewusstsein halten sie noch eine Weile in diesem Zustand. Es ist das größte Geschenk an einen Maestro." Wie immer wusste Miles, was in ihr vorging, und sie presste sich dichter gegen ihn.

In ihr wuchs das Bedürfnis, Miles dieses Geschenk zu geben.

Sean ging zu dem großen Bett hinüber, und John legte seine Frau zu ihm, streichelte ihr liebevoll über die Stirn. Zu Sallys purem Entsetzen lief er mit diesem Panthergang direkt auf sie zu.

„Zeit für deine Session, Liebes." Miles' Stimme war die des Maestros, ein Indiz, dass nur eine Fluchtmöglichkeit existierte, wenn sie eines der Worte benutzte.

Sanft zog er sie auf die Füße, und sie schwor, sie spürte Johns Blick auf der Haut. Was hatten sie vor? So sehr sie die Schläge, die Viola erduldet hatte und Kim in diesem Moment erfuhr, erregten, sie wusste nicht, ob sie bereit war.

Panik drohte sie zu überwältigen. Miles hob sie auf die Arme. Sie wäre beinahe in Tränen der Erleichterung ausgebrochen, weil er nicht auf das Kreuz zulief.

John öffnete die Tür zum Nebenraum, und als er sie schloss, umgab Stille sie. Der Raum war kleiner, intimer, und lediglich ein großes dunkelrotes Sofa, ein Sessel und einer von diesen gepolsterten Tischen, die man auch als Sitzgelegenheit nutzen konnte, zierten ihn.

Miles stellte Sally auf die Füße, löste den Haken der Fesseln, und John entfernte die Manschetten. Er lächelte sie an, auf seinem Gesicht stand klar die Lust, die er bei ihrem Anblick empfand. Sie hatte nicht die geringste Ahnung, was sie mit ihr vorhatten, und kämpfte tapfer die Furcht nieder.

Es half ihr wenig.

Irrsinnigerweise fühlte sie sich erst jetzt in dieser weitaus intimeren Atmosphäre nackt, und sie bedeckte Brüste und Scham, bevor sie sich davon abzuhalten vermochte.

Der Ausdruck in Johns Augen änderte sich, ersetzt durch pure Dominanz, die ihr aus den silbrig glänzenden Pupillen entgegenschlug. Miles trat vor sie, wirkte nicht minder beunruhigend. Ihr drohten die Beine zu versagen, sodass sie Halt bei Miles suchte, ihn umklammerte, als ob ihr Leben davon abhing.

„Sally, setz zwei Schritte zurück, heb die Hände hinter deinem Kopf, verschränk die Fingerspitzen. Füße schulterbreit auseinander. Sofort!"

Sie fühlte sich fast nicht imstande, Miles zu gehorchen, dennoch tat sie es. Das heftige Zittern blieb den Maestros nicht verborgen. Was, wenn John sie ficken wollte? Alles in ihr schrie danach, aufzubegehren, doch tief in ihrem Inneren sehnte sie es auf eine absurde Weise herbei.

Die Szenen mit Kim und Viola hatten sie unglaublich erregt, weder die erregend pochende Klitoris ließ sich verleugnen noch die geschwollenen Nippel, dafür hatte ihr Maestro gesorgt.

„Sehr schön, Schiava." Miles' Stimme wisperte ihr über die Haut und erfüllte sie mit Stolz.

„Darf ich eine Frage stellen, bitte, Maestros?"

Das gleiche zärtliche Lächeln umspielte die Mundwinkel der Maestros. Miles nickte seine Zustimmung.

„Hat Viola nichts dagegen, dass du …" Was bloß? „… dass du dich mit mir … beschäftigst?"

„Ah." Seine Augen glänzten silbriger, und Belustigung lag klar auf Johns Gesicht. Eine gefährliche Mischung. „Viola weiß, was ich vorhabe. Sie schenkt dir mit Freude die Erfahrung."

So ein Biest. Warum sagten sie nicht endlich, was sie vorhatten?

„Du bist von nun an still, Sally, außer du möchtest eines deiner Worte sagen.“ Miles umfasste ihr Kinn. „Du wirst tun, was ich oder Maestro John verlangen.“ Er trat einen Schritt zurück.

Sie verkrampfte die Fingerspitzen ineinander, hielt sich mit Mühe davon ab, den Kopf zu bewegen, da die Maestros sie umrundeten, sie betrachteten, sie allein mit dieser Aktion zum Beben brachten.

Lieber Himmel.

„Maestro John wird dich jetzt untersuchen. Spreiz deine Beine weiter.“ Vier Augenbrauen schossen nach oben, weil sie nicht sofort Folge leistete, damit beschäftigt, zu begreifen, was sie vorhatten.

Ein scharfer Klaps auf den Po stahl ihr ein Keuchen. So fest hatte Miles’ Hand sie noch nie getroffen, und sie wusste, er hielt sich noch zurück. Unerklärliche Gier erfasste sie von den Fußspitzen aufwärts, und entsetzt registrierte sie, dass Feuchtigkeit ihre Oberschenkel hinablief.

Die Maestros bemerkten es ebenso.

„Sie ist sehr erregt. Der Gedanke, dass ich sie gleich berühre, zwingt sie fast auf die Knie. Du hast eine äußerst empfängliche Schiava.“ John hob den Arm, und sie wäre ihrer Bemühungen zum Trotz zurückgewichen, wenn eine harte Wand, bestehend aus Miles, sie nicht daran gehindert hätte.

„Es tut mir leid, Maestros“, platzte es aus ihr. Oh Gott, sie hatte zwei Befehle missachtet. Sie schluchzte auf, als Miles sicher ihre Schultern umfasste, bis sie ruhiger atmete.

„Sieh mich an, Sally.“ Sie fixierte den Blick von Maestro John und versank in den Tiefen seiner Dominanz. Er streichelte ihre Wangen, glitt nach unten, bis er den überempfindlichen Busen berührte. Überhaupt schien alles an ihr jede Berührung unglaublich intensiv zu spüren.

Was dachte er über ihre kleinen Brüste?

Warmes Lächeln traf sie. „Sie sind wunderschön, liegen gut in meiner Hand.“

Wie schafften diese Kerle das bloß? Auf einmal vergaß sie all die Bedenken hinsichtlich ihres Körpers und fühlte sich begehrenswert.

„Sehr schön, Cara. Ich glaube, wir müssen unseren Schiavas eine Lektion in Selbstwahrnehmung verabreichen, Maestro Miles.“

Viel zu sanft knetete John die empfindlichen Kugeln, stimulierte die Spitzen mit steigender Intensität. „Äußerst empfänglich.“ Er grinste zufrieden. „Sag, Miles, hast du sie bereits mit Klemmen versehen?“

Sie wimmerte auf.

„Ah, noch nicht.“ Er beugte sich herab, biss in ihren rechten Nippel, so fest, dass ihr purer Lustschmerz in die Vulva jagte, sodass sie beinah die Fingerspitzen gelöst hätte.

Seine Hände glitten tiefer, berührten den Venushügel. Er spreizte mit Daumen und Zeigefinger ihre äußeren Schamlippen, bis ihre Lustperle ungeschützt seinen tiefgehenden Untersuchungen ausgeliefert war.

„Ist sie so feucht, wie ich denke, John?"

John fickte sie mit den Fingern. „Ungehörig nass."

Wenn er doch nur über ihre Klitoris reiben würde. Sie versuchte, ihm das Becken entgegenzudrängen, und erntete zwei scharfe Hiebe auf den Po.

„Weitere Öffnungen verlangen nach den kundigen Händen von Maestro John."

Bitte nicht.

„Wir sind nicht fertig, Schiava." Miles Stimme war ein bedrohliches Flüstern. Sie reagierte darauf, indem ihr Geschlecht um Johns Finger pulsierte.

Der Maestro entzog ihr die Stimulation und stahl ihr ein Wimmern.

„Dreh dich zu mir." In ihrer Hast, Miles' Worten Folge zu leisten, stolperte sie, und er umfasste ihre Schultern.

„Du lehnst dich nach vorn. Ich stütze dich, sodass du nicht fallen kannst. Du ziehst deine Pobacken auseinander, erduldest, dass Maestro John deinen Anus untersucht."

Das wollte sie nicht.

Oder doch?

„Gehorche!"

Sie beugte sich nach vorn, gehalten von Miles. Nur er bewahrte sie davor, zu Boden zu gehen. Es war ein unglaublich bewegender Moment, weil sie sich ihm ganz anvertraute. Gott, sie liebte ihn.

Sie legte die Fingerspitzen auf den Po, zog die Backen auseinander, und neue Hitze erfasste sie. Auf diese Weise hatte sie noch niemals jemand angesehen.

„Sehr schön, Sally." Miles' Stimme war schrecklich zärtlich und trieb ihr die Tränen in die Augen.

„Ein hübscher kleiner Arsch, der mich einlädt, fortzufahren."

Johns warme Hand berührte sie an der Pospalte, zog eine Spur, bis sie ihr Hintertürchen erreichte, wo er sie vorsichtig massierte.

„Um dich weiter zu erkunden, verteile ich Gleitgel."

Auf ihre Spalte tropfte Kälte, die sich in ein Brennen wandelte, als er den Finger hineinschob.

„Braves Mädchen." Er reizte sie, bis sich das unangenehme Gefühl in Verlangen auflöste.

„Auch hier ist sie äußerst empfänglich. Ich bringe dich jetzt zum Orgasmus, Sally, erwarte, dass du kommst, dich nicht zurückhältst."

Mit der anderen Hand berührte er ihren Kitzler, verteilte das Gel auf ihrer Scham. Sie wimmerte, unfähig es zurückzuhalten. Ein weiterer Eindringling schob sich in ihren Anus und intensivierte die Reizung ihrer Klitoris um ein Vielfaches. Er bewegte die Finger in kreisenden Bewegungen, bis tiefe Gier sie erfasste.

Ihr Becken zuckte unkontrollierbar, begleitet von ihrem Schließmuskel, der sich rhythmisch um seine Finger zusammenzog.

Lieber Himmel!

Sie schrie den Höhepunkt in den Raum, gehalten von Miles, und als die Zuckungen abebbten, richtete er sie auf. Sie verlor sich in seinen Augen, vergaß die geforderte Haltung und umklammerte ihn, während Tränen ihr Gesicht hinabliefen.

John tätschelte sie auf den Po und ließ sie mit Miles allein.

Miles' Selbstbeherrschung erlangte das Limit. Er musste sie jetzt ficken, sonst drohte ihm der Schwanz zu platzen.

Seine Brüder hatten ihm von diesem Gefühl berichtet, dem Augenblick, in dem sie sich in ihre Frauen verliebten, wussten, dass es keinen Ausweg mehr gab. Diesen Moment hatte er erreicht, als Sally sich vertrauensvoll nach vorn gebeugt und nur er sie vor dem Schicksal bewahrt hatte, zu Boden zu gehen.

„Sally, Liebes, ich muss dich vögeln." Er hielt sich gerade noch davon ab, ein *Bitte* hinterherzuwerfen. Er führte sie zu dem gepolsterten niedrigen Tisch.

„Spreiz die Beine darüber, und leg dich mit dem Oberkörper ab."

„Ja, Maestro", hauchte sie, die Stimme dunkel vor Begierde.

Der Anblick reichte und er hätte sich fast in die Jeans ergossen. Ihr kleiner Arsch streckte sich ihm entgegen, die Spreizung öffnete sie für seine Blicke und seinen Schwanz. Die schmale Taille wirkte zerbrechlich. Er plante, ihr in dieser Haltung ein anderes Mal den Po zu versohlen. Er zog sie ein Stück nach hinten, sodass er tief in sie einzudringen vermochte.

„Sally, ich brauche es hart."

Gott, eine höllisch heiße Nässe umfing seinen Phallus. Sie keuchte, als er sich in ihr vergrub, hilflos seinen Stößen ausgeliefert. Er krallte sich in das weiche Fleisch ihrer Hüften. „Sally, zieh deine Pobacken auseinander."

Sie tat es, ohne zu zögern; vertrauensvolle Unterwerfung. Miles konnte sich nicht mehr zurückhalten, zuckend ergoss er sich in ihr, schrie ihren Namen, während der unglaublich intensive Orgasmus abebbte.

„Bleib einen Augenblick in dieser Position, Kleines."

Er ging hinüber in das angrenzende Bad und hielt ein Handtuch unter warmes Wasser. Er wischte ihr seine Spuren vom Körper, nutzte den Moment, um tief Luft zu holen.

Durfte er ihr seine Liebe gestehen oder überforderte er sie? Durfte er ihr zumuten, was er ihr noch anzutun gedachte?

Sie brauchten Zeit. Er biss sich auf die Zunge, um die Worte zurückzuhalten. Er würde sie in ihrem jetzigen Zustand überfallen, wenn er ihr seine Liebe gestand. Sie mussten beide zur Besinnung kommen, daher plante er, sie morgen Abend auszuführen, mit ihr Essen zu gehen, vielleicht ein Kinobesuch. Ein Date ganz ohne SM.

Sie lag mit bebenden Beinen ermattet auf der Unterlage. Miles packte ihre Fußknöchel, zog sie ein weiteres Stück nach hinten und half ihr in eine sitzende Position.

Ihre Augen waren von einem stürmischen Graublau, die Wangen gerötet, die Haare standen ihr wirr vom Kopf. Unwiderstehlich aussehend umklammerte sie ihn erneut. Er hob sie hoch und setzte sich mit ihr zusammen auf die breite Couch. Er reichte ihr ein Glas mit verdünntem Saft, bemerkte irritiert, dass seine Hände zitterten. Auch er trank mit großen Schlucken.

„Maestro?"

Seine Brüder würden vor Neid vergehen. Viola und Kim kam das Maestro nicht so leicht über die Lippen.

Er küsste sie auf den Scheitel. „Raus damit."

„Ich frage mich, ob du mir in dieser Position nächstes Mal den Arsch versohlen könntest."

Ihre Wangen glühten leuchtend rot, und sie presste die Nase in seine Halsbeuge.

Miles nahm einen tiefen Atemzug. „Du weißt nicht, worum du mich bittest. Wenn du in dieser Haltung vor mir liegst, verfügbar für ein erotisches Spanking, wird tiefgehender Schmerz dich erfüllen. Völlig sicher, dass du dafür bereit bist?"

Sie sah unschuldig lächelnd zu ihm hoch. „Soll ich vielleicht Master Sean darum ersuchen?"

Miles spuckte fast den Saft aus und stellte betont langsam das Glas auf den Beistelltisch. Er drückte sie zurück, bis sie unter ihm lag, die Beine spreizte und ihn anlächelte. „Ich möchte es von dir, Maestro. Ich brauche dich."

Miles konnte nicht anders, als sie zu küssen, sie zu schmecken, bis sie sich schnurrend an ihm rieb.

Ihr Magen knurrte laut, und sie brachen in Lachen aus.

„Lass uns zu den anderen gehen und die vorbereiteten Sandwiches essen.“ Er zog ihr einen flauschigen Morgenmantel über. Nach der intensiven Erfahrung fror der devote Part meistens. Sie kuschelte sich in den lilafarbenen Fleece und er zog ihr ein paar Socken über die Füße. Sie kicherte, als er sie unter den Fußsohlen kitzelte. Es drang direkt in sein Herz, das bereits mit ihr gefüllt war.

Erneut wirkte sie, als ob sie in Freudentränen ausbrechen wollte. Sie nahm mehrere tiefe Atemzüge und legte ihre Hand in seine.

Sie liebte es, wenn Miles seine Finger um ihre schloss, die Wärme und Stärke auf sie übergriff. In seinen Armen konnte ihr nichts geschehen, außer, was er für sie plante.

„Ich danke dir, Sally. Du warst großartig.“

Die Tränen, die sie zurückgehalten hatte, bahnten sich ihren Weg.

Miles grinste sie an. „Freudentränen, Subbie.“ Er hob sie von den Füßen, um sie innig zu küssen.

Viola und Kim saßen am Tisch, in die gleiche Art Fleecemantel eingehüllt wie Sally. Viola glich einem kleinen grünen Sensenmann, weil sie die Kapuze über ihren Kopf gezogen hatte. Sally lachte schallend. Kims Wangen leuchteten rot, sie sah genauso aus wie Sally sich fühlte: gefickt, erschöpft und verdammt hungrig.

Sean stand auf, um den Arm um Sally zu legen. „Keine Angst, Baby. Ich beiße nicht.“ Er zwinkerte ihr zu. „Meistens jedenfalls. Wir redeten gerade von dem Tag, an dem ich Viola und Kim kennengelernt habe.“ Sean zog sie auf seinen Schoß, hielt sie mit starken Händen fest. „Ganz ruhig, ich möchte dich nur halten. Als ich dich vor ein paar Wochen gesehen habe, warst du mehr tot denn lebendig. Bitte erlaube mir das Vergnügen.“

Seine Mimik war plötzlich ernst, und er drückte sie an sich. „Wenn sie dich nicht gut behandeln, lass es mich wissen. Im *Sadasia* ist immer ein Platz für dich frei.“ Er grinste Miles frech an. „Jetzt erzähle ich dir die Geschichte von den beiden Nixen, die in mein Netz geraten sind.“

Er griff nach einem Sandwich, schnitt ein Stück ab, stopfte es ihr förmlich in den Mund. Sean erzählte ihr eine unglaublich klingende Story von Kim, die einen erfahrenen Master ausprobieren wollte und mit Viola als ihrem Cover im *Sadasia* aufgetaucht war.

„Natürlich habe ich den *Federzirkel* kontaktiert. Sehr bald hingen Kim und Viola nackt in Fesseln in meinem Badezimmer. Ihre Maestros erteilten ihnen eine Lehre, die sie nicht so schnell vergessen werden.“

Viola trank das Glas Wein in einem Zug aus und kicherte entzückend. Kim tat es ihr nach. Sie bedachten Master Sean mit heißen Blicken.

„Funkelt mich ruhig an, Subbies. Ich könnte euren Maestros vorschlagen, euch im *Sadasia* zur Schau zu stellen.“ Er reichte Sally ein Glas Wein, und sie stürzte es hinunter. „Dein Arsch, Viola, reizt mich mehr, als gut für dich ist.“

Viola riss die Augen auf und glich einer Eule. „Das würdest du nicht erlauben, Maestro, oder?“ Sie flüsterte es John zu, doch jeder im Raum hörte es.

„Maestro Johnkey … zieht es in Erwägung.“ John sah Viola an, verzog keine Miene, ließ sie zappeln, bis sie auf dem Stuhl herumrutschte, nur um schließlich in maskulines Lachen auszubrechen.

Fieser Kerl.

„Komm her, Süße.“ Viola setzte sich auf Johns Schoß, drapierte sich um ihn gleich einer Decke. Sally sah ihr an, dass sie erneut Unheil ausheckte.

Biest.

„Jetzt geh zu deinem Maestro, Sally. Sonst erdolcht er mich noch mit seinen Augen.“

„Darf ich, Maestro?“

Miles zog sie auf seine Knie, und entspannt lehnte sie sich an ihn, genoss es, dass sie Miles' ungeteilte Aufmerksamkeit besaß. Er fütterte sie mit Sandwiches, bis sie zu platzen drohte.

„Sean, wir hätten eine Bitte an dich. Du erinnerst dich an die Fakedomina, die uns angeblich in der Luft zerreißen wollte.“ Johns Stimme klang ungewohnt ernst.

„Nur zu gut“, knurrte Sean.

„Sie ist im *Salt* untergebracht“, sagte Ricardo. „Doch die ganze Geschichte verursacht uns Magenschmerzen. Hazel ist nicht bösartig, und wir dachten, du könntest dich ihrer annehmen, um Licht in die Angelegenheit zu bringen.“

Die Maestros wirkten erleichtert, weil Master Sean nickte.

„Sie muss geschickt verhört werden, zudem ist sie devot, auch wenn sie lieber sterben würde, als es zuzugeben.“ Belustigung tropfte aus Johns Worten. „Ich versichere dir, sie wird dir eine Menge Spaß bereiten.“

Sean nickte und ähnelte einem Löwen, der eine Fährte aufnahm. „Ich unterstütze den *Federzirkel* mit Freuden.“

Gott helfe der armen Devoten, die in seine Fänge geriet. Sie besaß nicht den Hauch einer Chance, gegen Sean anzukommen.

„Ich liefere sie nächste Woche bei dir ab. Du musst Fingerspitzengefühl beweisen, bis sie sich öffnet.“ John grinste sadistisch.

Sally presste sich dichter an Miles. „Vielleicht sollte ich dich zu Master Sean bringen, wenn die Idee dich dermaßen begeistert.“ Miles dämpfte die

Stimme nicht, und alle starrten sie an. Sally betrachtete intensiv den Boden, zählte die Linien in der Holzmaserung.

Totenstille herrschte. Meinte Miles es ernst? Endlich wagte sie es, ihn anzusehen, und pures Amüsement schlug ihr entgegen, aber in den Tiefen seiner Seele entdeckte sie die Gefahr, sodass köstliche Hitze sie ergriff.

Sean beugte sich zu ihr und fasste in den Morgenmantel. Miles musste es gewusst haben, denn ihre Handgelenke befanden sich in einem eisernen Griff.

Sean zwirbelte ihren Nippel, der viel zu begierig zwischen den kundigen Fingern lag, bis sie sich ihm entgegendrängte.

Er räusperte sich. „Wann immer du willst, Maestro Miles. Das *Sadasia* würde sich freuen."

Erneut lösten sich ihre Knochen auf, nur Miles' Stärke hielt sie davon ab, zu Boden zu gehen. Siedend heiß fiel ihr ein, dass er morgen Abend mit ihr ausgehen wollte. Sie würde ihren Arsch verwetten, dass sie im *Sadasia* landeten.

Lieber Himmel.

Später lag sie in seinen Armen, hörte das Rascheln der Blätter und den Regen, der gegen die Scheiben prasselte.

Was hatte er bloß mit ihr vor?

Kapitel 7

Miles stützte seinen Kopf mit einer Hand ab, kämpfte mit der Versuchung, über Sallys Haut zu streicheln, die zarte Wärme ihres Körpers zu spüren. Erneut hatte er die Nacht mit ihr verbracht, und zu seinem Stolz hatte sie durchgeschlafen.

Er freute sich auf den Abend, hoffte, sie würde sich bei einem Vanilla-Date entspannen. Der Tisch im *Boiling Rose* war gebucht. Anschließend könnten sie ins Kino oder im Mondschein spazieren gehen.

Seine Brüder würden ihn bestimmt necken – vielleicht aber auch nicht. John und Dean überraschten ihre Schiavas ständig mit Blumen, verzierten Kuchen mit Herzen. Dean hatte letzte Woche mit Kim ein Mondscheinpicknick im Garten genossen. Giotto war jedoch ausgebrochen, um ein Nachtbad in seinem Lieblingsschlammloch zu nehmen, hatte sich angepirscht und war auf die beiden gesprungen, als sie gerade das tun wollten, wozu der Sternenhimmel einlud. Miles lächelte bei der Erinnerung.

Dean erlitt fast einen Herzinfarkt, begleitet von Kims gellenden Schreien, die sie bis ins Haus hörten. John und Miles waren in den Garten gestürmt, um Kim zu retten. Dean hatte Giotto verfolgt, und Miles schwor, die Mimik des Hundes wechselte zwischen Panik und Schadenfreude. Giotto stand seiner Besitzerin Viola in keiner Weise nach. Sie heckte ständig irgendwelchen Unsinn aus und hatte Kim auch schon infiziert; selbst Sally war nicht vor ihrem Einfluss gefeit.

Sally lag entspannt auf der Seite. Sie umfasste immer ihr Kinn, wenn sie schlief. Die glänzenden Haare reichten ihr inzwischen bis zu den Schultern.

Er gab seinen Widerstand auf und streichelte über ihre Wange. Lächelnd schmiegte sie sich in die Berührung.

„Es ist schön auf diese Art aufzuwachen.“ Dann runzelte sie die Stirn. „Was unternehmen wir heute Abend?“

Er legte die Handflächen auf ihre Rippen, entlockte ihr ein Kichern, als er darüber rieb.

„Es ist eine Überraschung, du neugieriges Ding.“ Er wollte einen Abend, um sie zärtlich zu verführen. Sie sollte sich wohlfühlen, mit ihm reden und lachen.

Sie presste die Lippen aufeinander und wirkte beunruhigt.

„Ich verspreche dir, dass es dir gefallen wird.“

Sie sah ihn an, als ob er ihr gerade mitgeteilt hätte, dass er plante, mit ihr nackt den Mount Everest zu besteigen, nicht sie zu einem romantischen Date auszuführen.

„Vertrau mir, Kleines. Das Rendezvous dient lediglich dazu, dich besser kennenzulernen."

Wenn überhaupt, erschien sie daraufhin noch nervöser. „Wir treffen uns um sechs Uhr in der Bibliothek. Leider müssen wir heute arbeiten. Ein Notfall auf der Baustelle."

Sie erbleichte, sprang aus dem Bett, küsste ihn kurz auf die Wange und murmelte etwas davon, dass sie mit Viola und Kim joggen gehen wollte.

Oh Gott.

Sie sah sich nackt in einem Restaurant über einem Tisch liegen oder angebunden im *Sadasia*, während Miles sie vor allen Anwesenden zum Orgasmus brachte – das schaffte er mit Leichtigkeit, egal, wie sehr sie sich sträubte. Und falls sie es wagte, sich seinen Bemühungen entgegenzustellen, würde es Miles zusätzlich anstacheln.

Wo waren Viola und Kim? Sie musste den Abend mit ihnen besprechen, um sich bestmöglich vorzubereiten.

Atemlos stürmte sie in die Küche, fand dort aber nur die dämonischen Brüder vor. Sie spürte, dass sie errötete und lief nervös zum Kühlschrank, um sich Orangensaft einzugießen.

„Hast du nicht vergessen uns zu begrüßen, Sally?" Johns Stimme riss sie aus der Starre und sie ließ beinahe den Saft fallen. John erreichte sie mit zwei großen Schritten. Seine Kraft und Dominanz und vor allem der Gedanke, was er mit ihr getan hatte, zwangen sie fast auf die Knie. John nahm ihr das Glas aus den Händen und stützte sie an der Taille.

„Was geht in deinem hübschen Köpfchen vor, Schiava?"

Der Mistkerl wusste es ganz genau.

„Antworte, Sally." Miles stand grinsend im Türrahmen.

„Ich habe mich daran erinnert, dass Maestro John mich gestern sehr gekonnt bespielt hat."

Miles lächelte sie an, es zerschmolz sie auf eine beunruhigende Weise. „Wir müssen los, Jungs. Wir sehen uns nachher, Liebes."

Miles hatte einen Ausdruck auf dem Gesicht, den sie noch nicht bei ihm gesehen hatte. Sie suchte Halt an der Arbeitsfläche und benötigte ein paar Minuten, bis sie sich imstande fühlte, das Glas zu umfassen.

Wahrscheinlich heckten die drei gemeinsam einen perfiden Plan aus, was sie ihr antun könnten, um Wünsche von ihr zu erfüllen, die sie selbst nicht kannte. Auf dem Weg zum Ziel würde sie vor Scham und Schüchternheit vergehen.

Sie starrte verzweifelt Giotto an, der sie anstupste und mit der Rute wedelte.

„Wenigstens du verstehst mich."

Er zog die Stirn kraus und legte den Kopf schief, der Inbegriff von süß. Am liebsten würde sie ihn entführen und für sich behalten, wenn der Tag kam, an dem die Sullivans sie vor die Tür setzten. Nur daran zu denken, verursachte eisige Tropfen, die sich den Weg durch ihr Bewusstsein bahnten.

Sie ging vor Giotto in die Knie und umarmte ihn. Anscheinend spürte er ihre Emotionen, denn er verharrte bewegungslos, nachdem er sein Haupt auf ihre Schulter gelegt hatte.

Er roch nach Rosen. Offensichtlich hatte Viola den armen Kerl gestern gebadet.

Kim und Viola waren bei Velvet und Silk, Kims Pferden. Sally beschloss, sie aufzusuchen, um mit ihnen Gegenmaßnahmen auszuhecken.

„Komm, Giotto."

Giotto lief an ihrer Seite, seine Nähe spendete ihr Trost. Wie sollte sie ohne Miles existieren?

Genug gegrübelt, noch befand sie sich im *Federzirkel* und wollte die kostbare Zeit nicht mit düsteren Gedanken vergiften.

Das parkähnliche Grundstück zog sie mit der herbstlichen Atmosphäre in den Bann. Wind rauschte durch die nackten Baumkronen und wirbelte die auf dem Boden liegenden Blätter umher.

Sie blieb stehen, um einen zerbrochenen Engel zu betrachten, der sich auf ein Schwert stützte, erinnerte sich daran, dass Viola die Statue in einem ihrer Gemälde verewigt hatte.

Sie hörte die hellen Stimmen von Viola und Kim, und erneut wurde ihr das Herz schwer. Sie liebte Miles, doch sie hatte auch Viola, John und Dean lieb gewonnen, konnte es sich nicht vorstellen, in einer Wohnung allein zu leben; sogar ein Zimmer in Kims Romantikhotel erschien ihr trostlos wie ein Meer aus Sand.

Der *Federzirkel* bot ihr genügend Rückzugsmöglichkeiten, jedoch war immer jemand da, wenn sie Gesellschaft brauchte.

„Hey, Süße." Viola strahlte sie an, das Gesicht schmutzig, in den Haaren sowie der Kleidung hingen Strohhalme. Sie striegelte Silk, eine Rappstute, die Sally erwartungsvoll anstupste. Velvet, deren Fell mit Kims Haarfarbe um die Wette leuchtete, knabberte leicht an ihrer Jacke.

Lachend holte sie Möhren aus den Taschen, um sie zu füttern. Giotto blickte neidisch auf die Pferde, daher gab sie ihm eine Karotte. Er biss hinein und bedachte sie dann mit einem Blick, der pure Entrüstung ausdrückte, wirkte, als ob er plante, seine Zunge im Stroh von dem ekligen Geschmack zu reinigen.

Der Vierbeiner plumpste seufzend in die Boxeneinstreu und legte den Kopf auf die Pfoten, ähnelte dabei einem Gremlin in Sphinxform.

„Ich brauche eure Hilfe. Ihr müsst mir alles über die Sessions außerhalb des *Federzirkels* erzählen."

Wie Verschwörer saßen sie nicht viel später um den Küchentisch, aßen knusprige Brötchen, die sie mit Milchkaffee hinunterspülten, und tauschten Meinungen aus.

Dann zerteilte Sally für das Abendessen das sizilianische Hühnchen, das Dean sich gewünscht hatte. Sie brauchten nachher nur das Brot und den Auflauf in den Ofen zu schieben. Den Salat wollte Viola zubereiten.

Um sich die Zeit zu vertreiben, stellte Sally anschließend noch ein Trifle mit Himbeeren und Karamell her, welches Viola ein Strahlen auf das Gesicht zauberte.

Die Stunden zogen sich hin, gleich einem Vortrag über Buchhaltung. Gleichzeitig rückte der Abend erschreckend rasant näher. Sally badete, entfernte sämtliche Haarstoppeln an jeder Körperstelle, cremte sich anschließend ausgiebig ein. Viola hatte ihr geraten, ihre Haut gut vorzubereiten, denn dann würden mögliche Striemen schneller verheilen.

Ihr knickten die Beine weg, als sie nur daran dachte, dass Miles sie vor fremden Menschen mit einer Gerte bearbeiten könnte. Eine dunkle Seite von ihr wünschte sich den Schmerz herbei, aber es sollte intim und privat sein. Doch er hegte offensichtlich andere Pläne.

Sie plumpste auf das Bett, betrachtete verzweifelt die Kleidung, die sie anziehen wollte. Niemals in ihrem ganzen Leben hatte sie so lange nach dem richtigen Outfit gesucht.

Es musste auf jeden Fall ein Kleid oder ein Rock sein. Dean hatte Kim bestraft, als sie eine Hose zu ihrem Date angezogen hatte. Auch John bestand bei Viola auf Kleider. Ihr glühten die Wangen bei dem Gedanken, dass Slip und BH ein Verbot darstellten.

Gott, es war so kalt. Gegen halterlose Strümpfe konnte er nichts einwenden. Zuerst hatte sie ein enges Kleid in Erwägung gezogen, das ihm nicht so leicht den Zugriff ermöglichte, nur um es wie eine heiße Kartoffel auf den Boden zu werfen, denn es existierte die berechtigte Gefahr, dass er es ihr auszog, um das zu bekommen, wonach er begehrte.

Daher entschied sie sich für ein knielanges schwarzes Kleid, das am Oberkörper mit einem Bustier unterfüttert war und zum Saum hin weiter wurde.

Sie betrachtete sich ein letztes Mal im Spiegel. Ihre Haare waren eine wilde Masse dank des Festigers, ihre Augen wirkten durch den blauen Kajal groß und geheimnisvoll. Sie legte noch ein wenig rosafarbenes Lipgloss auf und packte entschlossen die kleine Samttasche.

Miles stand an einem der Fenster in der Bibliothek und drehte sich bei ihrem Eintreten um. Er trug einen dunkelblauen Anzug, kombiniert mit einem hellblauen Hemd. In Jeans sah er umwerfend aus, doch der Einreiher schmückte ihn auf eine verdammt maskuline Weise. Er lächelte sie an, umfasste mit starken Fingern ihre und musterte sie.

„Du siehst hinreißend aus, Cara."

Ihr fiel eine Wagenladung Heuballen vom Herzen.

„Ist das Kleid nicht zu kalt?"

War das eine Fangfrage?

Sie schüttelte den Kopf.

Er half ihr in den schwarzen taillierten Mantel und schlüpfte selbst in einen kurzen Ledermantel, der über große Taschen verfügte.

Ein Frösteln lief ihr bei dem Anblick den Rücken entlang, weil sie eine Menge Platz für Utensilien bargen, die sie nicht in der Öffentlichkeit tragen wollte: Vibrationseier, Knebel, Klemmen, Analplugs.

„Hast du heute nicht genug gegessen, Kleines? Du scheinst mir etwas schwach auf den Beinen zu sein." Er lächelte ihr aufmunternd zu. „Das Restaurant besitzt eine fantastische Küche."

Soweit sie wusste, stellte das *Sadasia* kein eigenes Essen her, aber das *Salt*. Er plante, sie ins *Salt* zu verschleppen, in die Höhle des mediterranen Verführers Ricardo.

Miles legte ihr den Arm um die Schultern. Sie spielte für eine Sekunde mit dem Gedanken, sich an den Türrahmen zu klammern, doch das würde nur die dominante Seite in ihm anfachen.

Erneut dieses unergründliche Lächeln, als er den Sicherheitsgurt befestigte und die Beifahrertür schloss.

Wenn sie jetzt in Tränen ausbrach, vielleicht verspürte er Mitleid, und sie würden zu Hause bleiben.

Miles betätigte den Rückwärtsgang des Jeeps, und es gab kein Zurück mehr: Sie war auf dem Weg, öffentlich vor einer Horde Fremder zu stehen, dabei von ihrem Maestro in die Lust gezwungen zu werden.

Göttin, hilf mir.

„Du bist so still, Sally."

„Ich bin aufgeregt."

Er legte die Hand auf ihr Bein, und sie spürte die Wärme durch das dünne Material.

„Dazu gibt es keinen Grund, entspanne dich, genieße den Abend." Er hatte leicht reden. „Du frierst. Ich suche einen Parkplatz in der Nähe des *Boiling Rose*."

Boiling Rose! Einer Drohung gleich hing der Name in der Luft.

Zu ihrem Erstaunen war der BDSM-Club mitten in einer Einkaufsstraße und wirkte wie ein gemütliches Restaurant. Sie ließ sich nicht von dem ersten Eindruck täuschen, der mit hell gestrichenen Wänden, bunten

Blumengemälden und schwarzen Lackmöbeln daher kam. Unauffällig betrachtete sie die Gäste. Doch niemand kauerte auf dem Boden, trug ein Halsband oder lag nackt über einer Stuhllehne.

Das hatte nichts zu sagen. Wahrscheinlich wollte Miles sie nur in Sicherheit wiegen.

Der Kellner lächelte sie an und führte sie zu einem ruhigen Tisch im hinteren Bereich.

War er eingeweiht? Misstrauisch musterte sie ihn. Das konnte nicht sein, er wirkte kaum alt genug, um Auto zu fahren. Aber sie wusste, der *Federzirkel* bildete Doms aus, die sie für würdig erachteten und den strengen Standards des *Federzirkels* entsprachen.

Miles begrüßte die Besitzer mit Handschlag.

Oh, Gott. Sie waren informiert.

Sie hätte sich gern auf einen der beiden Stühle gesetzt, doch Miles deutete ihr an, auf der rot gepolsterten Lackbank Platz zu nehmen. Wahrscheinlich wollte er sie dort in die Enge treiben. Er gab dem Kellner nicht seinen Mantel, sondern legte ihn über den freien Stuhl neben sich.

Sie ahnte warum.

Miles fasste nach ihren Händen. „Dein Puls rast wie verrückt, Kleines. Dieser Abend dient dazu, dass wir uns besser kennenlernen."

Das konnte alles bedeuten. Sie starrte verlangend auf das Weinglas. Mit einem Schluck stürzte sie den Chardonnay hinunter. Verdammt, jetzt fror sie noch mehr, zudem entschlüpfte ein nervöses Kichern ihren Lippen. Nach dem Frühstück hatte sie nichts essen können, weil in ihrem Magen Gummibälle herumsprangen.

Miles umfasste erneut ihre Hände, und die Wärme seiner Handflächen kroch ihr die Arme hinauf. „Du frierst, Cara." Er lächelte sie geheimnisvoll an, stand zu ihrem Entsetzen auf, fasste nach seiner Jacke und setzte sich neben sie.

„Ich habe hier etwas, das dich erwärmen wird."

Das ältere Pärchen beobachtete sie schmunzelnd.

Er griff in die Manteltasche, und Sally konnte ein Wimmern nicht zurückhalten. Panik überrollte sie wie ein Sandsturm. Alles drehte sich, bis Schwärze sie verschluckte.

„Sally!" Miles tastete nach ihrem Puls.

„Was ist mit der kleinen Lady? Sollen wir einen Arzt rufen?" George, der Inhaber des *Boiling Rose* beugte sich besorgt über Sally.

Zu Miles' großer Erleichterung schlug Sally die Augen auf, sah ihn an wie eine Antilope, die vor einem hungrigen Löwen stand.

Verdammter Mist, sie verspürte Angst vor ihm, und alles, was er ihr hatte sagen wollen, verwandelte sich in kalte Asche.

Anne, Georges Frau, reichte Sally ein Glas Wasser. „Kind, hast du heute noch nichts gegessen?“ Sie warf Miles einen Blick zu, der einen Gladiator in die Knie gezwungen hätte und in ihm das Bedürfnis weckte, sich zu verteidigen.

Zu seiner Bestürzung brach Sally in Tränen aus, umklammerte ihn wie eine Ertrinkende.

„Ist sie schwanger?“, fragte George unverblümt.

Es durchfuhr Miles heiß und kalt. Sally schüttelte vehement den Kopf. Bei dem Gedanken, dass sie ein Kind von Séamus in sich tragen könnte, packte ihn Übelkeit.

„Ich habe nur vergessen zu essen.“

Miles glaubte ihr kein Wort. Die Bewusstlosigkeit resultierte aus einem anderen Grund – weil sie eine dermaßen starke Angst vor ihm verspürte, fürchtete, dass er ihr etwas antun wollte, das sie nicht ertrug. Woher kam diese plötzliche Furcht? Seine Pläne, die gemeinsame Zukunft zu besprechen, wurden von einer Lawine begraben. Im *Federzirkel* wartete ein Kaminfeuer auf sie. Er hatte keine Session für heute geplant, sondern wenn überhaupt, hatte er sie zärtlich vor dem Kamin lieben wollen, während das Licht des Feuers auf ihrer Haut spielte. Alles, was sie anhatte, war die Platinkette, die er ihr schenken wollte, geschmückt mit einer extra für sie angefertigten Feder mit einem Saphir, der ihrer Augenfarbe entsprach. Er hatte das Geschenk gerade aus der Manteltasche genommen, als sie ihn angesehen hatte, als ob er plante, ihr eine Vogelspinne auf den Kopf zu setzen.

Anne reichte ihr ein Glas Cola. Sie trank in kleinen Schlucken.

„Möchtest du nach Hause, Cara?“

Sie traute sich kaum, ihn anzusehen, während sie nickte. Er legte ihr den Mantel um die Schultern, umfasste sie an der Taille, weil sie noch immer zitterte.

Sie hielt ihn für ein Monster. Vielleicht erinnerte er sie an Séamus, und sie fürchtete jede seiner Berührungen. Schätzte er sie dermaßen falsch ein? Und ebenso seine Brüder? John und Dean hatten ihm vorhin auf den Rücken geklopft in der Annahme, er hätte mit Sally die Frau fürs Leben gefunden.

Sally saß schweigend neben ihm. Er drehte die Heizung auf, da sie nicht nur zitterte, sie bebte am ganzen Körper und biss sich auf die Unterlippe, um weitere Tränen zu unterdrücken.

Zur Hölle, hier stimmte etwas nicht. Er lenkte den Jeep auf einen Waldparkplatz.

„Sally, wir fahren erst nach Hause, wenn du mir erzählst, wieso du mich plötzlich fürchtest, als ob ich der leibhaftige Teufel wäre."

Zehn Minuten später starrte er sie mit offenem Mund an, während er auf die Kurzwahltaste hämmerte.

John meldete sich nach dem zweiten Klingeln.

„Wo sind Viola und Kim?"

„Sie liegen neben uns zusammengerollt auf der Couch. Was ist los, Miles?"

Er erzählte ihm die Neuigkeiten.

„Wir bringen sie ins Strafzimmer. Wann triffst du ein?" Die Stimme seines Bruders war ein gefährliches Flüstern.

Miles unterbrach die Verbindung und reichte Sally die samtumhüllte Schachtel. „Das wollte ich dir im *Boiling Rose* geben, Cara."

Sie öffnete die Schatulle, und wenn es nicht so traurig gewesen wäre, hätte Miles bei ihrem Gesichtsausdruck gelacht.

„Es tut mir leid, Miles."

Er schnaubte. „Viola und Kim wird es gleich noch viel mehr leidtun."

Ihre Unterlippe zitterte.

Verdammt!

„Legst du sie mir um, Maestro?"

Miles wusste nicht, ob er ihr Maestro sein wollte, nicht, falls sie ihm misstraute, befürchtete, er würde ihr schaden, rücksichtslos auf ihren Bedürfnissen herumtrampeln.

Ihre Unterlippe bebte stärker, und sie sah ihn mit einem Ausdruck auf dem Gesicht an, der Giottos in nichts nachstand, wenn es ihm nach Keksen gelüstete.

Sie warf sich um seinen Hals. „Bitte verzeih mir, Maestro."

Er schob sie auf Armeslänge von sich. „Vielleicht später."

Er legte den ersten Gang ein. Der Jeep rollte von dem Parkplatz. Wie auf Bestellung fing es an, in Strömen zu regnen. Wozu hatte er ihr Safewörter gegeben, wenn sie sie nicht benutzte? Wieso hatte sie ihm nichts von ihren Ängsten erzählt? Er wollte keine Beziehung, in der seine Partnerin sich vor ihm fürchtete, ihn anlog und ihm misstraute.

Der Rest des Weges verlief in Schweigen. Kaum hielt er zu Hause an, sprang Sally aus dem Wagen. Er bekam sie nach zwei Schritten zu fassen und umklammerte ihre Oberarme.

„Ich will in mein Zimmer."

„Das denke ich nicht. Du begleitest mich."

Ihre Mimik wechselte, und sie sah ihn mit unverhohlenem Zorn an. Das erste Mal, dass er diese Emotion bei ihr bemerkte. Sie funkelte ihn an, versuchte sogar, seinen Griff zu durchbrechen. Das Bedürfnis, sie über seine Knie zu legen, ihr so lange den Arsch zu versohlen, bis sie weinte, brodelte in ihm hoch. Sie hatte ihn tief verletzt. Wenn er ehrlich war, war es ein ganz neues Gefühl.

„Du hörst dir an, was sie zu sagen haben." Er beugte sich zu ihr herab, bis seine Nasenspitze ihre berührte.

Zum Henker, sie zitterte vor Kälte, und der Regen prasselte auf sie. Seine Geduld erlangte das Ende, er packte sie, warf sie über seine Schulter. Da konnte sie noch so strampeln, ihr Leichtgewicht hielt er mühelos in Schach. John erwartete ihn grinsend in der Tür.

Miles setzte Sally erst im Strafraum ab. Ein Stich Genugtuung erfasste ihn, als die Übeltäterinnen bei seinem Anblick erbleichten. Sollten sie nur.

Kim und Viola knieten auf dem Boden. Dean stand hinter ihnen, auf dem Gesicht die gleiche Belustigung wie bei John.

Miles' Zorn verdampfte ein wenig.

Die Unterlippen der zu Bestrafenden zitterten, Sally zitterte sogar am ganzen Leib.

„John, ziehst du bitte Sally die nassen Sachen aus. Und ihr zwei, ausziehen!"

„Aber …"

Dean packte Kims Nacken, schnitt ihre Einwände mit harten Händen ab. „Maestro Miles gab dir einen Befehl."

Sie gehorchten. Miles zog langsam das Jackett aus, legte es sorgfältig auf den Stuhl und krempelte die Ärmel hoch.

Er umrundete die Frauen, betrachtete das leichte Zittern, das über ihre Körper lief, bis es schließlich zu einem richtigen Beben wurde. Er blieb vor ihnen stehen und löste die oberen Hemdknöpfe.

John hielt Sally sicher in seinen Armen, dennoch wirkte sie verloren.

„Als John dich ins Restaurant ausgeführt hat, welche Jahreszeit hatten wir, Viola?"

„Frühling."

„Du hast also nicht gefroren in deinem Kleid?"

„Nein."

„Und hast du nicht John von deiner Fantasie berichtet, die du hinsichtlich eines Kinobesuches hegtest? Dass ein Fremder dich bespielt?"

Viola schluckte hörbar. „Ja, das habe ich."

„Und du, Kim, war es kalt bei deinem Besuch im *Salt*? Hat Dean irgendetwas getan, was du wirklich nicht wolltest?"

„Nein, Maestro Miles", flüsterte sie.

Er nahm ein schmales Lederpaddel vom Sideboard und wippte damit gegen seinen Oberschenkel. Ängstliche Augen fixierten ihn.

„Diese Kleinigkeiten habt ihr natürlich vergessen zu erwähnen, als ihr Sally in Panik versetzt habt."

Er packte in Violas Haare und zwang ihren Kopf in den Nacken.

„Sie war viel zu dünn angezogen, von Angst erfüllt, dass ich ihr in der Öffentlichkeit eine Session aufzwinge, obwohl sie nicht dazu bereit ist." Er beugte sich zu Kim herab. Rote Flecken zierten die bleichen Wangen. „Ich bin ein Maestro und kein Blöddom."

„Aber …"

Er schlug ihr mit dem Paddel auf den Oberschenkel, und sie holte zitternd Luft.

„Habt ihr wirklich geglaubt, dass ich Sally überfordern würde? Haltet ihr so wenig von mir?"

„Nein, Maestro", schluchzte Viola. „Es tut mir leid."

„Alles, was ich vorhatte, war einen romantischen Abend mit Sally zu verbringen, mit ihr unsere Zukunft zu besprechen."

Er deutete Dean an, Kim auf die Füße zu helfen, und sie fesselten sie über dem Strafbock.

„Stattdessen ist Sally vor Panik bewusstlos geworden."

Sie befestigten Viola neben Kim.

„Ich bestrafe euch beide, bis ich es in eure Ärsche gehämmert habe, ihr von Reue erfüllt seid und das nächste Mal darüber nachdenkt, ehe ihr meine Schiava in Angst und Schrecken versetzt."

Er drehte sich Sally zu, die sich an John klammerte.

„Tu das nicht, Miles. Es tut ihnen doch leid."

„Nicht leid genug", knurrte er. „Glaubst du, ich bin richtig wütend, Sally?"

Sie holte tief Luft, bevor sie antwortete. „Ja, Maestro."

„Befürchtest du, ich verliere die Beherrschung und weiß nicht, was ich tue?"

„Nein, Maestro."

„Viola, Kim, verdient ihr die Strafe, die ihr von mir erhalten werdet?"

„Ja, Maestro", kam es aus den Kehlen.

Er betrachtete die Hinterteile seiner Opfer, der eine prall, der andere knackig, beide verführerisch. Rot eingefärbt würden sie ihm noch besser gefallen. Er berührte die Arschbacken, spürte das Zittern unter den Handflächen, und seine Wut verflüchtigte sich. Stattdessen breitete sich Lust in ihm aus, denn er liebte Viola und Kim, auch wenn sie ihn und seine Brüder manchmal zur Weißglut trieben. Aber machte das nicht eine gute Schiava aus? Er grinste seine Brüder an, während er den hübschen Popos die ersten Schläge verpasste, die die Haut erwärmten und sie auf die Dressurgerte vorbereiteten.

Als ihn die Pobacken mit einem hellen Rot lockten, intensivierte er die Stärke und die Geschwindigkeit, bis sie schluchzend um Gnade baten.

Doch beide riefen kein Safeword.

Er hielt inne, berührte die Pussys, die vor Nässe glänzten, und griff nach den Vibratoren. Er brachte sie bis kurz vor einen Orgasmus, nur um erneut das Paddel aufzunehmen und ihre Ärsche mit einem leuchtenden Rot zu überziehen.

Sie wimmerten schwer atmend.

„Bitte, Miles, bitte."

Er stellte sich vor Viola, packte sie an den Haaren und zog ihren Kopf in den Nacken. Wie sie ihn ansah, nur ein Monster könnte ihr widerstehen. Ach was, selbst ein Monster könnte nicht so grausam sein.

„Dean, wärst du so nett. Viola zuerst."

Dean nahm das Sextoy, führte es in ihre Pussy. Miles fasste unter sie, reizte ihre Klitoris, spürte, dass sie fast so weit war.

Dean zog den schwarzen Lustbringer heraus und berührte die erigierte Perle. Ein lautes Stöhnen entwich ihr, und als der Orgasmus sie ergriff, schlug Miles mit der Dressurgerte zu, so hart, dass Striemen den Arsch zierten.

Er lächelte, weil sie Johns Namen brüllte, während sie zitternd über dem Bock lag. Die Strenge der Strafe stellte sicher, dass sie sich noch eine Zeit lang daran erinnern würde.

John presste Sally an sich, massierte ihren Busen, stimulierte die Nippel, die geschwollen und tiefrot zwischen seinen Fingern lagen. Miles fing ihren Blick auf, und die Hitze darin fuhr in seinen Schritt. Sie sah gerade eine andere Seite von ihm, reagierte darauf mit herrlicher Lust.

„Maestro Dean, bitte überprüfe die Erregung meiner Schiava."

Hektisch holte sie Luft, denn an Deans Liebkosungen war sie nicht gewohnt, aber ihre Begierde war zu weit fortgeschritten, um zu protestieren, zudem vertraute sie Dean.

Dean beherrschte den Panthergang ebenso wie John, doch sie schenkte ihm keine Aufmerksamkeit. Stattdessen sah sie Miles an, selbst als Dean ihre Hüfte umfasste und ihr eine Hand auf den Venushügel legte. Er spreizte die Schamlippen, und Sally sank gegen John, der sie sicher an der Taille hielt. Ihre Wangen entflammten, dennoch drängte sie sich Deans Berührungen entgegen.

Miles hatte das Gefühl, sein Schwanz würde gleich explodieren.

Dean räusperte sich, glitt mit dem Mittelfinger in ihre Scham.

„Sie ist klatschnass. Anscheinend hat ein erotisches Spanking mit einer Gerte den Schrecken verloren. Das solltest du bei der Gestaltung des restlichen Abends berücksichtigen, Maestro Miles."

Mit Mühe brach Miles den Augenkontakt ab. Sally musste sich gedulden, bis er Kim bestraft hatte.

Er löste Violas Fesseln und richtete sie auf.

„Auf die Knie. Warte dort, bis ich dir etwas anderes sage.“

Sie zitterte zu sehr, um es allein zu schaffen, daher reichte er ihr die Hände. Viola umklammerte sie und sank auf den Boden, während ihre Augen ihn anbettelten, ihr zu verzeihen.

Das hatte er bereits. Aber sie verdiente es, ein wenig länger zu leiden.

„Jetzt zu dir, Kim.“ Er umrundete sie mehrere Male.

„Maestro John, bitte versehe sie mit einem Analplug.“

John lachte weich. „Es juckt mich in den Fingern, einen von den neuen zu benutzen, sind sie doch extragroß und verfügen über eine äußerst innovative Struktur.“

Er zeigte Kim den Plug, dessen Oberfläche Windungen zierten, und sie wimmerte. Jedoch schlug der begierige Unterton deutlich durch. John tropfte ihr Gleitgel auf den Anus, bereitete sie vorsichtig mit seinen Händen vor.

Miles erleichterte es ihr, indem er ihren Kitzler massierte, als John den Eindringling hineinschob. Kim überraschte sie beide, sie kam sofort und heftig.

Unersättliches Biest.

Miles nahm das Paddel auf, verabreichte ihr Schläge, bis sie jammerte. John platzierte einen Aufliegevibrator unter ihrem Geschlecht, schaltete ihn auf die höchste Stufe.

Ein Stöhnen, das mehr einem Schrei glich, kam aus Kims Kehle, denn sie wusste, dass der Schmerz, den er ihr gleich verabreichten würde, den Höhepunkt unendlich steigern würde. Sie kämpfte nicht dagegen an, und die Gerte sauste auf ihren Po. Er schlug sie härter als Viola, weil Kim es mochte. Sie schrie Deans Namen, während der starke Orgasmus ihren Leib erfasste. John küsste sie liebevoll auf das Schulterblatt, und sie lösten die Fesseln. Kim sank mit tränenüberströmtem Gesicht neben Viola auf die Knie.

„Entschuldigt euch bei Maestro Miles und bei Sally.“ Johns Stimme war streng.

Sie taten es herzerweichend.

Zum Teufel!

Miles zog zuerst Viola auf die Füße und küsste sie auf die Nasenspitze. „Du weißt, dass ich dich liebe, Viola.“

Sie warf ihm die Arme um den Hals. Sie war unglaublich süß, und sie wusste es. Kopfschüttelnd drückte er sie John in die Arme.

Er reichte Kim die Hände. Für einen Moment funkelte sie ihn an, doch dann lag sie weinend in seinen Armen.
„Maestro Miles." Sally sprach leise.
„Auch ich verdiene eine Strafe, weil ich deinem Urteilsvermögen misstraute und Viola und Kim in diese Lage brachte." Sie schluckte schwer. „Bitte züchtige mich, Maestro."

Seine grünen Augen verbrannten sie fast mit der Intensität, mit der er sie ansah. Schweigend betrachtete er sie, bis sie alles überdeutlich spürte, die Atemzüge, den Herzschlag, die pochenden Nippel, die pulsierende Scham. Nicht eine Sekunde lang hatte sie das Gefühl gehabt, er würde die Beherrschung verlieren, Sally und Kim etwas antun, das sie nicht verkrafteten. Er hatte sichergestellt, dass selbst eine Bestrafung ihnen Begierde bereitete. Auf beide Frauen war er eingegangen, hatte ihre Vorlieben berücksichtigt und den Schiavas größtmögliche Lust geschenkt. Sie konnte nicht mehr verstehen, dass sie ihm misstraut und befürchtet hatte, er ginge zu weit. Ihre Furcht war unbegründet. Sie schämte sich entsetzlich.
Die Geräusche verblassten in den Hintergrund, bis nur noch Miles und sie übrig blieben. Er trat auf sie zu, umfasste ihr Kinn, die Mimik ernst und konzentriert.
Er reichte ihr die Hand, und sie ergriff mit kalten Fingern seine warmen. Erneut überraschte er sie, denn er beförderte sie nicht über den Strafbock, sondern brachte sie aus dem Raum.
„John hat die Bibliothek für uns vorbereitet. Dein erstes Spanking, bei dem nicht nur meine Handflächen dich berühren, bleibt unter uns."
Anstelle eines Candle-Light-Dinners und Liebesschwurs würde sie jetzt schmerzvolle Lust erfahren, und es geschah ihr recht. Sie hatte Miles durch ihren Argwohn den Abend verdorben.
Ein flackerndes Kaminfeuer erwartete sie, davor lagen Kissen und Decken. Sandwiches und klein geschnittene Honigmelone lockten auf Tellern.
Miles führte Sally auf die weiche Unterlage, zog ihr mit ruhigen Händen den Fleecemantel vom Körper. Er ging zu dem Sideboard, kehrte mit mehreren Manschetten zurück. Keine Gerte, wie sie erleichtert feststellte.
„Gib mir deine Handgelenke."
Sie liebte den Sinnesreiz der Lederfesselungen, denn sie gaben ihr ein Gefühl der Sicherheit, als ob sie sie beschützten. Er befestigte sie um ihre Beine, direkt oberhalb der Knie.
„Hinknien, Honey. Die Schenkel gespreizt"

Er verband ihre Handgelenke mit den Fesselungen der Beine, brachte sie in absolute Hilflosigkeit.

„Leg dich auf eine Schulter, dreh den Kopf zur Seite." Er half ihr, und das Vertrauen, das sie in ihn hatte, wärmte ihr Bewusstsein.

Sie war ihm vollkommen ausgeliefert. Die Erkenntnis jagte pure Lust in ihr Geschlecht.

Wie würde es sein, wenn er sie schlug, nicht zaghaft, sondern sie mit dem Schmerz herausforderte, sie so weit trieb, bis sie sich ihm öffnete?

Er legte ihr eine Handfläche auf den Po, mit der anderen umfasste er ihren Nacken. „Ich werde dir wehtun, Sally."

Bitte, bitte, er sollte endlich anfangen.

„Du wirst weinen, Sally, dich mir öffnen in einer Weise, wie du es bisher bei keinem Mann getan hast. Lediglich deine Safewörter halten mich auf."

Sie wusste, das stimmte nicht. Er betrachtete sie genau, würde rechtzeitig aufhören, selbst wenn sie es nicht konnte.

„Du darfst so laut schreien, wie du willst. Und das wirst du."

Ihre Schenkel zitterten im Gleichklang mit der pulsierenden Klitoris.

Seine Hand löste sich von ihrem Po, der erste Hieb traf sie überraschend brennend auf die rechte Seite. Er hatte die Finger gespreizt, und der Schmerz trat sofort ein. Miles schlug scharf zu, hielt sie in Schach, indem er ihren Nacken packte, bearbeite den Po systematisch mit wechselnder Heftigkeit. Sie hörte auf zu denken, nur noch der Reiz auf ihrem Arsch zählte.

Das Lodern nahm zu, erfasste sie gänzlich, und anders als früher war es ein köstlicher Schmerz, der prickelnd über ihren Körper lief wie Champagner.

„Zuerst verlangt es mich danach, dich nur unter meiner Haut zu spüren. Nachher benutze ich etwas Effizienteres."

Sie schrie bei den letzten Schlägen, presste weinend ihr Gesicht gegen das Laken, dennoch raste ihr pure unverständliche Begierde durch den Leib.

Unvermittelt stoppte er und drang mit einem Stoß tief in sie ein. „Du unverschämtes Luder. Reizt dermaßen meine Beherrschung." Mit zwei Fingern massierte er ihre Klitoris in harten, kreisenden Bewegungen. „Jetzt, Sally."

Der heftige Höhepunkt überraschte sie, entlockte ihr einen Schrei, der in ein Wimmern überging, als ihre Scheidenmuskeln zuckten. Miles enthakte die Manschetten, befreite sie von dem gepolsterten Leder und legte sie zärtlich auf die Unterlage.

„Heb dein Becken, Kleines."

Er schob ihr ein Kissen unter, drang langsam in sie ein, küsste sie sanft, während er sie liebte.

„Streichel dich selbst, Cara."
Sie tat es, und er hielt sich zurück, bis sie so weit war, erst dann gab er seiner Lust nach. Er schrie ihren Namen, denn ein lang anhaltender Orgasmus packte ihn.
„Du gehörst mir, Sally. Ich liebe dich."
Was sagte er da?
Sie traute ihren Ohren nicht, misstraute dem Gehörten, derweil drohte ihr Herz stehen zu bleiben.
Zu ihrem puren Entsetzen meldete sich ihr Magen mit einem lauten Knurren, und sie brachen in Lachen aus.
Miles holte das Samtkästchen und legte ihr die Kette um, die kühl ihren Hals zierte. „Bezaubernd. Jetzt lass uns essen, ehe du mir verhungerst." Er sah sie scharf an. „Das war nur eine Einleitung, stärkerer Schmerz erwartet dich später."
Sie rückten näher an die Flammen, genossen in angenehmer Stille das Mahl. Ihr wurde nicht nur von der Hitze des Feuers warm, Miles wärmte sie von innen heraus. Er liebte sie.
Sie warf sich auf ihn, und er ließ sie gewähren.
„Ich liebe dich, Maestro." Sie küsste ihn auf die Nasenspitze, leckte sich ihren Weg nach unten, bis sie sein Geschlecht erreichte. Sie schob sich Schokoladeneis in den Mund, zusammen mit seinem heißen Schwanz.
Er zuckte mit dem Becken nach oben, und sie grinste ihn an.
„Oh nein, du kleine Hexe. Vergiss den Gedanken, nur du wirst gefesselt, nicht ich."
Ein erneuter Löffel Eis. Diesmal entlockte sie ihm ein lautes Stöhnen, als sie an ihm saugte, ihn lutschte, bis er sich in ihrem Mund ergoss.

Sally betrachtete sich im Spiegel, das erste Mal seit Langem nahm sie den eigenen Körper bewusst wahr.
„Was siehst du, Cara?"
Wenn sie sich ansah, fühlte sie sich unsicher, doch sobald sie sich der Glut in seinen Augen klar wurde, gepaart mit der dominanten maskulinen Haltung, verwandelte sich die eigene Wahrnehmung, sodass sie erspähte, was Miles sah. Als ob ein Voilevorhang zur Seite wich und ihre Konturen erstrahlten.
„Ich habe zugenommen, meine Hüften weisen eine sanfte Rundung auf."
„Beschreib mir deine Brüste, deine Nippel. Berühre sie."
„Mein Busen ist klein und fest, die Spitzen von einem zarten Rosa." Sie umfasste die Kugeln, stimulierte die hellen Brustwarzen, bis sie dunkelrot zwischen den Fingerspitzen hervorlugten. „Bei Erregung schwellen sie an. Die Farbe ändert sich, bis sie samtigen Rosen gleichen."

Er räusperte sich. „Ein sehr poetischer Vergleich."

Federleicht berührte er mit den Lippen ihre Schultern.

„Es gibt noch Weiteres an dir zu erforschen. Schildere mir dein Geschlecht, während du die Schamlippen spreizt und mir deine Klitoris präsentierst."

„Ich brauche Halt, Maestro. Umfasst du mich bitte an der Taille?"

Seine Augen funkelten vergnügt. Warm und stark umspannte er sie, leicht gebräunte Kraft auf heller verletzlicher Haut.

Sie glitt mit der Hand über ihren Bauch, froh, dass ihre Hüftknochen nicht mehr so schlimm hervorstachen, betastete den rasierten Venushügel. Hitze und Nässe jagten ihr ein Pulsieren durch den Körper.

Miles' Lachen vibrierte gegen ihren Nacken. „Erregend, nicht wahr, Kleines? Jetzt öffne dich für mich."

Sie kippte das Becken ein wenig nach vorn, spreizte die äußeren Schamlippen, sodass Miles sie betrachten konnte.

„Sie ist geschwollen und pulsiert."

Miles umspannte ihre Kehle. „Deutlichere Worte, Schiava."

Sie bebte unter der Kraft, die auf ihrem Hals lag.

„Meine Klitoris, sie ist erregt, sehnt eine Stimulation herbei."

„Führe den Zeigefinger in die gierige Pussy, verteile den Saft auf deinem Kitzler."

Noch nie hatte sich die eigene Berührung auf diese Weise angefühlt, als ob es die Hände eines Liebhabers waren.

Ein Seufzer stahl sich ihr von den Lippen.

„Es ist, als ob mein Geliebter mich berührt, mein Maestro mich liebkost."

Keuchend bemerkte sie, dass Röte ihre Wangen erfasste, ihre Augen die Farbe änderten, das Blau in ihnen zurücktrat und das Grau stärker strahlte.

„Du bist mein Maestro, mein Master. Miles, bitte."

„Was, mein Kleines?" Er fasste von hinten zwischen ihre Schenkel, schob langsam einen Finger in ihr Geschlecht.

„Ich möchte kommen, Maestro."

„Gieriges Luder." Er biss in ihre Schulter, vögelte sie mit den Händen, während sie über ihre Perle rieb.

„Jetzt, Sally."

Ihre Muskeln verloren den Halt, und ein heftiger Orgasmus ergriff sie. Noch während die letzten Zuckungen ihre Vulva erfassten, drehte Miles sie um, hob sie hoch, nur um sie gegen den Spiegel zu pressen.

Sie verschränkte die Beine hinter seinem Rücken, und er fickte sie hart, trug sie schließlich hinüber in das Schlafzimmer und setzte sich auf die Bettkante, während sein Schwanz in ihr vergraben war.

Obwohl sie oben saß, behielt er die Kontrolle. Er packte ihre Pobacken und zog sie auseinander. Es intensivierte das Gefühl seines Phallus in ihr.

„Streichle dich, Sally."

Mehr Aufforderung brauchte sie nicht, sie kam zusammen mit Miles, fiel schließlich ermattet auf ihn.

Sie fasste an ihren Hals und nahm die Feder in die Hand.

„Gefällt dir die Kette, Kleines?"

„Ja, Maestro. Sie ist ein Meisterwerk." Wer immer auch das Kleinod hergestellt hatte, verstand sein Handwerk. Filigrane Strukturen in Platin verewigt. „Bist du noch böse auf mich?" Plötzlich fühlte sie sich den Tränen nah, als ihr bewusst wurde, wie sehr sie Miles verletzt hatte.

„Nein, Sally. Aber ich erwarte in Zukunft Ehrlichkeit von dir, dass du deine Bedenken äußerst." Er zog sie an den Haaren zu sich herunter. „Niemals ist eine Schiava, die unter meiner Obhut stand, vor Angst bewusstlos geworden, weil ich ein Schmuckstück aus der Tasche gezogen habe." Ein breites gefährliches Grinsen lag auf seinem Gesicht, und er zog sie über seinen Schoß.

„Bitte mich darum, dich angemessen zu züchtigen."

Sie wollte es, und der Gedanke, dass köstliche Pein sie erfasste, während sie freiwillig über seinem Schoß lag, erfüllte sie mit heftiger, dunkler Lust, die ihr ein Schaudern durch den Körper trieb.

„Bitte, Maestro. Bestrafe mich."

„Ich benutze ein schmales Lederpaddel." Er zog es unter dem Kopfkissen hervor, und diesmal züchtigte er sie wirklich, hörte erst auf, als pure herrliche Agonie ihren Po in ein berauschendes Flammenmeer verwandelte, ihr Tränen des Schmerzes das Gesicht entlangliefen und sie ermattet über seinen Knien lag, zu erschöpft, um zu schreien.

„Dreh dich um." Er stützte sie mit den Händen, blickte ihr tief in die Augen. „Jetzt komm noch einmal für mich."

Er berührte sie kaum, als der Orgasmus sie forttrug, sie sein Handgelenk umklammerte, während sie seinen Namen in den Raum schrie. „Schsccchh." Er zog ihren bebenden Körper in die Arme, hielt sie, bis sie wieder zu sich kam. Er reichte ihr ein Glas mit einem Strohhalm, und sie trank wie eine Verdurstende.

„Ich war dort, Maestro. Im Subspace."

„Hat dir der Ort gefallen?"

Sein liebevoller Blick fuhr direkt in ihr Herz.

„Die beste Reise, die ich jemals unternommen habe." Sie grinste ihn an. „Séamus schmilzt zu einem fernen Klang, den ich kaum noch höre."

„Mit der Zeit verblasst er zu einem Schatten in deiner Erinnerung."

„Denkst du noch oft an das Arschloch zurück, das dich als Kind misshandelt hat?“

„Nicht mehr. Das verdanke ich den Sullivans. Am Anfang, als sie mich zu sich genommen haben, wachte ich jede Nacht schreiend auf. Hank, unser Dad, hat mich gezwungen, darüber zu reden. Auch John ließ mir keine Ruhe. Es hat geholfen. Wenn sie nicht gewesen wären …“

Die Pein auf seinem Gesicht verdeutlichte ihr, was sie für ein Glück hatte, in der Obhut des *Federzirkels* zu sein. Miles erlaubte nicht, dass ihr jemals wieder jemand Leid zufügte. Was für ein Widerspruch. Ein Mann, der aus Lust Schmerzen zufügte, beschützte sie vor Gefahren. Und nicht nur Miles bewachte sie, der gesamte *Federzirkel* stand hinter ihr.

Wie sehr Qualen Vergnügen bereiten konnten, hatte sie gerade erfahren. Es war unglaublich geil gewesen, selbst in ihren kühnsten Träumen hätte sie sich nicht ausgemalt, dass sie auf diese Weise reagieren würde. Mit jedem harten Schlag hatte Miles ein Stück von ihr entblößt, bis sie seelisch nackt auf seinem Schoß lag, sich weinend und schreiend unter seiner Gnade befand, innerlich von dem Wunsch zerrissen, dass er aufhören möge und es endlos auf diese Art weiterging.

Unbeschreiblich intensive Emotionen hatten sie überrollt, alles, was verblieb, war Miles zusammen mit einer absoluten Stille in ihrem Herzen.

Miles unterdrückte das Grinsen mit äußerster Anstrengung, denn Dean trug sein düsterstes Maestrogesicht. Die Nixen versuchten, sich nicht davon beeindrucken zu lassen.

Sie versagten kläglich. John lungerte über ihnen wie eine dunkle Versuchung.

Zeit einzuschreiten, sie noch ein wenig mehr zu verunsichern.

„Für nächstes Wochenende haben wir uns ein besonderes Spiel ausgedacht. Wie steht es mit eurer Fitness?“

Viola und Kim waren gut in Form, sie joggten regelmäßig, doch alle drei Gesichter erbleichten. Miles lehnte sich herunter. „Sally, wie sieht es mit dir aus?“

„Ich schaffe es, vierzig Minuten zu joggen.“

„Das sollte reichen.“

„Wir verhängen ein Orgasmusverbot für die restliche Woche.“ Auch John beugte sich herab, die Stimme ein drohender Hauch. Dean packte eine Gerte, streichelte die Spitze. Die Augen der Nixen saugten sich daran fest.

„Solltet ihr masturbieren, merken wir es.“ Dean schlug mit der Gerte auf die Tischplatte. Die Mäuse sprangen fast von den Stühlen. „Dann möchte ich nicht in eurer Haut stecken.“

Miles umfasste die Genicke von Kim und Sally. Sie verharrten atemlos. Viola starrte ihn an, als ob Fangzähne aus seinem Mund ragten. Es kostete ihn unendlich viel Mühe, den strengen Gesichtsausdruck beizubehalten. John war ihm keine große Hilfe, weil er sich auf den Handrücken biss, um das Lachen zurückzuhalten.

„Habt ihr jedes Wort verstanden, Schiavas?“ Er legte gerade genügend Nachdruck in die Stimme, dass die drei weiterhin die Luft anhielten. Anschreien weckte nur den Trotz, doch die Stimme in seidenen Stahl gepackt, verfehlte niemals seine Wirkung.

„Ja, Maestros“, kam es atemlos aus den Kehlen.

Mit energischen Schritten verließen sie die Küche.

Violas helle Stimme entriss ihnen die Beherrschung. „Was zum Geier haben die sadistischen Fieslinge geplant?“

Das Gesprochene besaß einen dermaßen hoffnungsvollen Unterton, in dem ihre Begierde offen mitschwang, dass John ein Prusten entwich. „Was immer es ist, Ladys, wir sollten joggen gehen, unsere Kondition stärken.“

Hektisches Stuhlgeruckel begleitete die Worte.

Nachdem die Männer in Miles' Jeep eingestiegen und die Türen sicher geschlossen waren, brachen sie in lautes Lachen aus.

„Ich schwöre dir, John, wenn Viola mich noch eine Sekunde lang mit diesem Gesichtsausdruck, der mich an einen zornigen lüsternen Schlumpf erinnert, angesehen hätte, hätte ich die Beherrschung verloren.“ Miles seufzte tief.

„Wo sind bloß die Tage der überlegenen dominanten Stellung hin?“

„Das kann ich dir sagen, John. Drei sexy Hexen führten ein teuflisches Ritual aus, beraubten uns unserer Kraft.“ Miles drehte sich zu John, der auf dem Beifahrersitz saß. „Hat Timothy die Waffen besorgt, die wir für das Spiel benötigen?“

John nickte. „Alles, was wir an Ausrüstungsgegenständen brauchen. Dean hat interessante Elektrofoltergeräte aufgetrieben. Ein paar davon eignen sich besonders für Sally. Sie stimulieren nicht zu schmerzvoll.“ Er leckte sich über die Lippen. „Violas Nippel halten mehr aus. Sie liebt Klemmen, hasst sie zugleich.“

„Wie geht es Sally?“, fragte Dean.

„Sie besitzt eine stärkere devote Ader, als ich zuerst vermutet hätte. Gestern gab sie mir das größte Geschenk.“

„Ah, sie ist im Subspace gelandet.“ Er hörte John an, dass er sich sehr für ihn freute. „Als Deborah letztens hier aufgetaucht ist, befürchtete ich das Schlimmste.“

Miles umklammerte das Lenkrad fester und atmete tief aus.

„Sie übt noch immer einen Reiz auf mich aus. Ich kann es nicht erklären.“

Dieser sadistische Gesichtsausdruck war ein Indiz, wie sehr er es genoss, sie auf diese Weise zu quälen.

Er ließ sie in den Fesseln, lief zum Sideboard hinüber, und sie hob den Kopf, um zu sehen, was er holte.

Ihr blieb fast das Herz stehen. Es war ein Doppeldildo.

„Bitte, Miles."

Sie ahnte, er würde sie weiter treiben, bis sie vor Gier verging, nur um ihr die Erfüllung zu versagen. Sie zappelte, soweit es die Fesselung zuließ.

Wie konnte er nur!

Drohend lungerte er über ihr. „Halt den Mund, Sally."

Sie funkelte ihn an, was ihm das düsterste Lächeln entlockte, welches sie jemals bei ihm gesehen hatte.

Er berührte ihren Bauch mit den schrecklich rauen Fingerkuppen, beugte sich herab, nur um ihr in den Nippel zu beißen, bis sie keuchte.

Miles legte die Tube mit dem Gleitgel zwischen ihre Brüste, nahm den Dildo und rieb das dünnere Ende mit dem Gel ein.

„Das wird heute kein kurzes Unterfangen – je mehr du dich wehrst, desto länger bearbeite ich dich."

Er verteilte das Gel auf ihrem Anus, und nichts hatte sie auf das Gefühl der zweifachen Penetration vorbereiten können.

Viel zu leicht drangen die Dildos in die gierigen Öffnungen. Die verdammten Fesselungen gaben nicht nach, egal wie sehr sie daran zog.

Grundgütiger.

Es fühlte sich so verboten und so geil an. Der Reiz in ihrem Hintertürchen übertrug sich in ihr Geschlecht. Sadistisch grinsend, bewegte Miles den Doppeldildo, bis sie glaubte, vor unerfüllter Geilheit zu sterben.

Er wusste es, und dass er es wusste, machte sie rasend. Nicht, dass es ihr etwas genützt hätte.

Die Reizungen hörten jedes Mal genau in dem Augenblick auf, bevor der Orgasmus einsetzte. Ihre Muskeln zitterten, ihre Seele schrie nach der Erfüllung, doch er versagte sie ihr.

Langsam glitt das Sextoy ein und aus. Miles leckte über ihre Haut, schnipste mit den Fingerspitzen gegen ihre unglaublich empfindlichen Nippel und richtete sich auf. Die Dildos verblieben in ihr.

Er griff nach dem Gleitgel. Ungläubig betrachtete sie ihn, wie er es auf seiner Erektion verteilte, masturbierte, sie währenddessen mit seinem Blick fixierte. Ihre Vaginalmuskeln zogen sich um das Sextoy, und er schlug ihr hart auf den Oberschenkel, entfernte die Lustbringer aus ihren Öffnungen.

Er kniete sich zwischen ihre Beine, doch die Hoffnung, dass er sie endlich ficken würde, erfüllte sich nicht. Stattdessen pumpte seine Hand schneller, streichelte den herrlichen Schwanz, den sie dermaßen wollte wie noch niemals etwas zuvor, bis er seine Lust auf ihr verspritzte.

Er zielte auf ihre Brüste, massierte ihr den Samen in den Busen, reizte die Spitzen weiter, bis sie es nicht mehr aushielt, es aber dennoch ertragen musste, weil ihr Maestro es verlangte.

Alles in ihr schrie danach, ihn zu treten, zu schlagen, zu beißen.

„Trau dich, dann übergebe ich dich zuerst Dean, anschließend John. Sie beherrschen das Spiel meisterhaft, sind vielleicht sogar geschickter als ich."

Das war nicht sein Ernst?! Ihr fehlte die Kraft, es herauszufinden.

Er löste die Fesseln, sie verblieb stumm unter dem sadistischen Ausdruck. Ihr Körper summte, pulsierte, die Berührung des Lakens auf der Haut ein unerträglicher Reiz.

Sie lag neben ihm, während ihre Klitoris verlangend pochte. Ob sie …?

„Tue es und du hast ein Rendezvous mit meinem Gürtel."

Am nächsten Morgen fand sie heraus, dass es Viola und Kim nicht besser ergangen war. Bis zum Ende der Woche wiederholten die Fieslinge die Prozedur zwei Mal.

Viola war beim Frühstück dermaßen griesgrämig, dass John sie über seinen Schoß legte und ihr den Arsch versohlte, bis sie schluchzend um Gnade flehte. Die niederträchtigen Mistkerle bedachten sie mit teuflischen Blicken, gepaart mit Andeutungen. Kim sah so aus, als ob sie plante, Dean zu schlagen.

„Versuche es, Cara, und es lässt Violas Bestrafung wie einen Wellnessaufenthalt wirken."

Sally hatte nicht gewusst, dass graue Pupillen so silbrig aussehen konnten. „Knie dich hin, Kim, und entschuldige dich."

Kim sank hölzern auf den Boden.

„Es tut mir leid, Maestro." Dabei funkelte sie Dean an, als ob sie ihn mit ihren Augen erdolchen wollte. Eine Minute später bereute sie es wirklich, denn da lag sie über Deans Schoß, der dem Wort Spanking eine ganz neue Bedeutung gab.

Die drei Mistkerle rückten schließlich aus, zurück blieben zwei tränenüberströmte Schiavas mit Mordgedanken und eine Schiava, die froh war, dass sie nicht auf Miles' Knien gelandet war. Doch tief in ihrem dunklen Inneren bedauerte sie es. Ein wenig zumindest.

„Zum Glück ist es morgen soweit", hauchte Viola. „Jede Berührung ist eine Qual. Ich ertrage es kaum, dass das T-Shirt meine Nippel reibt." Knallrot biss sie in ihr Brötchen. „Ich hasse ihn."

Das Telefon klingelte und Kim holte es.

„Es ist Iris. Ich stelle auf Lautsprecher."

Fragend sah Sally sie an.
„Die brünette Schönheit von Violas Gemälden."
„Hey, Ladys. Kate leistet mir Gesellschaft. Ihr glaubt nicht, was wir für Nächte hinter uns haben. Tom und Roger sind richtige sadistische Bastarde. Morgen nehmen wir an irgendeinem Spiel im *Federzirkel* teil, und sie hatten uns verboten, euch eher anzurufen."
„Sex- und Masturbationsverbot?", rief Viola.
„Oh ja. Diese Berggorillas quälten uns die ganze Woche, stellten sicher, dass wir sozusagen dauergeil sind."
Sie hielten gemeinsam den Atem an, nur um nach Luft zu schnappen, während ihre Fantasien Purzelbäume schlugen.
Wilde Theorien brachten sie nicht weiter, doch die Schiavas überboten sich gegenseitig mit Szenarien, angefangen von einer Session im *Salt*, bis zu der Idee, dass die Maestros sie nackt im Wald aussetzen würden.
„Was immer sie auch vorhaben", tönte Viola, „wenn ich nicht endlich einen Orgasmus bekomme, renne ich fort, um den erstbesten Holzfäller zu bespringen."
„Ich begleite dich", verkündete Kim in einem entschlossenen Tonfall.
Sally begann, den Tisch abzuräumen, bereitete anschließend das Abendessen vor, das kohlenhydratreich sein sollte.

Entgeistert starrte sie auf die *Men in Black*, die die Terrasse bevölkerten. Allesamt kräftige Kerle, und ein Blonder überragte sie noch – wie Alexander Skarsgård aus dem Gesicht geschnitten. Zu ihrem Entsetzen lief er auf sie zu.
„Ich bin Tom, Iris' Maestro und Ehemann."
Atemlos fixierte sie die riesigen Tatzen. Ob sein Schwanz ebenso groß war?
Er zwinkerte ihr zu. „Ist er."
Das mit dem Erröten bekam sie einfach nicht in den Griff.
Er zog sie liebevoll in die Arme. Man sah ihm an, wie sehr er sich an ihrer Scham weidete, die weiter zunehmen würde, gesetzt den Fall, dass er erreichte, was er wollte.
„Ich freue mich zu sehen, wie gut du dich erholt hast, süße Sub. Endlich darf ich verbotene Worte aussprechen. Die zusätzlichen Kilos stehen dir ausgezeichnet."
Sie wäre am liebsten im Boden versunken und sah beschämt zu Iris. Die schöne Frau, die über einen perfekten Körper verfügte, grinste sie breit an. Sie war nicht nur hübsch, sondern sie besaß auch das, was Deborah gefehlt hatte: Charme. Sally schloss Kate sofort in ihr Herz. Sie war eine kleine Elfe mit einem Wuschelkopf, die es faustdick hinter den Ohren hatte. Ihr Mann

und Maestro Roger lief auf sie zu. Die Sonne blitzte auf dem kahlen Schädel, und braune Augen betrachteten sie. Ohne Umschweife hob er Sally von den Füßen und küsste sie mitten auf den Mund.

„Vielleicht gelingt es mir, dich zu erwischen."

Oh, Göttin.

Sally fingerte nervös an dem Reißverschluss der roten Softshelljacke. Ein harter Arm legte sich um sie.

Miles.

„Bitte fang du mich, Maestro", flüsterte sie ihm zu.

Unergründliche Tiefen lauerten in seinen Augen, und sie klammerte sich an ihn, als ob ihr Leben davon abhängen würde. Er schenkte ihr ein beruhigendes Lächeln. „Wer weiß, was ich dir antue, wenn ich dich kriege." Er umfasste ihren Nacken, und die Stärke gepaart mit Dominanz, die er ausstrahlte, raubte ihr den Halt.

Jemand, hilf mir.

Viola packte eine der Waffen und warf John einen verdammt zornigen Blick zu, ehe sie einen Probeschuss auf einen Baumstamm abgab. Die mit Lebensmittelfarbe gefüllte Gelatinekapsel explodierte blau auf dem Ziel.

John grinste seine Frau an wie der Wolf, der er war. Sie lächelte wie ein Schaf, das sie nicht war. Die Schiavas waren in Rot gekleidet, eine Ungerechtigkeit, über die sich Kim lautstark beschwert hatte, bis zu dem Moment, als sie die geballte Aufmerksamkeit der *Men in Black* besaß.

John klatschte in die Hände. „Ihr kennt alle das Safeword Wespe, bei Sally gilt zudem das Slowword Raupe. Sie sind bindend. Die Subbies erhalten zehn Minuten Vorsprung. Falls es ihnen gelingt, unsere Fahne zu ergattern und in die Bibliothek zu bringen, gewinnen sie das Match."

Mit einem Arm umschlang er Viola, die misstrauisch zu ihm aufsah.

„Unter keinen Umständen dürft ihr die Schutzbrillen abnehmen. Erwische ich eine Schiava ohne, bestrafe ich sie persönlich."

Miles lachte, weil Sally tief Luft holte. „Ich spüre deine Erregung, Cara. Angst gemischt mit Lust. Perfekt." Er schob sie auf Armeslänge von sich, der Gesichtsausdruck plötzlich ernst. „Wenn du an dem Spiel nicht teilnehmen möchtest, sag es mir jetzt."

Sie grinste ihn an, wie sie hoffte, frech. „Nach allem, was du mir diese Woche angetan hast, lasse ich mir die Gelegenheit nicht entgehen, mir deinen Arsch zu holen."

Er richtete sich zu seiner vollen Größe auf, sah dermaßen sexy aus, dass sie der Versuchung nachgab und ihm auf den Po klatschte.

Die Aufmerksamkeit der Maestros schlug messerscharf auf sie ein, zudem waren sie gemeinerweise in der Überzahl.

Sally umklammerte den Paintballmarkierer. John warf ihr ein unwiderstehliches Lächeln zu, und sie spürte die verräterische Röte, die ihr erneut über den Körper kroch. Wie schaffte Iris es bloß, so gefasst zu sein? Als sie näher hinsah, bemerkte Sally allerdings die leicht zitternden Fingerspitzen, und aberwitzigerweise beruhigte sie der Anblick.

„In Position, Ladys." John drückte auf die Stoppuhr, und Sally spurtete los. Vergessen waren Violas Worte, die sie ermahnt hatten, ruhig zu bleiben, nur nicht zu schnell loszurennen. Sie rannte, als wenn der Teufel sie persönlich fangen wollte, irgendwie war es auch der Fall. Nur, dass es nicht ein Satan war, sondern zehn.

Kate hastete neben ihr, keuchte wie eine Dampflok, die kurz vor der Ausmusterung stand. Bei dem Krach, den sie veranstalteten, würden die Maestros sie mit verbundenen Augen finden.

Kate stolperte, und Sally packte ihren Arm. Von Kim und Viola erspähten sie nur noch die Hinterteile.

Verdammt, sie hatten zusammenbleiben wollen.

„Komm weiter." Sally zerrte Kate hinter sich her. Gemeinsam sprangen sie über einen Baumstamm. Nach ein paar Metern hörten sie Iris. Sie lungerte gebeugt vor einem zerbrochenen Gargoyle, hielt sich japsend die Seiten.

„Wie lange rennen wir schon? Kommt mir vor wie zwanzig Minuten", keuchte Kate.

Die Maestros hatten ihnen die Armbanduhren abgenommen. Sally schüttelte vehement den Kopf. „Höchstens fünf." Sie umklammerte den steinernen Dämon. „Wir müssen langsamer laufen. Wo sind Viola und Kim?"

Geräusche wie von einer kleinen Herde Schafe deutete die Richtung. Kim und Viola rannten auf sie zu. „Weiter, Mädels! Dahinten suchen wir Deckung."

Sie hatten kaum den Teich umrundet und hinter einem Gartenbambus Zuflucht gefunden, als ein lautes röhrendes Brummen ihr Keuchen durchbrach.

„Was ist das?" fragte Iris mit aufgerissenen Augen.

„Ein Ork-Horn jedenfalls nicht", sagte Viola.

Sally sah sie an, und sie brachen in hysterisches Gelächter aus.

„Subbies, setzt euch in Bewegung." Kim war schon in ihrer Kindheit eine Meisterin der Planung gewesen. „Viola und ich versuchen, die Fahne zu finden, ihr drei müsst sie aufhalten. Wir treffen uns am Pavillon."

Gleich übler Vorboten flogen ein paar Krähen über sie hinweg. Der Wind, der durch die Baumkronen fuhr, war ihr niemals so unheimlich vorgekommen.

Iris, die hinter einer abgebrochenen Lärche Position bezog, straffte die Schultern, währenddessen trommelte sie mit den Fingern auf ihrem Oberschenkel.

Sally selbst drohte vor Nervosität zu zerbersten.

Wo blieben die Mistkerle?

Sally hatte nicht wegrennen wollen, doch als sie das Knacken hörte, vergaß sie alle Vorsätze. Sie sprang auf, als ob eine Sprungfeder die Wirbelsäule ersetzte, drückte aus Versehen auf den Abzug, und ein blaues Geschoss sauste nutzlos durch die Luft. Wenigstens schaffte sie es, den hysterischen Schrei hinunterzuschlucken. Sie sprintete im Zickzackkurs über das Stück Wiese, während ihr Herz versuchte, den Platz mit ihrem Magen zu tauschen. Gleich würde sie eine Farbkapsel treffen und sie im feindlichen Lager als Gefangene landen.

Und was, wenn es nicht Miles war, sondern einer von den Fremden, der sie zu Fall brachte, sie auszog, sich mit ihr vergnügte?

Zu ihrem Schrecken schnitt ihr ein *Man in Black* den Weg zu der Baumgruppe ab. Das Knacken nahm an Lautstärke zu. Sie lief scharf nach rechts, prallte fast mit Kate zusammen, die aus der entgegengesetzten Richtung auf sie zujagte.

„Dort lang", brüllte Kate.

Sally drehte sich und stolperte. Kate verschwand hinter einer Gebüschreihe. Eine rote Farbkugel zerplatzte neben Sally auf einem Stein. Sie rappelte sich auf, das eigene laute Atmen dröhnte ihr in den Ohren.

Jemand verfolgte sie, und der Wunsch, zu flüchten, kämpfte mit dem Drang, sich umzudrehen. Sie raste auf das Gebüsch zu, während eine weitere Farbkapsel vor ihr aufschlug. Verdammt, es ging bergauf, sie kam kaum von der Stelle.

„Bleib stehen!" Es war Dean, und sie hörte förmlich heraus, dass er grinste, weil er sich seiner Beute gewiss war.

Sie dachte nicht daran, so schnell klein beizugeben, doch er kam näher und näher, seine schweren Schritte raubten ihr den letzten Nerv.

Blitzschnell drehte sie sich um, die Waffe im Anschlag, und zog den Abzug durch. Die Farbkapsel flog nutzlos an ihm vorbei. Seine Augen blitzten, und er grinste noch breiter, als sie es sich vorgestellt hatte.

Ein diabolischer Ausdruck lag auf seinem Gesicht, und sie bemerkte die mit schwarzem Plüsch bezogenen Handschellen, die an seinem Gürtel baumelten.

Sie zog den Hebel erneut, und ein Kriegsschrei donnerte über sie. Sally sprang fast aus den Turnschuhen, verriss hoffnungslos den Schuss. Ein roter Teufel warf sich auf Dean. Automatisch streckte er die Arme aus, um

Kate abzufangen. Sein Gewehr fiel auf den Boden. Kate landete auf ihm, und gemeinsam plumpsten sie auf die Steigung.

Sally stand wie erstarrt. Nahende schwere Schritte rissen sie aus der Lähmung. Sie konnte Kate nicht helfen. Dean überwältigte die Elfe mit Leichtigkeit, hatte die Handschellen bereits in der Hand.

Doch Kate hatte sie gerettet. Sollte sie einfach davonrennen?

„Lauf, Sally!", brüllte Iris, indes platzte gelbe Farbe neben Sally auf die Erde.

Es beschlich sie das Gefühl, dass ihr Jäger absichtlich daneben schoss. Sally hetzte den Weg zurück, den sie gekommen war, von Seitenstichen geplagt.

Trotz allem lachte sie, denn obwohl sie Angst verspürte, wusste sie, es war ein Spiel, ein verdammt berauschendes Spiel.

Die furchterregenden Schritte hinter ihr wurden lauter, und sie beging den Fehler, sich umzudrehen. Die Paintballwaffe fiel ihr aus den schweißnassen Händen.

Oh Gott, es war der Wikinger, Tom.

Sie rannte gegen eine Wand aus Muskeln. Starke Hände umfassten ihre Oberarme und warfen sie bäuchlings auf den Boden. Ehe sie ausatmen konnte, saß er auf ihren Oberschenkeln, zog ihr mühelos die Arme auf den Rücken.

„Hab ich dich." Miles' mit Dunkelheit getränkte Stimme floss ihr Rückgrat entlang. Sie strampelte, jedoch nutzte es ihr nichts.

Die Handschellen klickten. Er schob die Handflächen unter ihr T-Shirt, fasste um sie herum und knetete ihre Brüste.

Lieber Himmel. Ihre Brustwarzen hätten gejauchzt, falls sie gekonnt hätten.

Keine der Subs trug Unterwäsche. Die Jagd hatte Sallys Erregung noch gesteigert, und sie gab sich den Berührungen hin, stöhnte, als er die Nippel fest bearbeitete.

„Du kleines geiles Luder." Er zog ihr die Hose ein Stück herunter. Drei harte Schläge trafen ihren Po, genau auf dieselbe Stelle.

„Lass sie sofort los, du Arsch." Violas triumphierende Stimme ging in ein Quietschen über.

„Du Arsch?" Es war John. Viola landete auf dem Rücken neben ihr.

„Sergeant Miles, du kannst nachher ihren Arsch unter den Händen spüren. Bei unserem Verhör locken wir so manchen Schrei aus ihr." John erstickte den Protest mit einem Kuss. Miles zog Sally die Schutzbrille vom Kopf und half ihr auf die Füße.

Dean kam auf sie zugelaufen. Er hatte Kate wie ein Paket unter den Arm geklemmt. Sie trug einen Knebel, dennoch brüllte sie.

„Sie hat mich gebissen.“ Dean stellte sie auf den Boden, und Kate funkelte ihn an. „Das wirst du so bereuen, Schiava.“

„Ein paar hübsche Spioninnen sind uns ins Netz gegangen. Wir bringen sie ins Hauptquartier, um sie zu befragen“, sagte John.

„Das ist unfair, es ist uns gelungen, die Fahne zu ergattern.“ Viola wehrte sich gegen den Griff. Er umspannte ihren Nacken mit einer Hand.

„Unsere Spielregeln.“ Er sah sie drohend an. „Entweder folgst du uns artig, oder ich versohle dir an Ort und Stelle den Arsch … mit einer Weidenrute.“

„Wie sieht es mit dir aus?“ Miles umschlang mit einem Arm Sallys Oberkörper und fasste in ihr Shirt. „Willst du die Weidenrute spüren?“

Pure Lust tobte durch sie, die Vorstellung, dass Miles ihr vor den anderen den Po mit Lustschmerz überzog, ließ sie keuchen.

Miles lachte dunkel. Tom und John packten Viola und trugen sie fort. Viola wusste wirklich nicht, wann es besser war, den Mund zu halten. Eines musste Sally ihr lassen, sie war ungeheuerlich kreativ. Sie ahnte, eine Weidenrute würde nicht alles sein, was Viola zu fühlen bekam.

Roger tauchte zwischen den Bäumen auf, er half Dean dabei, Kate zu verschleppen.

„Brauchst du Hilfe mit der Gefangenen?“ Ricardo musterte sie, unterdrückte offensichtlich ein Lächeln. Die sizilianische Versuchung trat an sie heran, bis sein Brustkorb fast ihre Nasenspitze berührte. Ein Plopp ertönte.

„Ouch.“

„Lasst sie sofort los.“ Kim lugte siegesgewiss um eine Birke, hielt das Gewehr im Anschlag, als ob sie noch nie etwas anderes getan hätte. Ricardo drehte sich; blaue Farbe prangte auf seiner rechten Schulter.

Kim zielte mit gefährlich funkelnden Augen tiefer.

Miles blockte Sallys Warnung mit einer großen Handfläche. Ein Arm umschlang Kims Hals, zog sie nach hinten, bis sie auf dem Gras lag.

„Frank Mc Carthy! Wag es ja nicht.“

Ricardo packte ihre Handgelenke, und gemeinsam zwangen sie Kim auf den Bauch. Die Handschellen klickten, und Ricardo entfernte die Schutzbrille. Den Protest schnitt er mit harten Schlägen ab, die ihr auf den nackten Po prasselten.

„Kein Wort mehr, Gefangene. Maestro Dean hat mir ein paar Freiheiten eingeräumt. Wir könnten dich hier und jetzt entkleiden, unseren Rückweg mit Stockhieben versüßen.“

Das Grinsen auf seinem Gesicht trieb Kim die Zornesröte auf die Wangen.

Miles gab Sally einen leichten Schubs, und sie setzten sich in Bewegung.

Die Tür fiel mit einem ominösen Knall ins Schloss. Sally holte zitternd Atem.

„Die Mistkerle haben uns reingelegt. Die Fahne hing an der zerbrochenen Engelstatue, wo sie fröhlich im Wind flatterte. Es war nur eine Falle, um uns in ihr eigentliches Spiel zu treiben … ein Verhör."

Viola riss die Augen weit auf, ihr stand das Vergnügen klar ins Gesicht geschrieben.

Sally fühlte sich nicht so zuversichtlich, und Kim legte den Arm um sie.

„Miles wird dich nicht aus seiner Obhut lassen und sicherstellen, dass dir gefällt, was sie dir antun."

„Oh Gott, ich habe Dean gebissen." Kate plumpste auf die Pritsche. Unglücklich fuhr sie durch die wilden Locken, die ihr das Aussehen eines Igels gaben, der die Pfote in eine Steckdose gesteckt hatte.

„Ich habe Frank abgeschossen und ihn getreten." Kim fiel neben Kate auf die Pritsche, und beide trugen einen Ausdruck puren Horrors auf dem Gesicht.

„Ich habe John angebrüllt und ihn mit einem schleimigen Auswurf aus der Hölle verglichen." Viola wirkte, als ob sie sich in einer Hitzewolke aufzulösen gedachte.

Iris erbleichte. „Ich wollte Tom mit voller Absicht in den Schritt schießen. Zum Glück kann ich nicht gut zielen. Doch der Vorsatz zählt."

Vier Augenpaare starrten sie an.

„Ich habe gar nichts getan."

Die Augenpaare zeigten ihr deutlich, das würde sie auch nicht vor ihrem Schicksal bewahren. Sie quetschte sich auf das letzte freie Stück. „Was werden sie uns antun?"

„Erst einmal lassen sie uns schmoren. Wir sollten uns unbeeindruckt zeigen." Iris' Worte klangen alles andere als überzeugend.

Sally sprang auf, trank gierig Apfelschorle. „Ich halte das nicht mehr aus."

Viola lief auf und ab, und sie beäugten gemeinsam die Tür, als der Schlüssel sich drehte.

Sally plumpste auf die Pritsche und umklammerte Kate.

John, Miles, Roger und Dean blockierten die Tür. Zu ihrem Entsetzen lag die Aufmerksamkeit der Kerle auf ihr und Kate.

„Ihr zwei, mitkommen", sagte John. Der Tonfall war schneidend, die Mienen der Maestros blank wie Kieselsteine.

Sie suchte Miles' Blick, doch er schenkte ihr nichts.

Mistkröte!

Dean grinste wie eine Hyäne, bis die arme Kate hörbar schluckte. Dean packte ihre Schultern, während Kate Hilfe suchend zu ihrem Maestro sah. Roger gewährte ihr den gleichen raubtierhaften Ausdruck.

Oh Gott!

Ausgerechnet John umfasste leise lachend Sallys Nacken.

„Dies wird nicht deine einzige körperliche Reaktion bleiben auf das, was ich dir antue. Mit einem rasenden Puls gebe ich mich nicht zufrieden."

Die Beine sackten ihr weg, sodass John sie in Miles' Arme schob. Sie gab es auf, die köstliche Angst zu unterdrücken. Stattdessen ließ sie es zu, dass sie sie überwältigte, ihre Sinne überflutete, bis selbst ihre Fußspitzen prickelten.

Miles schenkte ihr ein warmes Lächeln, und sie erkannte in seinen Augen die gleiche Erregung. Es gab ihr den Rest, sie umklammerte ihn wie eine Ertrinkende.

„Maestro", flüsterte sie, „ich vertraue dir."

Ein unglaublich scharfer Hieb traf ihren Po. John griff in ihr Haar, zog ihren Kopf in den Nacken. „Bestechungsversuche bestrafen wir hart, Gefangene."

Miles und John ergriffen ihre Oberarme, um sie abzuführen.

Sie verfrachteten Kate und sie in ein spärlich möbliertes Zimmer. Mitten im Raum thronten zwei Stühle.

„Hinsetzen!"

Sie hasste Dean dafür, dass er so bedrohlich klang. John und Dean standen vor ihnen, Miles und Roger lungerten in ihrem Rücken.

„Wenn ihr ein Geständnis ablegt, brauchen wir euch nicht wehzutun." Unvermittelt fasste Miles sie und Kate an den Schultern, sodass beide fast von den Sitzflächen schossen.

Die Sullivan-Brüder bissen sich auf die Unterlippen.

Sally hätte beinahe gegrinst, denn ganz so einfach, schienen ihnen die Rollen nicht zu fallen.

Das Grinsen verging ihr, als Deans silbriger Blick, nur Zentimeter von ihr entfernt, ihre Haut entlanglaserte. Wie schaffte er das bloß?

„Was wisst ihr von der schwarzen Perle?"

„Was?", kam aus ihren Kehlen.

„Das wird kein unkompliziertes Verhör. Mir scheint, wir müssen Kreativität beweisen, bis sie reden." Johns Stimme floss über sie wie eine Welle, zuerst eisig, nur um sie dann mit Hitze zu verglühen.

„Das müssen wir, General John." Miles umrundete sie, und grüne Intensität ließ Kate auf dem Stuhl hin- und herrutschen. „Diese hier sieht unschuldiger aus." Miles fasste an den Reißverschluss von Sallys Jacke und zog den Schieber nach unten. „Dieser Eindruck könnte jedoch täuschen.

Wir sollten sie bei der Bestrafung von der kleinen beißenden Wildkatze zusehen lassen. Vielleicht löst es ihre Zunge. Zunächst begutachten wir, was wir gefangen haben."

Dean öffnete Kates Jacke. „Ausziehen", flüsterte er. Die Worte dröhnten laut in Sallys Ohren. Sie hatte bereits nackt vor ihnen gestanden, war von John bespielt worden, doch diese Situation wirkte anders, aufregender, und sie wusste nicht, was für ein Teufel sich ihrer bemächtigte, denn sie schlug nach Miles' Hand, während sie herausfordernd seinen Blick traf.

„Von uns erfahrt ihr dreckigen Armleuchter keine Silbe." Leider war sie nicht halb so kreativ wie Viola.

Miles starrte sie bestürzt an, und sie krallte die Nägel in ihre Handflächen, das Kichern entschlüpfte ihr dennoch.

„Vielleicht sollten wir lieber mit der da anfangen."

Dean lächelte sie an, es war ein verflixt beunruhigendes Lächeln, da ihr Körper mit unverfälschter Lust reagierte.

Miles packte ihr Kinn, nah an der Grenze zum Schmerz.

„Nein, sie soll zusehen. An ihren Reaktionen können wir ermessen, wie viel Agonie sie auszuhalten vermag. Dean, wärst du so nett …"

Ihre Handgelenke fanden sich in einer Schraubzwinge wieder, und Miles schob ihr das T-Shirt nach oben. „Ein durchaus sehenswerter Anblick." Er nickte Dean zu, und sie stellten sie auf die Füße. Ehe sie überhaupt protestieren konnte, hing die Laufhose um ihre Knöchel, und sie stand nackt vor ihnen.

Kate schaffte es, John zu treten und Roger den Ellenbogen in die Rippen zu rammen. Die beiden Maestros funkelten sie an, ein Funkeln aus den Tiefen ihrer dunklen Seiten.

Miles umschlang Sallys Oberkörper, hielt sie unbeweglich. Seine Erektion presste gegen sie, und sie konnte nicht widerstehen, rieb den blanken Po an der Härte.

Kate strampelte, schrie und wehrte sich mit allen Mitteln, die ihr zierlicher Körper hergab, doch ehe sie sich versah, drückte John sie auf die Längsseite des Schreibtisches. Dean und Roger befestigten Manschetten um ihre Fußknöchel, fesselten sie effektiv an den Tischbeinen.

Roger zog ihre Arme nach vorn und umklammerte sie in einem eisernen Griff.

„Hast du sie, Commander Roger?" Aus Deans Stimme tropfte purer Sadismus gepaart mit Seide, die ihre Sinne streichelte.

Kate brüllte aus voller Kehle. Dennoch rief sie nicht das Safeword. Stattdessen benetzte Feuchtigkeit die Innenseiten der schlanken Schenkel. Die Position überließ nichts der Fantasie, und der Knackarsch musste erdulden, was der Maestro für sie bereithielt.

Sadist, der er war, fing Dean nicht sofort an. Er legte eine große Handfläche auf die Lendenwirbel, folgte mit den Fingerspitzen der Kontur von Kates Hintern, prüfte die Festigkeit, bis ein Beben den Körper der kleinen Sub erfasste.

Er küsste sie zart auf die rechte Backe, wiegte sie in trügerischer Sicherheit, bevor er zubiss, so scharf, dass Kate ein überraschter Schrei entfuhr.

Dean lief um sein Opfer herum, betrachtete es, schenkte Kate die geballte Ladung des Maestros, der in ihm steckte.

„Bitte, Maestro Dean. Tu es endlich."

Er verharrte stumm, quälte sie mit dem silbrigen Blick, bis Kate wimmernd erschauderte.

Zu Sallys Erstaunen wählte er kein Paddel oder gar einen Rohrstock, er nutzte nur seine Hand.

Er trat neben Kate, und die ersten Hiebe erreichten die Pobacken. Eine leichte Röte überzog die Haut. Seine Körperhaltung änderte sich, laute Klatscher trafen den Po, wechselten in der Intensität und der Geschwindigkeit, bis Kate nachgab, aufhörte, gegen Roger sowie die Fesseln anzukämpfen.

Sally zitterte, gefangen von dem Schauspiel. Fast schämte sie sich, dass sie sich daran weidete, dass Kate Leid zugefügt wurde. Doch die Ruhe, die die Maestros ausstrahlten, die sexuelle Spannung, die in dem Raum herrschte, durchsetzt von Kates Lust, zogen sie an, unwiderstehlich und unleugbar.

Zudem lag Miles' Hand auf ihrer Vulva, während seine starken Finger ihre Perle umkreisten und ihr glasklar die Macht demonstrierten, die er auf sie ausübte. Gekonnt hielt er ihre Begierde konstant, ließ sie direkt auf der Klippe, bis sie wimmerte.

Dean schlug mehrere Male hintereinander auf dieselbe Stelle, und noch als Kates letzter Schrei in der Luft hing, betastete er ihr Geschlecht, schob ihr eine Hand unter das Becken und berührte kaum die Klitoris, als ein heftiger Orgasmus Kate packte.

Sally schmunzelte, weil der Wuschelkopf Rogers Namen schrie. Bebend lag sie auf dem Tisch, und die Maestros wechselten die Positionen. Kate hob den Kopf in den Nacken, und Dean umfasste zärtlich ihr Kinn, lächelte sie an wie der Verführer, der er war.

„Ich hasse dich, Dean Sullivan", stammelte Kate mit Inbrunst.

„Deinen angeblichen Hass nehme ich gern in Kauf, wilde Elfe, denn wir beide wissen, dass du die Hitze auf der Haut herbeisehnst, das Brennen, die fast unerträgliche Pein, die meine Handflächen dir schenkten." Sein Ton nahm an Schärfe zu. „Sag es, Kate oder ich tausche abermals mit Maestro Roger die Plätze."

Kate holte tief Luft. „Du weißt genau, dass ich dich auf eine Art liebe … du Arschloch."

Roger schlug mit der Reitgerte zu, so fest, dass Kate schrie. „Bitte … aufhören … bitte. Es tut mir leid."

Sally versteifte sich in Miles' Armen, kämpfte gegen ihn an. Das konnte Kate nicht gefallen, das war zu viel.

„Bitte, Maestros, ich will kommen, bitte."

„Gleich." Roger knetete die leuchtend roten Arschbacken. Auf Deans Miene lag ein Ausdruck reiner Zuneigung. Er beugte sich herab und küsste Kates Handgelenke. Miles führte Sally um den Tisch, sodass sie in Kates Gesicht sah.

„Sieh genau hin, Sally. Sie genießt jeden Moment."

Roger schlug noch zwei Mal zu. Dann löste John die Manschetten, und Roger drehte sie herum. Sie krallte sich wimmernd in Deans Hände. Roger teilte ihre Schamlippen, und seine Lippen senkten sich auf Kates Scham. Sie sah in Deans Augen, als der Orgasmus sie forttrug, auf ihrem Gesicht lag das süßeste glücklichste Lächeln, das Sally jemals gesehen hatte.

Roger hob seine Frau auf die Arme und ließ Sally zurück mit drei Maestros.

Göttin, hilf mir!

Sally bebte in seinen Armen mit einer perfekten Mischung aus Angst und Lust. Sein Plan, weitere Lagen ihrer Furcht zu zerstören, war ein voller Erfolg. Er wollte sie heute mit der weichen Riemenpeitsche schlagen, ihr stärkeren Schmerz zufügen, als sie bisher von ihm erduldet hatte.

Ihre Reaktionen zeigten ihm, dass sie sich auf dem passenden Weg befanden. Wenn er nur einmal ihre Klitoris richtig berührt hätte, hätte sie sofort einen Orgasmus erreicht.

Über ihren Kopf hinweg tauschte er einen Blick mit seinen Brüdern aus. Im Gegensatz zu ihr konnte er breit grinsen. Die Schiavas die gesamte Woche in Erregung zu halten, war zwar gemein, aber es zahlte sich aus.

„Nach dieser Demonstration ist die Gefangene vielleicht kooperativer und verrät uns, was sie von der schwarzen Perle weiß."

Schwarze Perle, wie war Dean auf diese Idee gekommen?

Er fühlte unter der Handfläche, dass Sallys Herzschlag sich beschleunigte, als John auf sie zutrat, sie die komplette Wucht seiner maestrohaften Aura spüren ließ.

„Sergeant Miles, darf ich prüfen, wie aufgeschlossen sie für unsere Befragung ist?"

Zwei Wesen kämpften in Sally, Miles spürte es in ihrer ganzen Körperhaltung. Auf der einen Seite widerstrebte es ihr, sich von jemand anderem anfassen zu lassen als von ihm, auf der anderen Seite wusste sie, dass unvorstellbare Lust sie erwartete.

„Halt still, Gefangene, oder du bereust es.“

Miles legte ein wenig Schärfe in die Stimme, gerade genug, dass sie verstand, dass er es ernst meinte. Sie umklammerte mit beiden Händen wimmernd seinen Unterarm, als John ihre Schamlippen spreizte, um über die ungeschützte geschwollene Perle zu reiben.

„Klatschnass und überaus eifrig. Ich brauchte keine zehn Sekunden, um sie zum Orgasmus zu zwingen. Ist es nicht so, Schiava?“

Miles leckte ihren Hals, biss leicht in die Haut und saugte hart. Sie spürte den Reiz bis in ihr Geschlecht, da war Miles sich sicher.

Sally drängte John stöhnend das Becken entgegen.

„Ja, Maestro John.“

John entzog ihr die Reizung und entlockte ihr ein frustriertes Seufzen.

Dean stellte die Stühle zur Seite, und Miles schob Sally in die Mitte des Raums. Sie wehrte sich halbherzig, als sie einen Karabiner mit den ledernen Handgelenksmanschetten verbanden. Dean zog das Seil an, sodass sie bequem auf den Fußsohlen stehen konnte.

Sallys Augen klebten förmlich an Dean auf seinem Weg zum Sideboard. Sie wimmerte, als er Miles die Peitsche reichte. Sie war eine Sonderanfertigung, die Riemen besonders weich.

„Raupe, Maestro, Raupe, bitte.“

Er suchte ihren Blick, erstaunt, dass sie das Slowword sagte, bevor er angefangen hatte, und noch verwunderter, dass keine Angst in ihrer Miene stand, sondern nackte unverfälschte Lust.

Er küsste sie leicht auf den Mund. Sie lehnte sich in die Berührung, so weit es die Fesselung zuließ.

Sie wollte mehr als alles andere, dass Miles sie mit der Peitsche schlug. Doch sie wusste nicht, ob sie es allein schaffte, die letzten Umklammerungen von Séamus zu lösen. Miles umfasste sie sicher an der Taille, seine Gesten zeigten ihr deutlich, wie sehr er sie liebte, sie respektierte, und dass ihre Unversehrtheit das Wichtigste für ihn darstellte.

„Darf ich eine Bitte äußern, Maestro?“

Er nickte.

„Kann Maestro John mich festhalten?“

Er sah zu seinen Brüdern.

„Maestro Dean wird dich halten.“

„Aber …“

„Nein, kein aber.“

Dean legte ihr eine Hand auf die Kehle und drückte ihren Hals nach hinten. „Bitte erlaube mir, dich zu beruhigen, kleine Sub." Er wackelte mit den Augenbrauen. „Ansonsten gewinne ich den Eindruck, dass du den alten Knilch lieber magst als mich."

John schnaubte entrüstet.

Sie wusste, wenn sie es nicht wollte, würde Dean zurücktreten. Ein hysterisches Kichern entfloh ihr, und sie schloss kurz die Lider, um Kraft zu sammeln.

„Ich würde mich freuen, Maestro Dean."

„Sag mal, Miles, was hast du mit ihr angestellt? Kim und Viola sind nie so nett." John zwinkerte ihr zu. „Gegebenenfalls sollten Dean und ich dich verhören, um hinter dein Geheimnis zu kommen."

„Vielleicht ist er einfach lieber als ihr."

Die Worte entschlüpften ihr, verursachten ein nachhaltiges Kribbeln auf der Haut, weil ihr jetzt die ganze maskuline Intensität der Maestros gehörte.

„Zeit, zu beginnen, Gefangene." Sinnlich und verlockend hingen die Silben im Raum. Miles' beruhigende Körperwärme löste sich von ihr. Vor ihr stehend umfasste Dean ihren Nacken. Unaufgefordert fixierte sie seinen Blick und holte tief Luft.

Weiche Riemen streichelten ihren Rücken, folgten der Kontur ihres Hinterns, nur um unvermittelt auf die Rundung zu treffen. Die ersten Schläge flossen über ihr Fleisch, hinterließen einen samtigen Schmerz, der ihr ein Aufseufzen entlockte.

Dean küsste sie lächelnd auf die Nasenspitze. Er verstärkte den Griff um ihren Hals, ein Indiz, dass die Stimulanz der angewärmten Haut in Hitze übergehen würde.

Ein scharfer Hieb traf sie quer auf beide Backen, und eine Flammenzunge loderte ihren Leib entlang, verstörte sie, denn sie brachte Begierde mit sich, die ins Unermessliche anstieg. Pein, die keine Angst auslöste, sondern eine dunkle Lust, die sie forttrug.

Dean lehnte seine Stirn gegen ihre, und wenn sie gekonnt hätte, hätte sie ihn aus Dankbarkeit geküsst. Immer wussten diese Kerle genau, was ihre Schiavas brauchten.

Miles überzog ihren Po sowie ihre Schenkel mit herrlicher Qual. Dean nahm einen der schrecklich empfindlichen Nippel zwischen die Fingerspitzen und zupfte hart.

Wenn er doch nur ihren Kitzler reiben würde. Ob sie ihn bitten durfte?

Das war ihr letzter logischer Gedanken, weil ihr danach brennende Agonie den Arsch entlangzuckte, ihr einen Schrei entlockte, der lauter wurde, als Dean ihre Klitoris rieb, bis sie den Orgasmus erreichte, während

Miles die Hitze ihrer Rückseite streichelte und damit den Schmerz auf eine neue Stufe hob.

Starke Hände hielten sie, als sie die Lider öffnete. Sie lag in Miles' Armen. Er hatte Tränen in den Augen und legte sie auf das Bett. „Ich liebe dich, Sally. Und jetzt spreiz deine Beine für mich."

Er küsste sie leidenschaftlich, schob ihr die Handflächen unter den Po, lachte äußerst maskulin, weil sie wimmerte, denn ihr Po hätte geschrien, wenn er gekonnt hätte, und fickte sie. Die ganze Zeit sah er aus, als ob er sich nicht entscheiden könnte, ob er weinen oder lachen sollte.

In diesem Moment wurde ihr bewusst, auch sie hätte die Macht, ihn zu zerstören.

Viola funkelte die Maestros an, die aufgereiht in dem großen Badezimmer standen. Gerade noch saßen sie entspannt im Wohnzimmer und aßen kleine Häppchen in der irrigen Annahme, die Session wäre vorbei.

Sally schaffte kein Funkeln, stattdessen kam aus ihrer Kehle ein Laut, den sie selbst nicht zu deuten vermochte.

Zehn Maestros für fünf Schiavas, diese Ungerechtigkeit schrie zum Himmel.

„Entweder wascht ihr euch jetzt gegenseitig, liefert uns einen Anblick, der es in sich hat, oder wir fesseln euch und eisiges Wasser trifft eure hübschen Körper." John trieb Viola gegen die Wand, die quietschte, als die kalten Fliesen auf ihre Haut trafen.

Diese Mistkerle.

„Möchtest du protestieren, Sally?"

Sie starrte auf den Mosaikboden, zählte die kleinen schwarzen und weißen Quadrate. Miles trat in ihr Sichtfeld, packte hart in ihr Haar. Hatte sie vorhin noch gedacht, er wäre nett und verletzlich?

„Nein, Maestro."

Die Maestros hatten bereits geduscht, der Duft von Seife stieg ihr in die Nase.

Miles drängte Sally nach hinten, sodass sie neben Viola an der Fliesenwand landete. Fast begrüßte sie die Kälte, die ihren heißen Arsch berührte und das Brennen ein wenig beruhigte.

„Die beiden würden gut zusammen aussehen, findest du nicht, Miles?"

Dieses Grinsen auf den Gesichtern!

John beugte sich zu ihr. „Sally, ich habe bemerkt, wie du Violas Brüste ansiehst, es dir in den Fingern juckt, sie zu berühren, zu fühlen, ob sie sich so gut anfühlen, wie du es dir vorstellst."

Sie hasste sie in diesem Moment. Woher nahmen sie sich das Recht, ihre geheimen Wünsche an die Oberfläche zu zerren? Fantasien, die sie sich selbst nicht eingestehen wollte, so tief waren sie in ihrem Inneren vergraben.

Miles' Körperhaltung drückte es deutlich aus: Wenn sie es wagte, zu lügen, würde sie sich über seinem Schoß wiederfinden, während er sie vergnüglich spankte, bis sie heulend die Wahrheit in den Raum schrie.

„Was ist mir dir, Viola?" John küsste seine Frau hart auf den Mund. „Seitdem du Kate geschmeckt hast, verspürst du das Verlangen, es erneut zu tun. Sally reizt dich, ich sehe es an der Art, wie du sie ansiehst. Zudem, meine Hübsche, bist du trotz deiner Bemühungen so weit von einem Pokerface entfernt wie ein Kamel von einer Poolparty."

Aus Violas Kehle kam ein Geräusch, das sich verdammt nach einem zornigen Kamel anhörte. Die Brüder traten einen Schritt zurück, die Dominanz prasselte gleichwohl auf sie nieder.

So sehr alles danach in ihr verlangte, es zu verneinen, es wäre eine Lüge.

Sie fasste nach Violas Hand, und sie klammerten sich aneinander, wussten, dass sie in dem Netz aus Lust gefangen waren, aus dem es für sie kein Entrinnen gab, es sei denn, sie sagten das Safeword.

Würde Viola es in den Raum brüllen?

Stattdessen drehte sich Viola ihr zu, und die Röte auf ihren Wangen machte sie umso verführerischer. Viola küsste sie mitten auf den Mund. Es war ein züchtiger Kuss, dennoch entflammte er ihre Begierde.

Göttin, hilf uns!

Violas herrliche Brüste pressten gegen ihre, und ehe Sally bewusst war, was sie tat, lagen ihre Handflächen auf dem prallen Arsch, der genauso heiß und rot war wie der eigene.

Miles und John räusperten sich.

„Kein Orgasmus." Johns Maestrostimme büßte erheblich an Dominanz ein. Viola grinste sie breit an.

Sallys Grinsen ging in ein Stöhnen über, denn kleine zarte Hände berührten ihren Busen, während warmes Wasser ihren Körper entlangfloss.

Die übrigen Männer verblassten in den Hintergrund, nahmen Kim, Iris und Kate mit. Alles, was zählte, waren Sally, Viola und ihre Maestros.

Sally griff nach der nach Mandeln duftenden Seife, verteilte sie auf Violas weicher Haut, genoss die Fülle in der Handfläche, als sie eine Brust anhob. Viola besaß herrliche pralle Nippel, die sie in der Farbe an reife Himbeeren erinnerten.

Sally schäumte die verführerischen Spitzen ein, rollte sie zwischen Daumen und Zeigefinger. Viola belohnte sie mit einem Stöhnen, nur um es ihr gleichzutun. Fingerspitzen, die sich so ganz anders anfühlten als die eines Mannes, zupften gekonnt an den empfindlichen Nippeln, entlockten ihr Nässe und Hitze. Behutsame Fingerkuppen teilten ihre Schamlippen, massierten die duftige Seife zart auf ihrer Scham, spülten ihn mit der Handbrause fort. Sally ging fast in die Knie, weil das kleine Biest den Strahl direkt auf ihre Klitoris hielt.

Aus Violas Kehle kam ein sinnliches Lachen. Sally gab der Versuchung nach und küsste sie, berührte die Lippen erst zögerlich, doch der Gedanke, dass diese Lippen Johns Schwanz gelutscht hatten, wirkte wie ein zusätzlicher Reiz.

Violas Zunge traf ihre, und sie klammerten sich aneinander. Sally löste sich schwer atmend von ihr, wusch die sanfte Rundung von Violas Bauch. Die Kurven fühlten sich herrlich an, und Sallys Hand rutschte tiefer, bis Viola sich aufwimmernd den Fingerspitzen entgegendrängte. Bevor sie die Glut weiter erforschte, musste sie zuerst die Seife abspülen. Sie zahlte es Viola heim, indem sie die Brause gegen die angeschwollene Knospe positionierte.

Zitternd hielten sie sich in den Armen, und Sally massierte Violas Po, die zusammenzuckte, denn ihr Arsch war ebenso bearbeitet worden wir ihrer. Der Gedanke jagte ihr erneute Gier in das Geschlecht.

Sie verteilte den Schaum zwischen den Backen, drang mutig vor, berührte den Anus. Viola warf den Kopf in den Nacken, und Sallys Finger glitt hinein. Enge Hitze pulsierte um ihren Mittelfinger, und sie schob ihn vor und zurück, spürte die Wollust der Gespielin.

„Bitte, John. Ich kann nicht mehr."

Sally war das Verbot egal, zu weit schritt ihr Wunsch fort, Viola köstliche Erlösung zu schenken, aber starke Arme zogen sie nach hinten.

„Verdammt, Sally." In jeder Silbe klang Miles' Erregung.

John schnappte sich seine Frau, deutete grinsend zur Tür. Miles wickelte Sally in ein Handtuch und warf sie über die Schulter.

Gewissenhaft trockneten die Maestros sie ab. Sally fühlte einen Anflug von Scham angesichts ihrer Taten, doch als Viola sie schüchtern anlächelte, verschwand er.

Ein Feuer im Kamin wärmte den Raum. Zwei Lederschlingen, an denen jeweils vier Ketten angebracht waren, baumelten von der Decke.

„Hinlegen, Sally." Miles gab ihr Halt, als sie sich auf die Schaukel legte. Die Lederschlaufe war lang genug, sodass ihr Kopf nicht im Freien hing.

John ging zu der Couch, kehrte mit Kissen zurück. Eines reichte er Miles. „Viola wird schlecht, wenn ihr Kopf zu tief liegt."

Mit einem warmen Lächeln schob Miles Sally das Kissen unter den Kopf. Starke Hände zogen sie nach vorn. „Ich will dich fesseln, kleine Sub."

Ein erleichterter Seufzer entschlüpfte ihr. Gott sei Dank musste sie sich nicht auf ihre Selbstbeherrschung verlassen. Nie im Leben könnte sie heute die Fingerspitzen im Nacken verschränken und sie in dieser Position lassen.

Miles umspannte ihre Fußknöchel mit ledernen Manschetten. Sie drehte Viola den Kopf zu, und sie lächelten sich an. Sie wusste, ihre roten Wangen standen Violas in nichts nach.

John lachte. „Ihr seid so süß und schüchtern. Und vor ein paar Minuten wart ihr dermaßen geil aufeinander, dass ihr trotz unseres Verbotes beide beinahe einen Orgasmus bekommen hättet. Böse Subbies."

„Gib mir deinen rechten Knöchel, Sally." Miles' Befehl riss sie aus dem Bedürfnis, zu lachen.

Er befestigte ihre Beine gestreckt nach oben, und die Haltung öffnete sie für ihn. Er zog sie noch ein Stück weiter nach vorn.

„Perfekt." Mit den Armen tat er das Gleiche. Die hilflose, doch zugleich anregende Position beschleunigte ihren Herzschlag.

John betrachtete zufrieden Viola.

„Ich hole die Klemmen." John ging zu einem Sideboard und kramte in der Schublade.

Mit einem sadistischen Lächeln fasste Miles an Sallys Nippel, und seine geschickten Finger zwangen die überempfindliche Knospe zur Kooperation. Geschwollen lag sie zwischen den rauen Fingerkuppen, und er zupfte daran, bis sie den Rücken durchbog. Dann brachte John die Klemmen an, drehte an der Schraube, sodass sie wimmerte.

Grundgütiger.

Ein unglaublicher Lustschmerz packte gnadenlos zu, ebbte dann zu einem Pulsieren ab.

Bei dem zweiten Nippel tauschten die Männer die Rollen.

„Außerordentlich empfänglich, deine kleine schüchterne Sub."

Der Schmerz der Lustbringer fand unerbittlich den Weg zu ihrem Geschlecht. So hatte sie sich Klemmen nicht vorgestellt.

Als sie zu Viola sah, war sie fasziniert, wie geil es aussah, als sie die prallen Brustwarzen in Position brachten, um an ihnen größere Klammern anzubringen.

Viola keuchte auf, und Röte erfasste ihre Wangen.

„Raupe, Maestro", stammelte Viola. Sofort lösten sie die Feststellschrauben, sodass sie erleichtert seufzte.

„Verzeih mir, Viola. Ich hatte deinen Zyklus nicht bedacht, vergessen, wie empfindlich dein Busen und besonders deine Nippel im Moment sind."

Viola wurde rot, glich einer Tomate, während ihr Blick zu Miles schoss.

Miles schüttelte den Kopf. „Ihr habt keine Geheimnisse vor uns. Ihr gehört uns im Verlauf einer Session." Er lachte maskulin. „Und auch, wenn die Session vorbei ist."

Er drehte sich John zu. Die beiden gaben den Schaukeln einen sanften Stoß. „Hast du die Batterien überprüft und die Stärke?"

Wovon redeten die bloß?
Ein kehliges Lachen schlich sich aus Johns Kehle. „Sarah war so lieb, sie zu testen. Sie kribbeln genug, um einen angenehmen Reiz auszuüben, ohne heftigen Schmerz, anregend und ihren Zweck erfüllend."
Sarah war eine Domina, eine von der netten Sorte, hatte ihr Viola mit einem Gesicht erklärt, als ob sie in eine Zitrone biss. Ihr lief ein Schaudern über ihre Wirbelsäule. Miles und John nahmen Regler in die Hände und leichtes Prickeln erfasste ihre Nippel.
„Aaahhhhhhhhh", stöhnte Viola.
Der Laut jagte stimulierend in Sallys Körper.
„Sally, gefällt dir die Stimulation verursacht von schwachem Strom?"
Sie drückte den Rücken durch, rang nach Kraft, um zu sprechen. „Jaaaaaaaaaa … Maestro."
Miles küsste sie zart auf den Mund.
Erneut schubste er die Schaukel an, entledigte sich anschließend seiner Kleidung. Die Lederschlaufe besaß genau die richtige Höhe, sodass er sie im Stehen ficken konnte.
Er verteilte Gleitgel auf ihrer geschwollenen Klitoris sowie auf ihrem Anus und nahm einen furchtbar großen Analplug aus Glas, der wunderschön aussah mit den grünen Schlieren, die ihn durchzogen. Die konisch zulaufende Form erleichterte ihm das Einführen. Die Kälte des Materials durchbrach den engen Ring ihres Schließmuskels. Er presste eine Handfläche auf ihren Bauch, wartete, bis sie ausatmete, und qualvoll langsam erfasste die Fülle des Sextoys ihr Inneres.
„Ich kann nicht, Maestro. Er ist zu groß."
Er verharrte, schenkte ihr ein gefährliches Lächeln.
„Du kannst und du wirst."
Er rieb ihren Kitzler, und die Impulse, die durch ihre Nippel jagten, brachten sie fast um. Mit dem Daumen umkreiste er ihre Perle. Sie versuchte, das Becken anzuheben – und der Plug saß an seinem Platz.
Ein unglaublich intensiver Reiz packte ihren Unterleib.
„Verdammt, Sally. Der lüsterne Ausdruck auf deinem Gesicht raubt mir die Beherrschung."
Er lief hinüber zum Waschbecken, um sich gründlich die Hände zu waschen. Erneut tropfte er Gleitgel auf ihre Knospe und führte zwei Finger in ihr Geschlecht.
Oh Gott. Es war nicht zum Aushalten.
„Ich kann den Plug fühlen. Wenn mein Schwanz in dir steckt, wird es dich um den Verstand bringen."
Viola schrie neben ihr auf, als John ihr einen riesigen Vibrator in die Pussy schob, danach Gel auf seiner Erektion verteilte. Langsam presste er

seinen Schwanz in ihren Anus. Die Lust auf seinem Gesicht und das Wimmern von Viola, die nicht anders konnte, als den Phallus in ihrer intimsten Stelle zu akzeptieren, sprang auf Sally über.

Miles stimulierte Sallys Klitoris, brachte sich in Position, um behutsam in sie einzudringen. Der Doppeldildo hatte sie ausgefüllt, doch das hier war viel intensiver. Mit einer Hand setzte er die Schlinge in Bewegung, mit der zweiten massierte er fest ihre Lustperle. Die elektrischen Impulse auf ihren Nippeln steigerten sich, stahlen ihr den letzten Rest Kontrolle. Selbst ein Erdbeben vermochte sie nicht davon abzuhalten zu kommen.

„Maestro!“, rief sie.

Ihr Schrei vermischte sich mit Violas, während sie davongetragen wurden. Viola sah ihr in die Augen, als sie erneut kam.

Das Schwingen wurde stärker, weil Miles sie hart fickte. Der Plug in ihrem Anus intensivierte seine Stöße. Bisher war sie nie vaginal gekommen, aber jetzt löste sich ihr Verstand von ihrem Körper, sodass sie nur noch spürte.

Miles stand schwer atmend vor ihr, seine Arme zitterten, als er die Lederschlinge stoppte. Er drehte sich seinem Adoptivbruder zu, beide lachten dermaßen maskulin und dominant, dass ihr der Atem stockte.

Ein perfekter Moment.

Und sie wusste, dass Viola ebenso fühlte, denn auch aus den Augenwinkeln der Freundin rannen Tränen.

Kapitel 9

„Sally zuerst." John streichelte ihr über die Wange, auf dem Gesicht ein Ausdruck, welches sie fast für Bedauern gehalten hätte, wenn nicht in den Tiefen seiner Augen ein sadistisches Funkeln geleuchtet hätte.

Ihren Versuch auszuweichen vereitelten die Fesseln. Die Fieslinge lösten die Klemmen gleichzeitig.

Sie war nicht vorbereitet auf die Pein, die gnadenlos zupackte, als das Blut in die empfindlichen Spitzen zurückschoss. Beide saugten an den Nippeln, die vor Schmerz geschrien hätten, wenn sie gekonnt hätten, leckten sie, bis der Schmerz abebbte.

Miles strich ihr zärtlich die verschwitzten Haare aus der Stirn, dann wandte er sich Viola zu.

„Bitte John, nicht zusammen", bettelte sie.

„Ich denke doch, meine Schöne."

Ihr Protest ging in einen Schmerzensschrei über, und sie bebte unter den Zungen, bis die Qual nachließ.

„Bösartige Mistkerle."

Die innbrünstigen Worte entlockten den Maestros ein humorvolles Schnauben.

„So wie du es gern hast, Cara."

Miles löste ihre Fesseln, half Sally in eine sitzende Position. Sie war unfähig aufzustehen, und er wickelte sie in den bereitliegenden Fleecemantel.

Sie umklammerte seinen Nacken, als er sie zur Couch trug. Viola und sie lagen knochen- und muskellos auf der breiten Unterlage, während ihre Maestros sie mit Honigmelone fütterten. John holte anschließend Eis aus der Küche.

Niemals zuvor hatte ihr die kalte Köstlichkeit dermaßen gut geschmeckt. Vielleicht lag es auch daran, dass Miles ihre wunden Nippel mit der Schleckerei kühlte, bevor er sie ableckte.

Miles fühlte sich zu aufgewühlt, um einzuschlafen. Er hatte die perfekte Schiava gefunden, lächelte bei der Erinnerung an die gestrige Session. Ricardo und Frank hatten sich noch von ihnen verabschiedet. Sally und Viola lieferten sich einen Wettbewerb darin, wer stärker erröten konnte.

Sally schlief so fest, sie rührte sich nicht, als er aufstand. Eventuell sollte er sich einen Scotch genehmigen, daher ging er in die Bibliothek. Zu seinem Erstaunen saßen John und Dean vor dem Kamin, beide mit Gläsern bestückt.

Wortlos reichte John ihm ein Glas. Schweigend starrten sie in die knisternden Flammen, und nur das Klimpern der Eiswürfel unterbrach die Stille, die ansonsten herrschte.

Miles hielt es nicht mehr aus, und als er sich seinen Brüdern zudrehte, grinsten sie ihn bereits an.

„Spuck es aus", sagte John.

„Glaubt ihr wirklich, dass Sally die Richtige für mich ist? Die Frau, mit der ich meine Zukunft verbringen kann?"

Dean beugte sich zu ihm. „Was vermittelt dir dein Gefühl? Wie ist es für dich, wenn du an einer Session mit Kim und Viola teilnimmst? Oder mit einer fremden Schiava, zu der du außer der Maestro-Verantwortung keine Bindung besitzt?"

Miles trank einen Schluck und genoss das wohlige Brennen in der Kehle. „Es ist anders mit Sally - intensiver, schöner, perfekter."

Sie starrten in die Flammen.

„Ich wäre gestern fast in Tränen ausgebrochen bei der Session."

John und Dean schlugen ihm hart auf die Schultern, sahen ihn verständnisvoll an, gaben ihm die Zeit, die er brauchte, um weiterzureden.

„Bin ich wirklich der Richtige für sie? Wäre ein Vanilla-Partner nicht besser geeignet?"

Dean verschluckte sich, und John schenkte ihm einen Blick, der ihm deutlich aufzeigte, dass die Äußerung ihn als Blödbommel der Woche auszeichnete.

„Gerade du solltest wissen, was es bedeutet, in einer unerfüllten Beziehung zu leben. Auf Dauer würde Sallys Frustration in Gefahr umschlagen. Sie könnte sich auf die Suche nach einem Maestro oder Dom begeben, ihrem Vanilla-Partner Leid zufügen, um schlussendlich daran zu zerbrechen."

Allein der Gedanke, dass ein Dom sie berührte, den er nicht kannte und dem er nicht vertraute, erfüllte ihn mit Grauen. Es bestand das Risiko, dass sie erneut an den Falschen geriet. „Mute ich ihr zu viel zu?"

„Ich habe sie gehalten, in ihre Seele gesehen, während du sie mit dem Flogger in höchste Verzückung gebracht hast. Niemals würdest du Sally etwas antun, das sie nicht erträgt. Du behandelst sie genau richtig. Hart schlägst du am liebsten mit der Handfläche." Dean lächelte sadistisch. „So wie ich und John größtenteils."

John schenkte ihnen von der bernsteinfarbenen Flüssigkeit nach. „Du wirst ihr die ein oder andere Strieme beibringen, aber nichts, mit dem sie nicht fertig wird. Am meisten genießt du das Spiel mit der Erregung, die Art, wie deine Partnerin auf deine Reizungen reagiert." Er lachte herzhaft. „Die drei fühlen sich wohl, auch zusammen in einer Session. Viola und

Sally haben mich überrascht." John stürzte den Scotch in einem Schluck herunter. Schweigend beobachteten sie die Flammen, bis sie erstarben. Giotto lag vor dem Kamin, glich einem lebendigen Teppich, der ab und zu in wilden Träumen zuckte.

Ruhe breitete sich in Miles' Innerem aus. Im nächsten Moment sprang er fast aus dem Sessel, denn das Mobiltelefon in seiner Hosentasche vibrierte laut.

Es war eine Nachricht von Deborah, die ihn um ein Treffen anflehte.

„Was Wichtiges?", fragte Dean.

„Spam."

„Spam?" John sah aus, als ob er ihm das Telefon entreißen wollte. Miles steckte es zurück und zog herausfordernd die Augenbrauen hoch.

„Wie du willst, Bruder." Auch eine Schiava, die noch niemals einem Maestro gegenübergestanden hatte, könnte erkennen, dass John es nur für den Moment auf sich beruhen ließ. Deans Gesicht zierte der gleiche Ausdruck. Manchmal waren seine Brüder lästig wie Bären, die einen Honigtopf entdeckten.

Und warum hast du sie angelogen und die Nachricht nicht sofort gelöscht?, fragte eine leise Stimme aus dem hintersten Winkel seines Bewusstseins.

Verflucht. Er fühlte sich Deborah gegenüber verpflichtet, verspürte Schuld, dass er sie mit SM konfrontiert hatte, obwohl er es hätte besser wissen müssen. Vielleicht hatte er etwas in ihrer Seele zerstört und bekam nun die Gelegenheit, den Schaden zu reparieren. Er könnte ihr seine Freundschaft anbieten und ihr helfen, einen Dom zu finden, wenn sie es wirklich ernst meinte mit ihrer angeblich entfachten SM-Lust.

Unglücklich sah Sally aus dem Fenster, beobachtete die dunklen Wolken, die über den Himmel jagten. Das Wetter entsprach ihrer düsteren Stimmung. Giotto saß neben ihr, der beste Therapeut auf Erden. Er rieb seinen Kopf gegen ihren Oberschenkel, bis er sie fast umwarf. Sie setzte sich auf den Boden, um ihn zu umarmen. Leise winselnd bohrte er ihr die nasse Nase in die Halsbeuge.

Er teilte ihr Leid, legte sein Haupt auf ihren Oberschenkeln ab; dabei seufzte er, denn schließlich lag die gesamte Last auf seinen breiten Schultern.

Miles hatte sich vorhin aus dem Haus geschlichen, auf eine Weise, dass sogar sie erkannte, dass er etwas zurückhielt. Dazu brauchte sie kein Maestro zu sein. Ungewollt bildeten sich Tränen hinter ihren Lidern, versuchten mit aller Macht, über ihre Wangen zu rinnen.

Verunsichert biss sie die Zähne zusammen und pustete in das mahagonifarbene, glänzende Fell, das Giottos Kopf schmückte.

„Du riechst nach Vanille."

Giotto schnaubte missmutig, mit einem Blick, der puren Vorwurf ausdrückte. „Bist du selbst schuld, was wälzt du dich auch fortwährend in dem stinkenden Schlammloch."

Verlangend starrte er zu den Tabletts mit den bunt verzierten Keksen und dem Shortbread, die jede freie Oberfläche der Küche zierten. Backen half immer, wenn sie sich traurig fühlte.

Miles hatte ihr einen Monat zugesagt, der längst vergangen war. Sie hatte angenommen, er wollte mir ihr zusammenbleiben, sie im *Federzirkel* bei sich behalten und sie nicht in Kims Romantikhotel verfrachten.

Und falls er genug von ihr hatte? Der Meinung war, sie wäre bereit, auf eigenen Füßen zu stehen? Sie griff nach zwei Riegeln Shortbread, gab Giotto einen und biss selbst in den anderen. Die buttrige Konsistenz des Gebäcks füllte ihren Mund. Giotto nahm den Keks vorsichtig zwischen seine Zähne, um ihn in zwei Teile zu zerbeißen, ehe er ihn mit einem glücklichen Hundegrinsen verzehrte.

„Sally?" Johns dunkle Stimme riss sie aus den trüben Gedanken. Er blieb vor ihr stehen, klopfte Giottos Seiten, während der ihn anhimmelte. „Warum sitzt du auf dem kalten Boden?"

Die Wärme in den Worten brachte das Fass zum Überlaufen, sodass sich eine Träne den Weg suchte. Ihren Versuch, das Weinen zu verbergen, vereitelte eine starke Hand, die ihr Handgelenk umfasste.

„Sieh mich an."

Zur Hölle mit dem Gehorsam. Bemerkte er denn nicht, dass sie fast die Fassung verlor? Doch er ließ sie nicht in Ruhe, und sie fand sich auf den Füßen wieder, gehalten von seinen Armen.

„Zieh dir eine Jacke an, Kleines. Wir gehen spazieren und wechseln ein paar längst fällige Worte."

Falls sie nicht gehorchte, würde er sie nicht übers Knie legen, wenn Miles nicht dabei war, oder doch?

„Ich würde."

Das nachtschwarze Lachen begleitete sie auf dem Weg zum Garderobenschrank.

Monster.

Sie zog die gefütterte grüne Jacke über, die Miles ihr geschenkt hatte. John legte den Arm um sie, während Giotto um sie herumsprang.

Der Wind fuhr ihr durch die Haare, bildete ein belebendes Gemisch mit der kalten klaren Luft. Das Herz schlug ihr bis zum Hals, und sie gab sich keinen Illusionen hin. John wusste, welche Wirkung er auf sie ausübte; dass er es genoss, verbarg er nicht.

Sie schlenderten den schmalen Pfad entlang, der vor einem schmiedeeisernen Tor endete. Dahinter befand sich der Wald.

„Kannst du dir vorstellen, dass Viola zu mir und Dean bei unserer zweiten Begegnung gesagt hat, unsere Egos wären groß wie Elefantenärsche?"

Ein herrliches Lachen kam aus seiner Kehle, das ihre Nervosität fortriss.

„Was ist los, Sally?"

Er sah sie mit diesem Ausdruck an, der über die Oberfläche ihrer Haut kroch, eindrang, nur um sie atemlos zurückzulassen. Wenn sie nicht freiwillig auspackte, besäße er nicht den Hauch eines schlechten Gewissens, sie an den albernen Marterpfahl zu binden, der im Strafzimmer stand, und sie dort zu lassen, bis sie redete. Es war eine Erkenntnis, die ihr Sicherheit gab, denn sie nahm ihr die Wahl ab, und mit Ausflüchten würde sie nicht weit kommen. Er gewährte ihr nicht die Gelegenheit, Misstrauen in ihrem Inneren abzuladen, ihn zu verstauen, bis das Gefühl sie zerbrach.

„Miles hat sich vorhin seltsam verhalten. Er verbirgt etwas vor mir. Offensichtlich vertraut er mir nicht."

Die blöden Tränen suchten sich ihren Weg. John zog sie an seine Brust. Schniefend drückte sie die Nase in seine rote Fleecejacke, während Giotto sich gegen ihre Beine presste.

„Und ich will den *Federzirkel* nicht verlassen."

Wieso zum Teufel hatte sie das jetzt gesagt?

„Hier ist jederzeit Platz für dich, Kleines. Ich versichere dir, warum auch immer Miles sich unauffällig wie eine bunte Kuh vom Grundstück geschlichen hat, es hat nichts mit seiner Liebe zu dir zu tun."

„Du hast es bemerkt?"

Seine Augen funkelten amüsiert. „Ich bemerke alles, auch dass du letzte Woche meine Lieblingsslips rosa verfärbt und sie in der Mülltonne versteckt hast, mir sogar stattdessen neue unterjubeln wolltest."

Er holte eine Packung Papiertaschentücher aus der Jacke und wischte ihr über das Gesicht.

„Du bist gerne bei uns, und deine Tätigkeiten stellen dich zufrieden." John streichelte ihre Wange. „Deine Anwesenheit ist überall zu sehen und zu spüren. Die Blumen und Pflanzen, die du in jeder Ecke aufgestellt hast, und deine Kochkünste zwingen selbst einen Maestro in die Knie."

Er führte sie einen gewundenen Waldpfad entlang. Giotto jagte bellend einem Hasen hinterher. Nach wenigen Metern kam er hechelnd zurück, schnaufte dabei wie eine Dampflok.

„Eine Bürotätigkeit hat mich nie gereizt. Wenn Kim das Hotel im nächsten Jahr eröffnet, würde ich mit Freuden bei euch wohnen bleiben, falls Miles mich noch will."

„Natürlich will er dich."

Geschickt fragte er sie über die Geschehnisse mit Séamus aus. Bei ihrer Rückkehr in den *Federzirkel* verkleinerte sich ihr innerer Müllberg um einen Gipfel.

Er half ihr aus der Jacke, nur um sie unvermittelt gegen die Wand zu pressen. „Für meine Slips erhältst du eine Bestrafung." Er küsste sie auf die Nasenspitze, und sein raubtierhafter Gang trug ihn in die Weiten des *Federzirkels*.

Sally benötigte eine Weile, bis sie sich in der Lage sah, ihre angewurzelten Füße vom Boden zu lösen.

Fieser Mistkerl.

Auf dem Weg zu Deborahs Haus spielte Miles mit dem Gedanken, umzukehren. Vielleicht hätte er Dean mitnehmen sollen. Sein Instinkt sagte ihm, dass Debby Hilfe brauchte. Er schaffte es nicht, sie abzuweisen, er allein trug die Verantwortung für ihren Zustand.

Noch immer sah er sie vor sich, als er sie über seine Knie gelegt und ihren Po mit Schlägen bearbeitet hatte. Nur eine milde Röte hatte die perfekten Backen überzogen, doch sie hatte es gehasst, fühlte sich gedemütigt und setzte es mit einer Vergewaltigung gleich.

Zusätzlich nagte der Ausdruck in Sallys Augen an ihm. Sie wusste, dass er etwas vor ihr zurückhielt. Er musste erst herausfinden, womit er Deborah helfen konnte, bevor er Sally einweihte.

Zur Hölle, er würde es nach seiner Rückkehr tun. Zudem lief er Gefahr, dass seine Brüder die Angelegenheit in ihre Hände nahmen. Er sah sich schon an dem albernen Marterpfahl stehen, den John unbedingt haben wollte, während er die Wahrheit aus ihm herauslockte.

Er parkte den Jeep vor Deborahs modernem Architektenhaus. Dean hatte einmal bemerkt, dass das Haus mit der frostigen Atmosphäre der Besitzerin nicht nachstand.

Miles vermochte nicht zu widersprechen. An diesem Ort gab es keine warmen Parkettböden, gemütliche Sitzmöbel oder bunte Gemälde.

Stahl, Glas und Fliesen gepaart mit einer schneeweißen Inneneinrichtung, an den Wänden irgendein abstraktes Zeug, bestehend aus schwarzen Klecksen; schweineteuer und megahässlich.

Deborah riss die Tür auf und stand tränenüberströmt im Rahmen. Miles' Alarmglocken schrillten. Sie trug nur ein rotes Negligé, der einzige Farbtupfer in ihrer weißen Welt.

„Miles", schluchzte sie und fiel ihm um den Hals. Sie sackte gegen ihn. Automatisch legte er die Arme um sie, hielt sie, während er mit dem Fuß die Haustür schloss.

Er verfluchte sich doppelt, er hätte Dean mitnehmen sollen. Vorhin am Telefon hatte sie sich gefestigt angehört, einem Treffen zugestimmt, bei dem sie reden wollten.

„Ich bin mit Sally liiert."

Er versuchte, sie wegzudrücken, doch sie presste sich an ihn, und das Negligé klaffte auf, als er sie mit Gewalt auf Armeslänge von sich schob. Perfektion bis zu den lackierten Fußnägeln blinkte ihn an.

Ein Schatten lief ihr über das Gesicht und verlieh ihr das wahnsinnige Antlitz einer zutiefst gestörten Frau. Als sie zu ihm hochsah, war der Ausdruck verschwunden, stattdessen ersetzte ihn tiefer Schmerz.

„Lass mich nicht betteln, Miles." Sie griff nach zwei Rotweingläsern und sank auf die Couch. „Trink was mit mir. Mehr verlange ich nicht."

Er unterdrückte das Bedürfnis, das blutrote Getränk in einem Schluck hinunterzuschütten. Er nahm ihr eins der Gläser aus der Hand, stellte es jedoch auf den weißgelackten Couchtisch.

Ein roter Abdruck benetzte die Oberfläche.

Sie lehnte sich zurück, und ihr Busen lockte ihn. Er setzte sich neben sie, verknotete den Bindegürtel mit ruckartigen Bewegungen.

„Ich bin nur hergekommen, um mit dir zu reden."

Sie griff erneut nach dem zweiten Weinglas, und er schüttelte den Kopf.

„Ich möchte nichts trinken, zudem habe ich keine Lust auf Spielchen. Wobei soll ich dir helfen, Deborah? Ich könnte dich an einen Dom vermitteln, wenn das dein Wunsch ist oder dir ein BDSM-Studio empfehlen."

Sie wirkte wie ein verwundetes Tier. „Ich will nur dich."

Er umfasste ihre Schultern. „Es tut mir leid, Kleines. Alles, was ich dir anbieten kann, ist eine Hilfestellung."

Ihre Augen füllten sich mit Tränen. „Bitte liebe mich ein letztes Mal."

Er trat sich geistig in den Hintern, verfluchte, dass er Johns Instinkt nicht vertraut hatte. „Nein, Deborah!"

Sie entriss sich seinem Griff und legte sich über die Lehne der Couch. „Ist es das, was du brauchst, um auf Touren zu kommen?" Sie lag bewegungslos da, in ihrer ganzen kalten Schönheit.

Miles ging ohne ein Wort zu sagen, hier gab es für ihn nichts mehr zu tun. Auf dem Weg zur Haustür hörte er das Zersplittern von Glas. Alles, was er begehrte, war Sally. Sie würde in diesem gefühllosen Haus wie ein Rubin glänzen. Ihre Lebendigkeit hatte ihn noch nie so gelockt wie in diesem Moment.

Dean und John standen dämonenhaft in der Eingangshalle. Miles verstand, dass so manche Schiava bei diesem Anblick erbleichte.

John deutete mit dem Kopf zur Bibliothek, und Miles folgte ihnen gehorsam. Giotto bildete die trottende Nachhut, als ob er ihm den Rückweg abschneiden wollte.
„Setz dich." John zeigte auf die Couch, wirkte, als ob er mit dem Gedanken spielte, ihn in die Polster zu stampfen.
Ein Muskel zuckte an Deans Wange. Miles setzte sich betont langsam. Giotto ließ sich zwischen den beiden Racheengeln nieder und starrte Miles mit heraushängender Zunge an. Miles fasste es nicht, der Vierbeiner zog die Augenbrauen hoch.
„Sally hat in meinen Armen geweint."
„Ich bin ein Idiot." Er erzählte ihnen von Deborah, wie schuldig er sich fühlte. „Ihr Geisteszustand ist beunruhigend."
„Warum hast du nie darüber geredet?", fragte Dean.
„Es war mir nicht bewusst, bis sie letztens hier aufgetaucht ist."
„Du solltest sie auf keinen Fall allein aufsuchen. Die Frau ist gefährlich." John sah ihn beschwörend an. „Ich habe es dir nie gesagt, doch als ich sie an dem Abend aufgesucht habe, nachdem du sie zart auf den Po geschlagen hast, drohte sie damit, dich anzuzeigen wegen Vergewaltigung."
Miles war, als ob ihn jemand mit Eiswürfeln einrieb.
„Den Zahn habe ich ihr gezogen. Sie brach in Tränen aus, nahm mir das Versprechen ab, es dir nie zu erzählen. Sie spielte die Mitleidskarte aus, bis ich zustimmte, unter dem Vorbehalt, dass sie dich in Ruhe lässt." John fuhr sich durch die Haare. „Sie hat es mir überzeugend geschworen."
„Darf ich jetzt aufstehen?"
Die dunklen Gefährten traten einen Schritt zurück. Giotto schnellte nach vorn und gab ihm einen Hundekuss.
„Du verzeihst mir, haariger Freund?"
„Sally ist in der Küche, mit Viola und Kim." Pures Amüsement tränkte Johns Tonfall.
Dean sah Miles beinahe mitleidig an. „Brauchst du Hilfe, Bruder?"
Fast hätte er Deans Frage verneint, doch es mit drei Nixen allein aufzunehmen, dazu fehlte ihm nach der Begegnung mit Deborah die Kraft.
Köstlicher Backgeruch erfüllte die Küche. Die süßen Monster standen am Küchentisch und drehten ihnen den Rücken zu.
„Sie sind gut geworden." Aus Violas Stimme klang unverfälschtes Vergnügen, während Kim brüllend lachte.
„Wir sollten einen der Miles' als Erstes essen. Er hat es verdient … das miese Schwein." Kim kicherte wie eine Hexe.
„Darf ich den Kopf abbeißen?", fragte Sally in einem zuckersüßen Tonfall.

„Ich will auf jeden Fall einem John die Beine abreißen, für das, was er mir heute Morgen angetan hat. Und aus den Augen mache ich mir eine Kette." Bösartige Viola.

Sie warfen einvernehmlich den Kopf zurück, gackerten herzhaft.

„Ich verfüttere einen Dean an Giotto," sagte Kim triumphierend.

Sechs Hände legten sich zeitgleich auf zarte Schultern, drei Schreie lösten sich aus schmalen Kehlen.

Sie versuchten es, versuchten, nicht zu lachen, versuchten, strenge Maestros zu sein.

Sie versagten.

Hübsch aneinandergereiht lagen sie in Keksform auf der Ablage. Deans Zuckerglasurhaare ähnelten explodierten Igeln. John besaß Augenbrauen, die einem Werwolf den Rang abliefen. Als Ersatz für Miles' Augen hatten sie leuchtend grüne Smarties genommen, und Vampirzähne lugten aus seinem Mund.

Sie drehten die erbleichenden Übeltäterinnen herum, was ihnen den Rest gab. John krümmte sich zusammen, lachte so heftig, dass ihm Tränen die Wangen herunterliefen.

Violas Blick ging zur Tür, doch sie würde keine zwei Schritte weit kommen. Sie probierte es dennoch und fand sich in Johns Armen wieder, der sie an sich presste.

„Strafzimmer, Bruder?"

Dean nickte John zu. „Begleitest du mich freiwillig, Kim?" Kim reichte Dean ihre Handgelenke, die er grinsend umfasste.

Sally stand noch immer wie angewurzelt gegen den Tisch gelehnt.

„Wir müssen reden, Kleines."

„Ich habe keine Lust zu reden." Störrisch sah sie ihn an, setzte an, ihn aus dem Weg zu schieben. Als er sich nicht rührte, spielte sie mit dem Gedanken ihn zu treten, er sah es ihr deutlich an.

„Trau dich, Schiava."

„Ich habe jetzt keinerlei Bedürfnis, deine Schiava zu sein."

Miles versuchte, sie in Grund und Boden zu starren. Sie wäre zurückgewichen, wenn sie gekonnt hätte.

„Das ist aber schade, denn es geht nicht darum, was du willst."

Er wollte es wirklich durchziehen.

„Wespe", zischte sie.

„Wie bitte?" Seine Stimme war ein drohender Hauch. Er lehnte sich nach vorn, bis er fast ihre Nasenspitze berührte.

„Ich will jetzt keine Session."

Er zwang sie weiter zurück, sodass ihr Oberkörper auf der Tischplatte lag. „Das Safeword ist ein Zeichen äußersten Respekts, nicht dazu da, um kindisches Verhalten durchzusetzen."

Ihren Versuch, nach ihm zu schlagen, unterband er mit harten Händen. „Auf die Knie. Entschuldige dich, Schiava."

Sie schnaubte vor Wut. „Du kannst mich mal."

„Wie du es verlangst." Er lächelte sie kalt an. „Für diese Session entziehe ich dir das Safeword."

Was? Eine Welle erfasste sie und verunsicherte sie mit der Hitze, die sie packte. Miles küsste sie grob auf den Mund, schob ihr Shirt nach oben. Sie konnte nichts gegen die Lust tun, die sie überwältigte. Ungewollt stöhnte sie, als er ihre wunden Nippel zupfte, dadurch herrliche Pein in ihren Schoß jagte.

In diesem Moment hasste und liebte sie ihn zugleich, mit einer Stärke, die sie ängstigte. Leidenschaftlich küsste er sie, gab ihr einen Vorgeschmack auf das, was er noch im Sinn hatte.

Er zog sie auf die Füße und musterte sie.

„Kommst du freiwillig mit oder soll ich dich tragen?"

„Wieso bringst du es nicht hier hinter dich?"

„Das wirst du gleich wissen."

Er packte sie am Oberarm und zerrte sie in sein Schlafzimmer. Mit einem ominösen Knall fiel die Tür ins Schloss. Gott, er wirkte unheimlich sexy und bedrohlich.

Er drängte sie rückwärts, bis sie das Bett erreichten.

„Ausziehen."

Sie dachte nicht daran. Sally fand sich über seinem Schoß wieder. Die dämliche Homewearhose besaß einen Gummizug und hing ihr bereits um die Knöchel. Das Schwein drehte ihr den Arm auf den Rücken, und sie war ihm hilflos ausgeliefert. Die Erkenntnis jagte unverfälschte Lust durch ihren verräterischen Körper und steigerte gleichzeitig ihre Wut.

„Wag es nicht." Sie hörte selbst, wie unsicher ihre Stimme klang und irgendwie erwartungsvoll.

„Ich denke schon."

Vielleicht sollte sie sich an ihren Ort retten.

„Ich denke nicht, und du versuch erst gar nicht, dich an deinen mentalen Ort zu retten." Anstelle von Wut schwang Amüsement in seinem Tonfall.

Mieses widerliches schleimiges Monster!

Er fasste zwischen ihre Schenkel. Der maskuline Laut, der aus seiner Kehle kam, ließ sie aufstöhnen.

„Du bleibst bei mir, Schiava, körperlich und mental." Er berührte fast ihren Kitzler. Sie drängte sich der Bewegung entgegen, obwohl sie sich verbot, es zu tun. „Mit weniger gebe ich mich nicht zufrieden."

Ein unglaublich scharfer Hieb, der ihr einen Schrei stahl, landete quer auf beiden Backen. Das würde er nicht noch einmal schaffen, er hatte sie nur überrascht.

Die Agonie erreichte dieselbe Stelle erneut, und ihr Po erwachte flammend zum Leben, mit einer Intensität, die ihr diesmal den Atem für einen Jammerlaut raubte.

„Arschloch!"

Er lachte herzhaft, genauso herzhaft traf sie der nächste Schlag, berührte zur Hälfte den vorherigen. In schneller Reihenfolge folgte weitere brennende Pein, und gerade als sie dachte, sie könnte es nicht mehr aushalten, schob er ihr eine Hand unter das Geschlecht und entlockte ihr ein Wimmern.

„Klatschnass. Eine Belohnung verdienst du dir jedoch nicht."

Er schlug abermals zu, hörte erst auf, als sie ergeben über seinen Knien hing und jeglicher Zorn aus ihrem Körper verschwand.

„Es tut mir leid, Maestro." Die Worte entschlüpften ihr, doch sie bereute sie nicht, denn sie entsprachen der Wahrheit.

Seine Handfläche lag auf ihrem Arsch, der dermaßen brannte, dass sie es auf ihrem gesamten Leib spürte. Sadistisch streichelte er die Haut, lachte gemein, als sie versuchte, der brennenden Pein auszuweichen.

„Bleib still liegen oder ich setze mein Werk fort."

Sie erstarrte, krampfte die Hände zu Fäusten, erduldete, dass er sie weiter quälte, mit harten rauen Berührungen, die die Hitze steigerten.

Unvermittelt führte er einen Finger in ihr Geschlecht, während sein Daumen ihre Lustperle massierte.

„Wenn du ohne Erlaubnis kommst, Schiava, bestrafe ich dich. Das Brennen, das du jetzt fühlst, ist nichts verglichen mit dem, was ich dir noch anzutun vermag."

Göttin, hilf mir!

Seine Worte wirkten wie ein Anzünder, und sie spürte die nahende Erfüllung. Sie konnte nicht mehr, er hatte alles von ihr verlangt, erhielt es, und sie fühlte sich außerstande, dagegen anzukämpfen.

Der Höhepunkt packte sie gnadenlos. Miles stimulierte sie über den Orgasmus hinaus. Leichte Schläge erneuerten die herrliche Qual, bis schreiende Erlösung sie forttrug.

„Bitte mich auf den Knien um Verzeihung."

Auf wackligen Beinen stand sie vor ihm, zog mit zitternden Händen das Shirt aus.

Sie sah weder Wut noch Zorn in seinem Gesicht, nur die Liebe und den Respekt, die er für sie empfand, als er ihren nackten Leib musterte.

Sie drehte ihm den Rücken zu, fiel auf die Knie, streckte die Arme nach vorn aus und berührte mit der Stirn den Parkettboden.

„Es tut mir leid, Maestro, als Schiava und Sally."

Sie öffnete sich ganz für ihn. Die Position sollte eigentlich demütigend sein, stattdessen verspürte sie nur reine Freude.

Er murmelte etwas, das sie nicht verstand, und kniete hinter ihr. Zarte Küsse bedeckten ihre Schultern, folgten der Wirbelsäule, und eine Gänsehaut überzog ihren Körper, entfachte die Hitze auf ihrem Po.

Ein Rascheln verriet ihr, dass er sich seiner Jeans entledigte.

„Zieh deine Pobacken für mich auseinander."

Ihre Handflächen demonstrierten ihr, dass ihr Po sich nicht nur so anfühlte, er war siedend heiß.

Kühle tropfte auf die entblößte Spalte, und Miles bereitete sie vor, massierte das Gel zuerst auf den Anus, bevor er einen Finger einführte. Automatisch versuchte sie, nach unten auszuweichen, was ihr einen scharfen Hieb auf den Arsch einbrachte.

Nach Luft ringend streckte sie ihm den Po entgegen. Er belohnte sie, indem er an ihrer Klitoris zupfte, während der zweite Eindringling sie eroberte, sie pumpte, bis Sally wimmerte.

Sein Schwanz presste gegen den engen Ring, er schob ihn langsam hinein. Sie biss die Zähne zusammen, um nicht zu jammern, denn es brannte und schmerzte, bis die Stimulation seiner Fingerspitzen sich in den Nervenenden in ihrem Po fortsetzte und der Schmerz sich in einen köstlichen Reiz verwandelte, den sie in ihrem ganzen Schoß spürte.

„Kämpf nicht dagegen an, Kleines."

Oh Gott. Sie dachte nicht mehr, spürte nur noch.

Miles liebte sie nicht nur, er fickte sie, unterwarf sie, nahm sich alles, so wie es ihm gefiel.

Sie gab nach, vollkommene Hingabe, bis sie seine Stöße in ihrem Bewusstsein fühlte.

„Stütze dich auf eine Hand und masturbiere."

Miles' Hüften klatschten gegen ihren Po, er krallte die Fingerkuppen in ihr Fleisch, schenkte ihr Grobheit, die er bisher zurückgehalten hatte.

Ihre Beckenmuskulatur zog sich zusammen. Miles stöhnte laut, denn die Bewegungen setzten sich in ihrem Anus fort. Ein heftiger Orgasmus setzte bei ihr ein und Miles schrie auch seine Lust in den Raum. Sie wusste, er spürte um seinen Schwanz, dass sie kam.

Sally sackte unter ihm weg, unfähig, die Position zu halten. Miles zog sich langsam aus ihr zurück und legte ihr die Stirn auf den Rücken.

Sein Lachen vibrierte auf ihrer Haut.

„Meine Knie bringen mich um.“ Er stützte sich am Bett ab, um sich ächzend zu erheben. Sally lag platt auf dem Boden und fühlte sich wie eine Flunder.

Miles richtete sie an den Schultern auf und half ihr auf die Füße. Grinsend reichte er ihr eine Flasche Wasser.

„Jetzt reden wir. Ich lasse uns ein Bad ein.“

Sanft folgte er mit den Fingerspitzen den Konturen ihres Gesichtes, während er sie abwartend ansah.

„Ja, Maestro.“ Sie warf die Arme um ihn. „Es tut mir leid, wirklich.“

Er grinste auf eine unwiderstehlich dominante Weise. „Wenn ich mir deinen Arsch betrachte, glaube ich dir das gern.“

Sie stach mit einem Finger zwischen seine Rippen. „Ich habe mich kindisch verhalten.“

Er drückte ihr einen Apfel in die Hand. „Wir essen nachher mit den anderen zu Abend. Aber das sollte dir über den ersten Hunger hinweghelfen.“

Er legte ihr eine Decke um die Schultern und ging in das Badezimmer hinüber. Sie blickte in den Garten, der unter den Strahlen des Mondes leuchtete. Ihr Herz schlug noch immer schnell, zu sehr hatte die Session sie berührt. Ob sie es ertragen würde, von einem Rohrstock geschlagen zu werden oder von einer richtigen Peitsche? Der intensive Schmerz verschreckte sie nicht, sondern weckte die dunkle Seite stärker.

Sie vertraute Miles. Mit ihm konnte sie sich alles vorstellen. Aber hatte sie das bei Séamus nicht auch erst gedacht? Sally biss kopfschüttelnd in den Apfel. Wenn sie sich zurückerinnerte, war es bei dem Schwein von Anfang an anders gewesen. Zu der Zeit war sie nur zu dumm gewesen, um es besser zu wissen.

Er hatte sie manipuliert, was sie fälschlicherweise für Liebe hielt. Doch die Beziehung war auf Lügen, Demütigung und Leid aufgebaut, weder auf Respekt noch auf Vertrauen.

Miles trat hinter sie, umfasste ihre Brüste. Sie wimmerte, als er die Nippel massierte.

„Empfindliche kleine Sub.“ Er hob sie auf die Arme und setzte sie neben der im Boden eingelassenen Wanne auf die Füße. „Reich mir deine Hände.“ Mitleidig sah er sie an, als sie hineinstieg, denn sie schrie auf, als die Hitze den gepeinigten Po berührte.

Es brannte wie die Hölle. Miles schenkte ihr ein höllisches Lächeln, ganz der Höllenfürst, der er war.

Kerzen erhellten das schwarzweiße Badezimmer, und die romantische Stimmung erfasste sie.

Er saß hinter ihr und zog sie gegen sich. Schaumiges Wasser, das nach Mandeln und Honig duftete, umspülte sie. Der schnelle Wechsel zwischen Dominanz und Zärtlichkeit lag auf ihr wie eine Schicht aus warmem Karamell.

Er erzählte ihr von Deborah, dass er heute bei ihr gewesen war, wie schuldig er sich fühlte. „Oberflächlich betrachtet ist sie eine betörende Frau."

Er legte ihr eine Handfläche auf die Kehle und zwang ihren Kopf in den Nacken. „Als sie uns beim Frühstück heimgesucht hat, ist mir zum ersten Mal bewusst geworden, dass ihre Schönheit einen hässlichen Kern besitzt, der durchschimmert. Sie kann mit dir nicht mithalten, Sally. Dein inneres Leuchten erfasst dich ganz. Wiederhole meine Worte, Kleines. Sag, dass du wunderschön bist." Er lachte sinnlich. „Oder muss ich deinen Po nachdrücklich überzeugen, dass dein Mund reden soll."

Er erhöhte den Druck auf ihre Kehle. Mit der anderen Hand kniff er in ihren rechten Nippel, rieb ihn zwischen Daumen und Zeigefinger.

Er war ein Maestro durch und durch. Und er war Miles durch und durch. Eine verdammt verführerische Kombination.

„Ich bin bezaubernd, Maestro, weil du mir das Gefühl gibst, bezaubernd zu sein."

Sie liebte ihn ohne Wenn und Aber.

Sie hasste ihn ohne Wenn und Aber.

„Ich hasse John", zischte Viola.

Kim holte so heftig Luft, dass Sally es hören konnte.

„Ich hasse Dean noch viel mehr."

Gemeinsam warfen sie den nachtragenden Bastarden wütende Blicke zu. Kim musste dazu den Kopf drehen.

Die drei hoben ihre Bierflaschen und prosteten ihnen zu. Viola zerrte an den Fesseln, obwohl es nichts brachte. Sally verstand sie, biss unglücklich auf der Unterlippe herum.

Die Schleimgeburten, die von dem tiefsten Inneren eines Satans abstammten, hatten sie ins *Sadasia* verschleppt, sie mit Hilfe von Sean und Keith, dessen Vater Hulk sein musste, im Showroom an den Armen an Manschetten gefesselt, die an Ketten von der Decke hingen. Bis jetzt lag kein allzu starker Zug auf den Fesselungen, doch Sally befürchtete, dass dieser Zustand von flüchtiger Dauer war.

Viola sah hinreißend in dem kurzen engen Jerseykleid aus. Kims Kleid war erheblich kürzer und enger, das von Sally bedeckte gerade die Pobacken.

So nackt, wie sie sich in dem Fetzen vorkam, war sie dennoch froh, dass sie es anhatte.

Noch.

„Was passiert nun?", flüsterte Sally. Sie standen in einem Kreis, und Viola erbleichte.

„Guten Abend, die Damen." Es war Tom, der es sich nicht nehmen ließ, jede von ihnen frech auf den Mund zu küssen.

Seans Stimme ertönte neben Sallys Ohr. Sie wäre aus den Schuhen gesprungen, wenn sie welche angehabt hätte.

„Was jetzt geschieht? Wir warten, bis alle Gäste eingetroffen sind, dann beginnen wir mit der Strafe, für jede von euch persönlich von euren Maestros zugeschnitten."

Warum musste er ausgerechnet hinter ihr stehen? Er versetzte sie in hochgradige Nervosität, denn sobald sie ihn wahrnahm, schrie ihr das Wort Master entgegen.

Er presste sich gegen ihre Rückseite, sodass seine Wärme in ihren Körper drang. Sein starker Arm umschlang sie oberhalb der Brüste, und er küsste sie sanft auf den Hals. Ihre Hochsteckfrisur erlaubte ihm leichten Zugriff. Miles sah ihr dabei in die Augen, sein Ausdruck zeigte ihr deutlich, die Situation, in der sie steckte, machte ihn geil. Er nickte Sean zu, der sich eifrig ans Werk begab, seine große Hand rutschte in Sallys tiefen Ausschnitt, und er berührte die Knospen, die nur zu begierig zwischen seinen zärtlichen Fingern lagen.

„Entzückend." Er trat vor sie, und sie musste den Kopf anheben, um in seinen blauen Augen zu versinken. Er trug ein loses rotes Hemd über einer dunkelbraunen Lederhose, die kurzen Haare erinnerten sie an Mokka mit einem Hauch Sahne.

Mit einem ominösen Lächeln auf dem Gesicht drehte er sich zu Viola.

„Sean Carrigan, wag es nicht, mich anzufassen."

„Sei versichert, meine Schöne, das stellt gleich deine geringste Sorge dar." Der Tonfall glich purem Samt, der Viola ein Schaudern entlockte. Die arme Maus war genauso verloren wie sie und Kim. Ihre Cousine stand stolz und unbeweglich, ähnelte einer Amazonenprinzessin, bis Keith an sie herantrat, mit einer Miene, die Kim ein Beben abrang.

Gott, fraß der Kerl fünf Vollkornbrotleiber zum Frühstück?

Sean flüsterte so laut, dass sie alle es hören konnten: „Seit dem Moment, als John mich angerufen hat, freue ich mich, deinen Arsch unter meinen Händen zu spüren, kleine, viel zu freche Viola."

Die honigblonde Versuchung warf ihm einen dermaßen dunklen Blick zu, dass Sean schmunzelte, und John wie ein schwarzer Panther aussah, bereit, sich auf die zitternde Beute zu stürzen.

Sally schluckte hart, weil Tom sie beobachtete. Verräterische Hitze kroch ihren Körper hinauf. Zu ihrem Entsetzen trat er an sie heran. „Du, meine Schöne, gehörst mir für die Dauer der Performance.“

Weshalb tat Miles ihr das an? Sie wollte nicht hier stehen, von einem fast fremden Mann angefasst werden, zur Schau gestellt, sodass die Zuschauer sahen, dass sie null Kontrolle über sich hatte. Dass sie den Bedenken zum Trotz erregt war, dass die Vorstellung von dem, was gleich geschehen könnte, deutlich zwischen ihren Schenkeln zu spüren war.

Viola sah sie an, und sie lächelten sich zu, ein vergeblicher Versuch, die Nervosität, gepaart mit Begierde, zu unterdrücken.

Jede Einzelne von ihnen hätte es beenden können, bevor sie an den Handgelenken gefesselt wurden. Doch sie hatten das Safeword nicht benutzt. Jetzt war es zu spät. Wenigstens wusste sie, dass kein starker Schmerz sie erwartete, stattdessen eine Zurschaustellung von Dominanz und Unterwerfung.

Keine Demütigung, keine Brutalität, sondern Lust. Egal, was geschah, ihre Maestros stellten sicher, dass sie es genossen, mit allen Sinnen.

Grundgütiger!

Miles passte auf, dass ihr nicht zu viel zugemutet wurde, hatte vollstes Vertrauen in Tom. Und gerade das steigerte Sallys Nervosität. Tom war ein sehr erfahrener Maestro. Ihre Kooperation war ihm sicher, denn mit weniger gab er sich nicht zufrieden.

Göttin, hilf mir!

Der Raum füllte sich langsam. Die Gäste nahmen auf den gemütlich aussehenden schwarzen Ledercouchs und Sesseln Platz.

Sieh nicht hin, verbanne sie aus deiner Wahrnehmung.

Kim starrte mit aufgerissenen Augen in die Runde, und ein Zittern lief ihr durch den Körper. Viola presste die Lider zu, sie erntete einen scharfen Schlag von Sean.

Sally drohte in Panik auszubrechen. Plötzlich stand Miles vor ihr, umfasste beruhigend ihren Nacken und küsste sie zart auf die Lippen.

„Lass dich darauf ein, Schiava. Bitte schenke mir das Vergnügen, dir dabei zuzusehen, wie du bei dieser Session ein Stück weiter zu dir selbst findest.“

Sie wusste, er würde sie nicht zurückweisen, wenn sie jetzt das Safeword sagte.

„Ja, Maestro.“ Sie sah ihn bettelnd an. „Aber muss es ausgerechnet er sein?“, flüsterte sie.

„Sein großer Schwanz beschäftigt deine Fantasien, seitdem du ihn das erste Mal gesehen hast.“ Er streichelte ihr über die Schlüsselbeine. „Es wird dir gefallen, was er mit dir vorhat.“

Miles umfasste ihr Kinn und drehte ihren Kopf leicht zur Seite. „Siehst du Iris, wie lüstern sie aussieht?"

Er deutete Iris an, zu ihnen zu kommen. Zu ihrem Erstaunen sank die schöne Frau, die nur einen kurzen Faltenrock trug, anmutig auf die Knie und senkte den Kopf. „Sag es ihr, Iris, und schau uns an."

Iris lächelte sie an. „Lass es zu, Sally. Bitte gewähre mir das Vergnügen, meinem Maestro dabei zuzusehen, wie er dich in die Lust treibt."

Sally sah Miles fragend an, und er nickte.

„Bist du nicht eifersüchtig?"

Iris lachte weich. „Es ist eine Session. Und es macht mich unglaublich scharf."

Tom reichte ihr die Hände, zog sie auf die Füße. Ohne ihn anzusehen, ging Iris zu ihrem Sitzplatz.

Miles Wärme' löste sich von ihr, und sie blieb zurück mit Eric Northman, der ihr einen Vampirblick schenkte. Die riesigen Pranken umfassten ihre Taille, und alles, woran sie noch dachte, war er.

„Atme tief durch, Schiava."

Sie tat es.

„Gut. Du konzentrierst dich gleich nur auf mich." Sein Duft traf ihre Nase. Sie war dankbar, dass er kein starkes Aftershave trug. Seine braunen Augen sahen sie freundlich an. „Ich verspreche dir, dass Miles, Dean und John euch nicht für eine Sekunde unbeaufsichtigt lassen. Falls ich etwas tue, was ihnen nicht gefällt, zeigen sie es mir an." Die Hitze seiner Hände drang ihr in die Haut.

„Geh mit mir zusammen auf die Reise, Kleines." Er trat einen Schritt zurück. Die leisen Stimmen verstummten, bis Stille sie umhüllte. Dunkelheit senkte sich über den Raum, ehe ein Spot die Bühne erleuchtete, auf der sie standen. Tom ging vor ihr auf die Knie, befestigte eine Manschette um ihren Fußknöchel, bat sie höflich, die Beine zu spreizen. Als er die zweite Manschette verschloss, bemerkte sie, dass sie die Schenkel nicht mehr schließen konnte.

„Ein Schenkelspreizer", sagte er sanft. „Er hält dich offen für meine Berührungen." Jemand zog die Kette stramm, und vergeblich kämpfte sie gegen den Zug an. Panik drohte sie erneut zu überwältigen. Tom umfasste ihre Wangen. „Konzentriere dich nur auf mich, Kleines."

Etwas geschah in ihr. Viola und Kim verschwanden aus ihrem Bewusstsein, nur der Maestro, der vor ihr stand, füllte ihr Dasein.

„Gut." Er trat hinter sie, öffnete langsam den rückwärtigen Reißverschluss und liebkoste ihre Brüste. „Sehr hübsch, wie deine kecken Nippel sich mir entgegenrecken."

Er löste die Schleifen auf ihren Schultern und zog ihr das Kleid vom Körper.

Sally hielt die Augen geschlossen, betete, dass Tom sie nicht zwingen würde, sie zu öffnen. Sie spürte, dass er um sie herumlief.

„Möchtest du eine Augenbinde?“

„Bitte, Maestro.“

Weiches Material bedeckte ihr Gesicht, sodass sie erleichtert ausatmete.

„Ich sensibilisiere jetzt deine Haut. Dazu benutze ich einen Vampirhandschuh.“

Sie hatte keine Ahnung, was das war, zuckte zusammen, als unzählige Spitzen ihren Po berührten.

„Bleib ruhig, sie sind abgestumpft und verletzen nicht die Oberfläche deines Körpers. Auch wenn es sich so anfühlt.“

Der Handschuh kratzte und hinterließ ein mildes Brennen. Tom folgte den Linien ihres Hinterns, wusste genau, wie viel Druck er ausüben konnte, um die Balance zwischen Schmerz und Erregung zu halten. Er streichelte besonders leicht über die Innenseiten ihrer Schenkel, dennoch brannte es feuergleich.

Sie versuchte, der Berührung auszuweichen, doch harte Hände umfassten ihre Hüften. Wer war das?

Ihr Protestschrei ging unter, denn Fingerspitzen spreizten ihre Schamlippen, legten die empfindliche Spitze frei, und Lippen saugten an der Klitoris.

Der prickelnde Handschuh setzte seinen herrlich qualvollen Weg fort, küsste ihre Brüste, berührte federleicht die Knospen, trotzdem spürte sie den Reiz in ihrem ganzen Körper.

Tom presste sich an ihre Rückseite, schenkte ihr Halt, blendete somit die Zuschauer weiter aus.

Ob es Miles war, der sie leckte? Oder Sean? Sie hörte Viola und Kim nicht. Anscheinend war sie die Erste, die zur Schau gestellt wurde. Und die beiden mussten warten, bis sie an der Reihe waren. Der Gedanke, dass Viola sie beobachtete, erregte sie. Denn noch immer reizte sie die Vorstellung, durch die zarten Hände der Freundin zu kommen.

Der Maestro saugte ihre Perle und biss leicht hinein. Unvermittelt löste sich Tom von ihr. Der Maestro vor ihr stand auf, streichelte ihren zitternden Körper. Er zupfte an ihren Nippeln, und sie brachten Nippelklemmen an. Sie bekämpfte den Reiz, laut zu jammern, verschluckte die Schreie.

„Gib dir keine Mühe, Schiava. Unsere Zuschauer erwarten, dass du stöhnst, wimmerst und schreist. Mit weniger geben sie sich nicht zufrieden.“ Maestro Tom legte eine Handfläche auf ihren bebenden Bauch.

„Sie sehen, wie geil du bist, wie sehr deine Klitoris angeschwollen ist. So angeschwollen, dass eine kleine Klemme sie ins rechte Licht rückt."

Bitte nicht. Alles in ihr verlangte auszuweichen, den harten Händen zu entgehen, die sie unerbittlich für den herrlichen Lustschmerz in Stellung brachten. Tom fasste von hinten um sie herum, spreizte ihre Schamlippen, sodass der Maestro vor ihr freien Zugriff hatte.

„Wehr dich nicht, Cara." Tom presste sich dichter an sie, hielt sie, zwang ihre devote Seite an die Oberfläche.

Der Gedanke, dass unzählige Augen auf ihr lagen, ihre Erregung sahen, wussten, dass sie es sehr genoss, auf diese weise Qual zu erfahren, eine Qual, die sie gänzlich durchfuhr, begleitet von bittersüßer Begierde, die fast zu viel erschien, machte Sally unheimlich an.

Geschickt befestigte der Maestro die Tortur. Der erste scharfe Schmerz wandelte sich in eine pulsierende Pein, vermischte sich mit den pochenden Nippeln, bewirkte, dass Sally in die Fesselung fiel. Tom umfasste ihre Taille. Der Maestro vor ihr richtete sich auf, küsste ihren Körper entlang und nahm einen der Nippel samt Klemme in den Mund.

Das Gefühl der heißen saugenden Lippen, die um die überempfindliche Spitze lagen, entlockte ihr ein lautes Wimmern.

Miles spürte den Moment, als er sie hatte, sie innerlich nachgab, ihm absolut vertraute – und das, obwohl sie nicht mit Sicherheit wusste, dass es seine Hände waren, die sie reizten, seine Zunge, die sie auf die Klippe zutrieb.

„Du bist großartig, Kleines."

Ein süßes Lächeln zierte ihr Gesicht, während sie zitternd nach Luft schnappte. „Maestros, ich würde jetzt gerne kommen und es hinter mich bringen."

Tom presste die Lippen aufeinander und reichte Miles den Vibrator, der einen breiten Kopf besaß und besonders kräftig stimulierte.

Sie wollten es ihr einfach machen. Er führte ihn an ihre Spalte und schob ihn hinein. Die Zuschauer seufzten, denn es ging mühelos. Sally stöhnte ungezügelt, ein herrlicher Laut.

Miles nickte Tom zu, der die Klemme entfernte, die ihre Lustperle peinigte. Sie schrie, und Miles drückte den Aufsatz auf die angeschwollene Klitoris.

Sally ruckte nach vorn, während Tränen unter der Binde hervorliefen. Ihre Beine bebten, doch der Schenkelspreizer hielt sie offen. Es war ihre größte Angst gewesen, vor einem Publikum den Orgasmus zu erreichen, dennoch schenkte sie es ihm, hatte tapfer die Furcht besiegt. Er warf den

handverlesenen Beobachtern ein stolzes Grinsen zu, als die Lichter angingen und den Raum in sanfte Helligkeit tauchten.
Sie grinsten ebenso breit zurück.

Miles hatte sie, umschlang sie sicher, als Maestro Tom den Zug von der Kette löste. Er öffnete die Fußgelenksmanschetten. Ihre erschöpften Muskeln trugen sie nicht länger. Miles hob sie auf die Arme. Dankbar registrierte sie, dass er ihr die Binde ließ.
Leises Stimmengemurmel floss um sie herum und erstarb schlussendlich. Jemand lief neben ihnen. Eine starke Hand umfasste ihre.
„Du warst großartig, Kleines." Es war John, wie sie zufrieden feststellte.
Sie hörte, dass eine Türklinke nach unten gedrückt wurde. Miles legte sie auf eine weiche Unterlage. Er entfernte die Augenbinde und stützte ihren Nacken.
„Trink, Cara."
Erleichtert benetzte sie die trockene Kehle, trank in gierigen Schlucken, froh, dass Miles den Becher hielt.
Völlig erschöpft lächelte sie ihn an. Die Session verlief ganz anders, als sie es sich vorgestellt hatte. Niemals hätte sie es für möglich gehalten, dass sie die Umgebung um sich herum ausblenden könnte, ohne an ihrem Zufluchtsort zu sein. Stattdessen hatte sie sich so sehr auf die Maestros konzentriert, bis sie ihr die nötige Geborgenheit gaben. Alles, was sie getan hatten, war unglaublich eindringlich gewesen, hatte jede Berührung intensiviert, jede ihrer Reaktionen verstärkt. Exhibitionismus hatte sie vor dem Erlebnis nicht verstanden, zu tief saß ihre Scham. Jetzt könnte sie sich weitere Erfahrungen dieser Art vorstellen – mit Miles.
Miles grinste sie frech an. „Wir haben zehn Minuten, bevor es mit Kim und Viola weitergeht." Er zog den Reißverschluss der schwarzen Hose herunter. „Das sollte reichen."
Er verband die Handgelenksmanschetten mit den Ketten, die an den Pfosten des Bettes hingen, und sah sie hungrig an.
„Verzeih mir, Liebes." Er löste erst die rechte Nippelklemme, saugte an der armen Knospe, betrachtete sie mit diesem Raubtierblick und entfernte die zweite Klemme. Gleichzeitig vergrub er seinen Phallus mit einem Stoß in ihr und biss in den wunden Nippel.
Sofern sie gekonnt hätte, hätte sie die Hände in seine Haare gekrallt, doch gefesselt blieb ihr nur übrig, zu erdulden, dass er sie vögelte, ihre Brustwarzen mit unvorstellbar köstlichem Lustschmerz überzog. Ihre Klitoris war so empfindlich, dass sie den Schwanz an ihrem G-Punkt fühlte.
Sie hatte diesen verborgenen Lustpunkt vor Miles für ein Mysterium gehalten, doch er demonstrierte ihr lehrreich, dass, wenn er ihren Kopf

ausschaltete, ihr Geschlecht vor Begierde durchblutet war, diese geheime Stelle zum Leben erwachte.

Er schob ihr die Handflächen unter den Po. Sie lag gefangen unter ihm, sowohl von seiner Ausstrahlung, als auch von der puren Stärke, während er sie nahm, sie schonungslos fickte, so wie es ihm gefiel. Sie biss ihm hart in die Schulter.

Miles verharrte für einen Sekundenbruchteil, bevor er seine Lust in ihr ergoss. Eine Träne tropfte ihr auf die Wange.

„Habe ich zu eifrig zugebissen, Maestro?"

Er sah sie sonderbar an. „In mein Herz schon, Kleines."

Er drückte sie so fest an sich, dass sie drohte zu ersticken.

„Maestro, wenn du nachher noch Kraft hast, könntest du mir vielleicht den Po versohlen?"

Der heiße Ausdruck in seinen Augen raubte ihr den Halt unter den Füßen, die sie auf die Matratze gepresst hatte.

„Angst vor der eigenen Courage, Sub?"

Leidenschaftlich küsste er sie. Der perfekte Moment brannte sich ihr in das Bewusstsein.

Miles legte ihr einen Arm um die Schultern und führte sie Richtung Showroom.

„Maestro, bitte."

„Schiava, noch eine Silbe, und du landest erneut auf der Bühne. Master Sean und Master Keith würden dich zu gerne in ihre Performance einbeziehen."

Sie funkelte ihn an, während sie die Arme vor ihrem nackten Busen kreuzte.

„Ich denke nicht."

Bedrohlich sanft lagen die Worte in der Luft. Sie warf ihm den tödlichsten Augenausdruck zu, den sie schaffte.

Wie von selbst fielen ihre Arme herab.

„Der Abend ist nicht vorbei, Cara."

Splitterfasernackt schob er sie unerbittlich in den hell erleuchteten Raum.

„Noch einer von diesen Blicken, und ich spanke dich, dass dir Hören und Sehen vergeht."

Wie er sich amüsierte, sich an ihrer Beschämung weidete. Der Gedanke, dass die Anwesenden gesehen hatten, wie sie schreiend den Orgasmus erreicht hatte, prasselte auf sie ein.

Eine kleine Sub starrte sie lächelnd an. „Darf ich, Master?" Sie trug die Haare hochgesteckt und war mit einem durchsichtigen Hemdchen bekleidet.

Ihr Master, ein düster aussehender Kerl mit leuchtend blauen Augen, nickte. Auch Miles deutete ihr an, dass sie aufstehen durfte.

Sie fiel Sally um den Hals. „Ich danke dir, die Vorstellung war großartig. Sie hat mir meine Angst vor einer öffentlichen Vorführung genommen."

Dann senkte sie ergeben den Kopf, und ihr Master zog sie auf seinen Schoß. Als die Sub kicherte, stahl sich ein belustigter Zug auf sein Gesicht, und er wirkte nur noch halb so bedrohlich.

Vielleicht war es doch nicht so schlimm, dass sie ihr zugesehen hatten.

Miles führte sie zu einer freien Couch, und sie fand sich auf seinem Schoß wieder.

Kim und Viola verharrten unglücklich aussehend auf dem Podest, versuchten derweil, ihre Maestros mit Blicken umzubringen.

Das Licht ging langsam aus, lediglich Spots erhellten die Schiavas. John stand auf und stellte sich an ein Wandpaneel mit mehreren Knöpfen. Zwei Geschirre senkten sich von der Decke.

Kim erbleichte, während Viola rot leuchtete.

Sean flüsterte Viola ein paar Worte zu. Was immer sie hatte äußern wollen, blieb ungesagt.

John und Dean betraten die Bühne. Sie lösten zuerst die Haken von Violas Handgelenksmanschetten. Sie ließ sich mit Hilfe der Maestros auf das Ledergeflecht zurücksinken, kämpfte offensichtlich mit den Tränen.

John murmelte ihr etwas zu und verband ihr die Augen mit einer Binde.

Sie befestigten ihre Beine weit gespreizt. Ihre Scham glänzte unübersehbar nass. Der Master hatte auf alles Zugriff und würde sie in dieser Stellung auch auf den Arsch schlagen können. Sally war dankbar, dass ihr dieses Schicksal erspart geblieben war.

Doch eine tiefdunkle Seite in ihr verspottete sie, denn insgeheim würde sie gern wissen, wie es sich anfühlte.

„Die Lage, in der sich die beiden befinden, macht dich geil." Miles umkreiste mit dem Daumen ihren Venushügel. „Eine Option, die ich im Kopf behalten werde."

Mit Kim taten sie das Gleiche.

Sanfte Musik ertönte, eine Panflöte flutete durch den Raum. John und Dean positionierten sich seitlich hinter ihren Schiavas.

Master Keith und Master Sean nahmen kurze Riemenpeitschen in die Hände. Sally hielt den Atem an, als sie begannen, die weichen Riemen über die Körper ihrer Opfer zu führen.

Sie gaben ihnen genügend Zeit, um durchzuatmen, um sich auf die Master einzulassen. John umfasste die Schultern seiner Frau, während er ihr ein paar Worte zuflüsterte. Die Anspannung wich zwar nicht von ihrem Gesicht, doch sie wurde ruhiger. John nickte Sean zu.

Sean streichelte ihr Geschlecht, und mit einer schnellen Bewegung landeten die Schnüre auf Violas Pussy. Sie schrie mehr vor Schreck als vor Schmerz.

Auch Dean schenkte Kim Halt durch seine Berührung.

„Sie schlagen nicht fest zu“, stellte Sally fest.

„Es geht nicht um die größtmögliche Pein, sondern darum, Lustqual gezielt einzusetzen. Schmerz ist ein Instrument, um die Schiava erklingen zu lassen, sodass sie vertrauensvoll loslassen kann.“

Miles zog sie dichter zu sich. Sie lehnte entspannt ihren Kopf gegen seine Schulter. „Schmerz ohne Vertrauen funktioniert nicht.“ Miles küsste sie auf das Handgelenk.

„Viola erhält später eine Belohnung, ausgeführt von zarten Händen.“ Er schenkte ihr eines von diesen ominösen Lächeln, die ihren gesamten Körper in Schwingungen versetzten.

Der Klang der Riemen vermischte sich mit dem Stöhnen der Schiavas. Sally hatte noch nie etwas Schöneres gesehen als den Moment, als Viola und Kim gemeinsam den Orgasmus erreichten.

„Ich will nach Hause“, flüsterte Viola. Vergeblich versuchte sie, sich hinter Kim zu verstecken, die die Größte von ihnen war. Ein drohender Blick von John reichte, sie stellte sie in die Linie zurück.

„Die Subs möchten sich bei euch bedanken.“ John strich Viola die wirren Haare aus der Stirn.

Sally wünschte, sie könnte sich auflösen oder zumindest so stolz erscheinen, wie Kim es tat. Auch wenn es innerlich vielleicht anders in ihrer Cousine aussah. Sie würde eine hervorragende Mistress abgeben. Doch dann bemerkte Sally die zitternden Finger, und sie fasste nach Kims Hand. Kim umklammerte sie wie eine Ertrinkende.

Sally verstand sie, denn die Doms und Maestros aus dem Publikum standen hinter den Devoten. Die geballte Ladung war zu viel des Guten.

Ricardo zwinkerte und gab ihnen das Daumenhochzeichen.

„Maestro John.“ Violas Stimme klang verloren.

„Was ist, Kleines?“

„Ich friere.“

Damit erreichte Viola, was jedes Betteln oder Tränen nicht zu erreichen vermochten hätten: Wie von Zauberhand erschienen drei Bademäntel.

Sie atmeten gemeinsam erleichtert aus.

„Maestro Dean.“ Kim griff nach der Hand ihres Maestros, sah ihn hilfesuchend an, während sie zitterte. Er zog ihr das weiche Frottee über und stellte sich hinter sie. Die Anspannung fiel von Kim. Sie lehnte sich gegen ihn. Sally wusste nur zu gut, wie sie sich fühlte.

Verzweifelt wünschte sie sich, Miles würde ihr die Stärke seiner Berührung schenken.

John schlug Miles so kräftig auf den Rücken, dass er einen Schritt nach vorn setzen musste. „Wir haben die Subbies für den Moment genug gequält."

Viola warf sich fast in das Kleidungsstück, sodass sämtliche Doms schmunzelten. Vielleicht brauchten sie doch nicht vor Scham im Boden zu versinken.

Sean und Keith verabschiedeten sie an der Tür. Sean ließ es sich nicht nehmen, Viola einen sehr harten Klaps auf den Po zu verabreichen.

„Wenn ich mir eine Subbie zulege, dann muss sie deine Figur haben."

Viola fiel ihm strahlend um den Hals.

Manipulativer Charmeur.

„Wir fahren mit Tom und Iris." Dean verfrachtete Kim in Toms Wagen.

Miles und John öffneten die Türen von Miles' Jeep. Sally und Viola saßen auf der Rücksitzbank. Sie sah Viola an, dass sie sich genauso fühlte wie sie: Wie ein Stück Torte, das vor einer Frau auftauchte, die seit Monaten eine strikte Diät befolgte, denn nur auf diese Weise konnte sie den Blick bewerten, den John ihnen schenkte. Die Session war anscheinend noch nicht vorbei.

Ihre Maestros beherrschten es perfekt, sie in köstliche Verunsicherung zu stürzen. Miles' Bemerkung mit den zarten Händen stürzte auf sie ein, ebenso sein süffisantes Grinsen.

„Ihr dürft erst reden, wenn wir es euch sagen."

Die Beats von *Frankie goes to Hollywood* füllten den Innenraum: *„Relax, don't do it. When you want to go to it. Relax, don't do it, when you want to come …"*

Sehr witzig.

Viola griff nach ihrer Hand, ließ sie nicht los, bis sie den *Federzirkel* erreichten.

Wie die Kerle sie angrinsten auf dem Weg in den *Federzirkel*, wissend, dass sie sich nicht befreien konnten aus dem Netz, in dem sie sich befanden.

Sie schoben sie in eines der Badezimmer, drängten sie gegen die Fliesenwand und zogen ihnen die Bademäntel aus.

„Ihr zwei habt eine Fantasie in uns geweckt. Heute bringt ihr sie zu Ende", sagte Miles mit rauer Stimme.

„Wenn ihr nicht in spätestens zehn Minuten herauskommt, holen wir euch." John sah Viola drohend an, als sie den Mund öffnete.

Das satanische Lachen der beiden hing in der Luft. Viola streckte der geschlossenen Tür die Zunge raus. Sie drehte sich Sally mit roten Wangen zu und überraschte sie, indem sie die weichen Lippen auf Sallys presste, während Violas Brüste sich an ihre drückten.

„Wir haben keine Wahl, also sollten wir es mit unseren Sinnen genießen." Viola errötete stärker. „Ich habe vor zwei Nächten von dir geträumt. John hat mich gezwungen, ihm den Traum in allen Einzelheiten zu berichten. Als ich mich geweigert habe, hat er mich übers Knie gelegt und mir einen Butterfly umgeschnallt, während er mir mit dem Gürtel den Arsch versohlt hat." Sie warf der Tür einen dunklen Blick zu. „Ich hasse ihn."

Sally fasste zwischen Violas Schenkel, und die Nässe, die sie dort fand, jagte einen Impuls durch sie. Kichernd wuschen sie sich, bis die Tür aufflog.

Miles und Dean standen im Türrahmen, gekleidet in schwarze Morgenmäntel, die Haare feucht von der Dusche.

Die Glut in den Augen steigerte ihre Erregung.

Nicht, dass dies nötig gewesen wäre.

„Vergnügt ihr euch ohne uns?" Zu Sallys Entsetzen hob John sie auf die Arme und trug sie nach nebenan. Er trocknete sie sorgfältig ab, lachte sinnlich, als er ihren Schambereich berührte. Wieder katapultierten die Kerle sie direkt aus der sicheren Zone. Viola erging es nicht besser; ein schwacher Trost.

„Einwände, Schiava?" Miles umfasste Violas Venushügel, er lauerte nur darauf, dass sie sich wehrte, denn dann hielt er eine entsprechende Strafe für sie bereit. „Viola, du bist so dicht dran, meine Hand auf deinem Arsch zu spüren."

Sally warf ihrem Maestro einen erschrockenen Blick zu, war doch das Timbre seiner Stimme beunruhigend sexy und bewirkte, dass die arme Viola sich an ihm festklammerte.

„Es tut mir leid, Maestro."

Es hielt sie nicht davon ab, ihm auf die Pobacke zu schlagen. Dann riss sie sich kichernd von ihm los und sprang auf das Bett.

Viola war an dem Ort, an dem Sally nicht sein wollte, dennoch sah sie verlangend zu der kurvigen Versuchung. John trat einen Schritt näher, unwillkürlich lief sie rückwärts.

Miles beobachtete sie, die Haltung provokant, obendrein zog er herausfordernd eine Augenbraue hoch.

John drängte sie weiter, bis ihre Kniekehlen das Bett berührten. Viola schlang die Arme um sie und zog sie nach hinten.

Miles reichte ihnen jeweils ein Glas Wein. „Ausnahmsweise." Verführerisch lächelte er sie an.

Sie stürzte es in einem Schluck herunter. Der kalte Genuss stieg ihr sofort in den Kopf.

Miles und John setzten sich in zwei dunkelrote Sessel, nippten zufrieden an dem Scotch. Für einen Moment waren die klimpernden Eiswürfel das einzige Geräusch außer ihrem Herzschlag, der ihr in den Ohren dröhnte.

Zu ihrer grenzenlosen Erleichterung ergriff Viola die Initiative.

Ihre grünen Augen glänzten, während sie keck über die Unterlippe leckte. „Ich will dich, Sally, will dich unter meiner Zunge spüren."

Pure unverfälschte Begierde jagte Sally in den Schoß.

Vor Miles hätte sie es nicht für möglich gehalten, sexuelles Interesse an einer Frau zu besitzen, doch seit der Szene in der Dusche hatte sie der Vorfall nicht mehr losgelassen. Viola war nicht die Einzige, die Träume hatte, nur war es Sally erspart geblieben, es in Worte zu fassen.

Sie begehrte Viola, wollte sie schmecken, sie auf diese Weise zum Orgasmus bringen.

„Leg dich auf den Rücken, Sally, und spreiz deine Schenkel." Miles' sanfte, unnachgiebige Stimme war mit Lust durchzogen. Beide Maestros lehnten sich in den Sesseln vor, und John sah Sally direkt ins Gesicht.

Er lächelte sie verführerisch an, und sie sank zurück. Viola beugte sich über sie, küsste sie zart auf die Lippen. Sally umfasste ihren Nacken, um sie dichter an sich heranzuziehen. Der Kuss wurde leidenschaftlicher, auch weil Violas herrliche Brüste weich gegen die eigenen drückten, so ganz anders als die harten Muskeln eines Mannes. Viola löste sich von ihr, und für einen Moment verlor sie sich in den grünen Augen.

Viola senkte den Kopf und saugte ihr am rechten Nippel, biss leicht hinein und schenkte ihr ein verflixt sinnliches Lächeln, als Sally den Rücken durchdrückte.

„Können wir nicht gleichzeitig …?"

Hitze erfasste sie bei der verruchten Fantasie, und sie sahen zu den Maestros.

„Was, Sally?" Miles leckte sich die Lippen. Der seidene Stoff verbarg nicht die riesige Erektion.

„Ich möchte Viola zur gleichen Zeit unter meiner Zunge spüren."

John nahm nickend einen tiefen Schluck von der bernsteinfarbenen Flüssigkeit. „Ihr beide habt die gleiche Größe. Und die Vorstellung …" Er umfasste mit einer Hand seinen Schwanz, massierte ihn lustvoll.

Sally schluckte und wünschte, sie könnte noch ein Glas Wein trinken. Miles reichte ihr Wasser. Viola kniete sich über sie, drehte ihr den entzückenden Po zu. Die zarten Fingerspitzen der Gespielin spreizten Sallys Schamlippen. Violas Atem streichelte ihre feuchte Scham, bevor sie die geschwollene Perle leckte.

Sally hob den Kopf, um Viola zu schmecken. Sie hatte sich selbst probiert, als Miles zuerst ihre Pussy, danach ihren Mund gefickt hatte.

Doch das hier war so viel mehr. Viola zuckte, als Sally an ihrer Klitoris saugte, dabei den Mittelfinger in das heiße, nasse Geschlecht drängte. Violas Brüste berührten ihren Bauch. Die harten Nippel fühlten sich gut auf der Haut an.

Viola seufzte ungezügelt, und Sally wusste, sie stand bereits jetzt kurz vor dem Orgasmus. Viola schob ihr zwei Finger in die Vagina, nur um leicht in Sallys pulsierende Knospe zu beißen.

Sie hörte, dass John laut stöhnte, und auch Miles' Atmung ging heftig.

Miles stürzte den restlichen Scotch hinunter, während er erfolglos versuchte, seine Erregung zu kontrollieren. Es juckte ihm in den Händen, es selbst zu Ende zu bringen – zu heiß war die Szene, die sich vor ihm abspielte.

Die beiden Nixen stellten eine Verführung dar, die unwiderstehlich lockte, denn sie waren zugleich schüchtern und ungezügelt.

Viola wimmerte und leckte über Sallys Geschlecht, fickte sie mit den Fingern, bis Sally das Becken anhob, dabei ihre Schenkel gierig spreizte. Ihre fantastischen Brüste berührten Sallys Bauch. Es verlangte ihm danach, sie hart zu stimulieren, ganz so, wie Viola es liebte.

Doch John und er versagten es sich einzugreifen, die Schiavas sollten sich in ihrer Begierde verlieren, erst dann wollten sie sie ficken.

John stöhnte neben ihm. Miles löste mit größter Willensanstrengung die Hand von dem eigenen Schwanz. Wenn er es ein wenig weiter trieb, würde er Viola nicht nehmen können.

John beugte sich schwer atmend vor, umklammerte derweil die Armlehnen. Miles nahm die gleiche Position ein.

Viola schrie und zuckte unter Sallys Zunge, auf dem hübschen Gesicht ein Ausdruck purer Lust. Das Schreien beförderte Sally über die Klippe, selbst ihre Oberschenkel zitterten, als sie ungezügelt kam.

Viola sackte auf Sally, und beide schnappten nach Luft.

„Auf die Knie." Johns Stimme war rau, getränkt von Begierde.

Miles war gespannt, auf welche Weise Sally auf John reagierte, ob sie zurückschreckte, an ihre Grenzen stieß oder sich John bereitwillig hingab. Fragend sah sie Miles an, als sein Bruder sich vor ihr positionierte, dabei zärtlich ihre Wangen umfasste. Mit einem süßen Lächeln öffnete sie die Lippen und saugte an der prallen Eichel.

Bevor er den Schwanz in Violas Mund steckte, legte er die Handflächen unter ihre Brüste, die schwer in seinen Händen ruhten, und stimulierte die harten Knospen. Sie schenkte ihm einen Laut, der direkt in seinen Phallus fuhr.

Sie presste ihr Gesicht gegen seinen Schritt, leckte über seinen Oberschenkel, neckte die Hoden und nahm die zum Bersten gefüllte Spitze in den Mund.

Sie ließ ihn die raue Zunge spüren. Miles wusste, er würde sich nicht lange beherrschen können.

„Sachte, Viola."

Sie sah zum ihm auf, die Augen getrübt vor Verlangen, saugte sanft an der Eichel, lutschte und schmeckte ihn, bis er die Hände in ihren Haaren verkrampfte.

Dann hielt sie still, öffnete sich weiter, sodass er die Geschwindigkeit bestimmen konnte. Bedächtig bewegte er sein Becken.

John umfasste schrecklich zärtlich Sallys Wangen und schenkte ihr einen Einblick in seine Seele. Von dem Maestro war in diesem Moment nicht zu sehen, es war John, der ihren Mund vögelte.

Die Erkenntnis jagte ihr pure Lust durch den Körper. Er respektierte sie, liebte sie auf eine Weise, die anders war als die Liebe von Miles. Wenn sie nicht gewollt hätte, würde er sie nicht zwingen. Sie gönnte sich diesmal keine Zweifel, sondern akzeptierte, dass sie es wollte, dass alles in ihr danach verlangte, ihn in sich zu spüren, während Miles neben ihm stand und Viola vernaschte.

Sie fühlte noch immer Violas geschickte Zunge auf ihrer Scham, ebenso die Nachwehen des heftigen Orgasmus. Viola weiter zu erkunden reizte sie, denn sie könnte sich gut vorstellen sie zu lecken, ihre Nippel zu zwirbeln, derweil John Violas Mund benutzte, wie es ihm gefiel, und Miles Sally von hinten fickte.

Der Gedanke macht sie geil, ihre Klitoris pulsierte fordernd.

John lächelte sie dunkel an. Sie würde sich nicht wundern, wenn er genau wüsste, was in ihrem Gehirn vorging. Er ließ sie gewähren, übte keinen Druck aus, und sie nahm ihn so tief auf, wie sie es schaffte.

Liebevoll strich er über ihren Kopf. Auch dieser Moment brannte sich in ihre Seele, verbannte Séamus in ein bodenloses Loch.

Johns Phallus war unglaublich heiß. Sie ahnte, er hielt nicht mehr lange durch, stand kurz davor, zu kommen. Doch es verlangte sie nach weiterer Stimulation, sie sehnte seinen Schwanz herbei, der ihre Pussy eroberte. Mit der Zunge umspielte sie die pralle Eichel und tastete behutsam nach den rasierten Hoden.

Sie löste ihre Lippen von der herrlichen Härte, umspannte den prallen Schwanz mit einer Hand, dann umfasste sie vorsichtig einen der Hoden mit den Lippen und lutschte zärtlich, während sie ihn langsam pumpte.

Er stöhnte ungezügelter, der Laut erneuerte die Feuchtigkeit in ihrer Vulva. Mehrmals saugte sie an der Spitze, entlockte John einen tiefen Atemzug.

„Erlaubst du, dass ich dich liebe, Sally, dich ficke?"

Sie sah zu ihm auf und traf den silbrigen Blick. Anstatt einer Antwort kniete sie auf dem Bett. Viola tat es ihr nach, sodass sie sich ansehen konnten.

Miles positionierte sich hinter Viola und vergrub sich mit einem Stoß in ihr. Ihm währenddessen in die Augen zu sehen, war unbeschreiblich geil.

John umfasste liebevoll Sallys Hüften, spreizte ihre Schenkel weiter und führte den Schwanz schrecklich langsam in ihr Geschlecht. Mit einer Hand fasste sie nach Viola. Sie klammerten sich aneinander fest, während die Maestros sie vögelten, ihre devoten Grenzen vorsichtig dehnten, dabei alles nahmen, was sie ihnen freiwillig schenkten.

John stimulierte ihre Perle, ganz der Maestro, der er war, brachte sie gekonnt zum Orgasmus, erst dann ließ er sich gehen und fickte sie schneller.

Miles zog den Oberkörper von Viola nach oben, knetete die prallen Kugeln, zupfte an den geschwollenen Nippeln, bis Viola jammerte.

Das sah so verdammt geil aus.

„Sally, reib ihre Klitoris." Nur zu gerne tat sie es. Viola schrie, als Miles zuckend den Höhepunkt erreichte.

John drehte Sally zu sich herum. „Hat es dir gefallen, Kleines?"

„Ja, Maestro." Sie fiel ihm um den Hals und küsste ihn frech auf den Mund. Zeit für Scham hatte sie morgen früh. Er zog sie in eine Umarmung, sodass sie auf ihm landete, lehnte lächelnd den Kopf auf seinen Brustkorb, weil Miles das Gleiche bei Viola tat.

John hielt sie eng an sich gepresst, schenkte ihr kostbare Momente, um durchzuatmen.

Violas Po presste sich gegen ihren, und John murmelte seiner aufmüpfigen Nixe eine Liebkosung zu, die diese hell lachen ließ.

„Ein Geschenk für dich, Sally." Miles zog Papiere unter dem Kopfkissen hervor. „Die Annullierung deiner Ehe mit der Ratte. Es hat sie nie gegeben."

Sie starrte auf die Dokumente, bis die Emotionen sie überrannten. Vor Erleichterung brach sie in Tränen aus.

Viola und John verabschiedeten sich. Miles wartete geduldig, bis Sally sich beruhigte. Die letzte Schicht des Arschlochs löste sich von ihr. Zurück blieb die neue erstarkte und geliebte Frau, die sie immer hatte sein wollen. Und doch war es ganz anders, als in ihrer Vorstellung. Denn sie hatte Miles, und jemanden wie ihn hätte sich in der kühnsten Fantasie nicht ausdenken können.

Zudem besaß sie endlich eine Familie.

Kapitel 10

Die vier Mistkerle saßen am Esszimmertisch und weideten sich an der Scham ihrer Schiavas. Selbst Iris stellte die Röte einer Tomate in den Schatten.

Sally grinste Viola an. „War das für dich ein One-Night-Stand? Oder rufst du mich nachher an?"

Die Kerle erstickten fast an ihrem Kaffee. Geschah ihnen recht. Die Frauen hatten ausgerechnet Sally als Sprecherin auserkoren. Sie sank neben Miles auf die Knie, wartete, bis er ihren Kopf berührte.

„Maestros, ich möchte eine Bitte äußern." Sie durfte sich nicht von der Dominanz einschüchtern lassen, auch wenn silbrige Augen im Doppelpack, Toffee-Augen und Waldsee-Augen sich ihr in die Haut bohrten.

Wieso hatten sie nicht Kim gewählt? Sie war die Mutigste von ihnen. Oder Viola, die doch sonst nicht auf den Mund gefallen war. Sally streckte die Wirbelsäule durch und sah scheu zu Miles hoch. Den Blick von John zu treffen, traute sie sich nicht.

„Zieh dich aus, Sally, und setz dich auf meinen Schoß."

John legte die geballte Überlegenheit in seine Stimme, und sie fragte sich, wo der zärtliche John von gestern Nacht geblieben war.

Miles trommelte mit den Fingern gegen seinen Oberschenkel, als sie nicht sofort Folge leistete. Sie verfluchte die drei Nixen, die sie in diese Situation gebracht hatten.

Meinten die Maestros es ernst? Oder gehörte es zu einem neuen Spiel?

„Sally, viel näher an eine Bestrafung kannst du nicht kommen", sagte Miles seidenweich. „Und da Tom deine Fantasie anregt, wäre es ihm bestimmt ein Vergnügen, deinen kleinen Arsch mit seinen Händen zu bearbeiten." Er schenkte ihr einen grimmigen Ausdruck. „Soweit ich mich erinnere, hast du sie als Dinosauriertatzen bezeichnet."

Ihre Mitstreiterinnen hatten sie verpetzt.

Sie erhob sich auf die Füße, spielte für einen Moment ernsthaft mit dem Gedanken zu rennen, bis sie Irland erreichte.

Dean sah sie belustigt an, demonstrierte ihr auch ohne Worte, dass ihre Flucht nach zwei Schritten beendet wäre. Um Hilfe suchend sah sie zu den Verräterinnen, doch diese betrachteten den Parkettboden und zählten offensichtlich die Linien in der Holzmaserung.

Sie stützte sich auf Miles' Knie, härter denn nötig, als sie sich aufrichtete. Warum nur zitterten ihre Glieder dermaßen stark?

Sie löste den Knoten des saphirblauen Kimonos, sodass der Stoff auf den Boden schwebte.

Widerwillig ging sie zu John und setzte sich auf seinen Schoß. Stocksteif versuchte sie, ihn so wenig wie möglich zu berühren.
Er lachte drohend, während eine heiße Hand ihre Taille umschlang.
„Ihr drei, nach nebenan. Ausziehen! Hinknien!“ Tom lächelte wie der Maestro, der er war.
Das würden sie nicht tun, sie allein mit vier Haien lassen?! Doch, sie taten es, überboten sich in der Geschwindigkeit, mit der sie aus der Tür stürmten.
Miese Pharisäer.
Miles biss seelenruhig in einen Toast. In diesem Moment hasste sie ihn mit erschreckender Leidenschaft.
Wieso tat er ihr das an? Nach allem, was sie ihm letzte Nacht geschenkt hatte.
John streichelte ihre Hüfte. Entschlossen versuchte sie, den Stahl in ihrem Rücken beizubehalten. Sie hätte es vielleicht geschafft, aber Miles‘ Stimme riss sie aus der Widerspenstigkeit.
„Spreiz deine Beine, Sally.“
Er nahm einen weiteren Happen, und sie verspürte den Reiz, ihm eine von Violas Beleidigungen an den Kopf zu werfen, vorzugsweise die mit den schleimigen Auswürfen aus dem Rüssel eines Elefanten.
Wütend presste sie die Schenkel zusammen.
Eine Sekunde später lag sie über der Lehne eines Sessels, gehalten von John, diesem miesen Arsch. Miles kramte in der grässlichen Kommode, die angefüllt mit grausigen Dingen war.
„Ich werde dich jetzt bestrafen, Schiava.“ Miles zeigte ihr nicht, was er in den Händen hielt, und sie schaute verzweifelt zu John hoch, bemerkte ungläubig die Erektion, die sich in seiner Jeans unmissverständlich abzeichnete.
Keine Hilfe von dieser Seite. Auch Dean stand mit verschränkten Armen vor ihr, während Tom lässig gegen das Sideboard lehnte.
Sie versuchte vergeblich, sich aus Johns Griff zu befreien, doch er schenkte ihr ein mildes Lächeln. Der Fiesling kniete auf der Sitzfläche, zog sie ein Stück weiter nach unten, sodass ihre Füße den Kontakt mit dem Boden verloren.
Erschreckt keuchte sie auf, weil Miles ihren Po berührte.
„Ich erlaube dir zu schreien, zu weinen oder zu fluchen.“
Er konnte sich seine Worte sonst wohin stecken. Sie nahm sich vor, weder das eine noch das andere zu tun, sondern einfach nur stumm zu leiden. Wenn diese Mistkäfer dachten, sie würde ihnen ein Spektakel liefern, dann kannten sie sie schlecht.
Außerdem lockte ihr Zufluchtsort.

Sie verstand nicht, was das sollte, kniff fest die Lider zu in dem Versuch, alles um sich herum auszublenden.

Leider gelang es ihr nicht. Überdeutlich fühlte sie den Velours unter der Haut. Johns Duft stieg ihr in die Nase, und ihr Herzschlag dröhnte ihr in den Ohren wie ein Güterzug mit unzähligen Waggons.

Ihre Muskeln missachteten ihren Willen, verkrampften sich störrisch, anstatt sich zu entspannen. Ein Beben rann ihren Rücken entlang, nur um sich in den Beinen fortzusetzen.

Sie biss sich auf die Unterlippe, dennoch entschlüpfte ihr ein Schluchzer, der ihr durch das Bewusstsein jagte, weil sie wusste, ihr Refugium war unerreichbar.

Tränen drohten zu fließen, während ihr Zufluchtsort sich in Rauch auflöste.

Miles' Handfläche streichelte ihren Po. Er beugte sich über sie. Die Hitze seines Körpers drang ihr in die Haut und steigerte ihre Unsicherheit. Leicht zwickte er in die Pobacke und trat von ihr zurück. Sie würde nicht betteln, flehen oder weinen. Wenigstens das musste sie schaffen.

Der erste Hieb landete auf ihrem Hintern, der sich ihm so einladend anbot. Sie vermutete, dass er eine Gerte benutzte, die an der Spitze eine Lederklatsche besaß. Ein Rohrstock war es nicht, denn der Widerhall fehlte.

Trotz ihrer Bemühungen, die Gefühle auszublenden, fühlte sie jede Berührung bis in den letzten Winkel ihres Leibs. Ihre Klitoris reagierte mit einem lockenden Pochen, die Nippel schwollen an, indes sehnte sie den nächsten Schlag herbei. Sie konnte ihrem Maestro keinen Widerstand entgegensetzen, ihr verblieb nur sich ihm ganz zu öffnen. Und er öffnete sie, nahm sich mehr, als sie für möglich gehalten hätte. Purer Schmerz erfasste ihre Rückseite. Miles wusste genau, was er tat. Tränen strömten ihr aus den Augen, tropften ihre Wangen hinunter, Schweiß bedeckte die Haut, und ein köstliches Flammenmeer überzog den Po. Er versohlte ihr gründlich den Arsch, bis sie zerschmolz.

Sie hasste ihn und sie liebte ihn für das, was er ihr zuleide tat.

Miles schob sie mit voller Absicht über die Klippe. Doch sie würde nicht aufschlagen. Er riss ihre letzten Barrieren ein, schloss die Tür zu ihrem Zufluchtsort und zementierte sie zu. Er musste den Wunsch in ihr zerstören, sich jemals wieder zurückzuziehen. Sie sollte alles spüren, was er ihr antat, es mit ihren Sinnen fühlen, sich ihm vollständig hingeben. Und das tat sie. Sie schrie, weinte und bettelte, etwas, das sie noch bei keiner Session so unverfälscht getan hatte. Ihr Arsch leuchtete rot, die Striemen waren deutlich zu sehen. Ihre Lust benetzte ihre Schenkel, und er konnte sie sogar riechen, die Geilheit, wie sehr es sie anmachte, sich ihm zu unterwerfen. Sie nahm den Schmerz als das, was er war.

Er tauschte einen Blick mit seinen Brüdern, die ihm zulächelten. Sally schöpfte Kraft von John, denn sie drückte das Gesicht gegen ihn, weinte in sein Shirt.

Miles fasste unter ihr Becken, berührte kaum mit dem Vibrator ihren Kitzler, als sie einen Höhepunkt erreichte, der sie abermals schreien ließ.

John küsste sie auf den Scheitel und verließ mit den beiden anderen den Raum. Miles blieb zurück mit Sally. Sie hing über der Lehne, und ihr Körper hörte nicht auf zu beben.

Er zog sie hoch und setzte sich mit ihr auf den Sessel. Haltsuchend presste sie sich an ihn, klammerte sich mit den Händen in sein T-Shirt, vergrub sogar die kleine Nase in seiner Halsbeuge.

Sally war vollkommen fertig. Es dauerte eine ganze Weile, bis sie sich beruhigt hatte. Ein vorwurfsvoller Blick traf ihn.

Er erklärte ihr, wieso er das getan hatte. Dass er ihr alles nehmen musste, sodass er ihr vertrauen konnte, vertrauen, dass sie bei den Sessions bei ihm blieb.

„Du wusstest, dass du dein Safeword jederzeit hättest benutzen können. Nicht einmal ansatzweise wolltest du, dass wir aufhören."

Er wischte ihr die Tränen aus dem Gesicht.

„Ja, Maestro. Es stimmt. Stattdessen sehnte ich die Pein herbei, denn sie forderte mich heraus, mich weiter von den Schrecken der Vergangenheit zu lösen."

Hilflosigkeit breitete sich auf den hübschen Zügen aus.

„Eine tiefgehende Erfahrung, Cara, ebenso für mich. Du hast Schwierigkeiten zu akzeptieren, dass Reize, die dich früher ängstigten, inzwischen einen Zustand darstellen, den du genießt, auch stärkere Qual."

Der Ausdruck auf ihrer Miene berührte ihn so tief, wie es noch nie eine Frau bei ihm geschafft hatte.

„Was war so anders an diesem Schmerz, Kleines?"

Sie sah scheu zu ihm hoch. „Zuerst war ich vor Panik fast paralysiert, wollte mich schnurstracks in meine Sicherheitszone begeben, an den Ort, der mich vor den Sinneseindrücken bewahrt."

Er reichte ihr Traubensaft, und sie trank gierig. „Doch es gelang mir nicht. Stattdessen spürte ich alles viel deutlicher. Sogar die feinen Härchen auf meinen Unterarmen. Es war keine Angst, die mich lähmte, sondern belebte."

Sie drehte sich und saß rittlings auf ihm. „Woher wusstest du, dass dieses Bedürfnis noch in mir wurzelt? Ich wusste es selbst nicht."

Sie zuckte zusammen, weil er über die glühend heiße Haut ihres Hinterns streichelte. Er hatte sie gezeichnet, und der sadistische Kern in ihm liebte jede Schwellung.

„Diese Haken von diesem Arschloch steckten tief in dir. Du warst dabei, sie in deinem Inneren zu vergraben. Irgendwann wären sie an die Oberfläche gebrochen, obwohl du sie längst vergessen hattest. Das konnte ich nicht zulassen."

Sie küsste ihn, zuerst sanft, dann leidenschaftlicher. Die Hitze ihres Geschlechts lockte ihn, der verruchte Ausdruck auf ihrem Gesicht erweckte den Maestro in ihm zu neuem Leben.

„Und außerdem, Schiava, bin ich ein Maestro, der ab und zu das Bedürfnis verspürt, dir stärkeren Schmerz zuzufügen. Jetzt wissen wir, dass du ihn liebst, auch wenn du ihn fürchtest."

Rebellisch presste sie die Lippen aufeinander und funkelte ihn an.

„Mich auf diese Weise anzufunkeln, während du nackt auf meinem Schoß sitzt, mit einer Pussy, die noch immer triefend nass ist und einem Arsch, der eine Glut ausströmt, dass ich es durch den Stoff der Hose fühle, Kleines, stellt ein verdammt riskantes Unterfangen dar."

Ihr blieb fast das Herz stehen, als der sanfte Ausdruck in seinen Augen von unverfälschter Lust ersetzt wurde, einer Lust, die durchaus schmerzvoll sein konnte. Eine unwiderstehliche Kombination.

„Geh zu der Kommode und hol die Lotion aus der Schublade. Dann legst du dich über meine Knie, wie die gehorsame Sub, die du bist."

Sie schluckte hart, was ihm ein gefährliches Lächeln auf das Gesicht lockte.

Sally wusste nicht, ob sie imstande war, noch weitere Pein zu ertragen, wo ihr Arsch doch bereits jetzt mit jeder Pore aufschrie.

Seine Haltung sagte ihr deutlich, sie tat gut daran, seinem Befehl nachzukommen. Auf dem Weg zu dem blöden Möbel wünschte sie sich fast, sie besäße den Mut, zu flüchten.

Ein sinnloser Wunsch, denn viel zu begierig erfüllte sie die Order des Maestros, und wie sehr es sie anmachte, fühlte sie in ihrem Geschlecht. Sie seufzte tief, weil ihre Hand zitternd die Aloe-Vera-Lotion erfasste. Wenn Männer schwanzgesteuert waren, war sie pussygelenkt.

Als sie sich Miles zudrehte, saß er nackt auf dem Sessel, auf dem Gesicht blanke Lust mit einem Hauch von Sadismus. Sie schaffte es kaum, auf den Beinen zu bleiben, fiel mehr, als dass sie sich legte, über seine Knie.

Er brachte sie in Position, sodass ihr armer brennender Arsch vor ihm lag, genau in der Weise, wie Miles es verlangte. „Das sieht so geil aus, Sally. Die Striemen schmücken dich." Sein Schwanz zuckte.

Sie rechnete damit, dass er ihr mit der Handfläche auf den Po schlug, stattdessen tat er etwas viel Schlimmeres. Das Fluid tropfte auf ihr Fleisch, erweckte die hypersensible Oberfläche zu neuem Leben.

Göttin, hilf mir!

Als sie sich wand, kam ein Laut purer maskuliner Begierde aus seiner Kehle. Sie drängte sich der schrecklich intensiven Berührung entgegen.

Miles stöhnte erneut, denn sie rekelte sich auf seinem steifen Schwanz. Er massierte ihr die Lotion gründlich in den Po. Nach dem anfänglichen Brennen ebbte die Pein ab, sodass sie wohlig schnurrte.

Ein scharfer Schlag auf ihren Po holte sie aus der Entzückung.

„Reite mich, Schiava."

Nur zu gern kam sie der Aufforderung nach und positionierte sich über seiner Erektion. Langsam glitt sie nach unten und warf den Kopf zurück. Sie stützte sich auf seinen Knien ab. Miles knetete hart ihre Brüste, kniff ihr in die Brustwarzen, bis diese tiefrot leuchteten.

„Wenn ich das tue, spüre ich, dass sich deine Vaginalmuskeln um meinen Schwanz spannen." Er lachte rau. „Ein unglaublich geiles Gefühl." Er umfasste mit einer starken Hand ihren Nacken, um sie nach vorn zu ziehen.

„Stütz dich auf meinen Schultern ab, Sally, und beweg deinen entzückenden Arsch." Zuerst stahl sie ihm einen leidenschaftlichen Kuss, dann bewegte sie sich auf und ab. Ihre Hüften umklammernd, gab er den Takt vor. „Sieh mich an, Schiava."

Sie traf den glühenden Blick, ritt ihn schneller, und kurz bevor er den Höhepunkt erreichte, hielt er sie unbeweglich. „Bring es mit deinem Mund zu Ende."

Begierig löste sie sich von ihm, kniete zwischen seinen gespreizten Schenkeln und beugte den Kopf. Hart saugte sie an der Eichel, und der eigene Geschmack landete auf ihrer Zunge.

„Leck ihn."

Sie umkreiste mit der Zunge die pralle Spitze und leckte an der Länge entlang, betrachtete den wundervollen Schwanz. Die Adern traten stark hervor.

Miles packte in ihre Haare. Er schenkte ihr diesmal keine Zärtlichkeit, sondern nahm sich das, was sie ihm gab, da es ihm zustand.

Tief stieß er den Phallus in sie hinein, bis sie beinahe würgte. Wieder brachte er sich fast zum Orgasmus, nur um sie unbeweglich in seinem Griff zu halten.

„Knie dich auf die Lehnen des anderen Sessels."

An die Wand gelehnt stand ein übergroßer Sessel – wenn sie darauf in dieser Haltung kniete, wäre sie weit gespreizt.

Lieber Himmel.
Sie ahnte, sie hatte noch nicht alles bekommen, was er geplant hatte.
Sie gehorchte, während ihr ein Zittern durch den Körper rann, weil sie sich verwundbar fühlte und sie ihm diese Verletzlichkeit mit jeder Faser ihres Bewusstseins überreichte. Es war ein kostbares Geschenk, und Miles wusste es zu würdigen.
„Sieh die Wand an."
Sie starrte auf das Gemälde eines Dämons, der eine nackte Frau oral befriedigte.
Miles' Schritte entfernten sich von ihr, und sie hörte das Öffnen der Kommodenschublade. Ein weiteres Beben lief ihr über die Wirbelsäule, sogar ihre Schenkel zitterten.
„Spreiz deine Backen für mich."
Sie brauchte mehrere Anläufe, bis sie es schaffte. Sein tiefdunkles Lachen vibrierte durch den Raum. Er weidete sich an ihrem Zittern. Ihre Klitoris pochte unbeschreiblich verlangend, sehnte sich nach einer Berührung, ausgeführt von seinen starken maskulinen Fingerkuppen.
Gleitgel tropfte auf ihre Spalte, und sie lauschte dem herrlichen Geräusch, als er etwas mit dem Gel einschmierte.
Seinen Schwanz?
Der Eindringling presste gegen den engen Ring.
„Der Plug ist groß, wird dich weiten, dich unsagbar stimulieren."
Sie wimmerte, denn er drückte ihn hinein. Es brannte unglaublich.
„Raupe, Maestro. Bitte, er ist zu groß."
Er hielt inne und rieb über ihre Klitoris.
„Du kannst ihn nehmen. Du wirst ihn nehmen."
Unerbittlich suchte der Plug sich seinen Weg, vergeblich versuchte sie auszuweichen.
„Halt still, Schiava", knurrte er.
Sie schluchzte, als er ihn tiefer schob, dennoch genoss sie das Gefühl. Sein sinnliches Lachen erfasste sie, die pure Lust, sich ihm zu unterwerfen, packte sie weiter, und sie presste sich dem Analplug entgegen.
Bei der Göttin, wie riesig war das Teil?
Zitternd atmete sie aus. Er füllte sie aus, dehnte sie auf eine unglaublich animalische Weise. Miles verteilte das Gel auf ihrer Lustperle, und sie fühlte den Reiz in ihrem gesamten Arsch.
„Das ist noch nicht alles. Ich werde dich jetzt ficken und ihn einschalten."
Miles schaltete den Plug ein, als er seinen Phallus in ihre gierige Pussy schob.
„Aaaahhhhh."

Die Stimulation war fast zu viel. Schwingungen erfassten die Nervenenden in ihrem Po, verbanden sich mit der pochenden geschwollenen Knospe.

Miles lachte kehlig. „Ich spüre die Bewegungen an meinem Schwanz."

Langsam vögelte er sie, trieb sie gemächlich an den Rand eines Höhepunkts. Sie spürte das einsetzende Pulsieren, wie sich ihr Anus um das Sextoy spannte. Mit einem ungezügelten Stöhnen betätigte Miles den Schalter, sodass die stärkeren Vibrationen des Eindringlings sie über die Spitze jagten.

Sie reckte Miles den Po entgegen, und er ließ los, fickte sie so hart, dass sein Becken laut auf ihren Arsch prallte. Sally schrie, und nur seine Hände bewahrten sie davor, unter ihm wegzusacken.

Miles brüllte ihren Namen, seine Fingerspitzen gruben sich in ihre Hüfte. Schwer atmend legte er den Oberkörper auf ihren, und sein Schweiß vermengte sich mit ihrem.

„Ganz ruhig", murmelte er. „Ausatmen!" Behutsam zog er den Plug heraus und trug sie anschließend ins Badezimmer.

„Lehn dich mit den Handflächen an die Fliesen." Mehrmals stützte er sie, als er seine Spuren von ihrem Körper wusch.

Er wickelte sie in ein großes Handtuch, und sie sah ihm zu, als er sich reinigte.

„Cara, ich muss deinen Po erneut eincremen." Er sagte es mit einem bedauernden Unterton, der jedoch von dem sadistischen Gesichtsausdruck dezimiert wurde.

Sie verbrachten den restlichen Tag in seinem Bett. Miles stand nur auf, um ihnen etwas zu essen zu holen.

„Herr der Ringe?"

Sie nickte und schaufelte sich einen Bissen des Sandwiches in den Mund.

„Maestro?"

„Was kann ich für dich tun, meine Kleine?"

„Meinst du, Viola hat noch was von dem Eis übrig gelassen?"

„Wenn nicht, muss ich ihr den Po versohlen." Er sagte es mit einem Zwinkern, doch in ihrem Inneren wusste sie, er meinte es todernst.

Was für ein Tag. Heute Morgen hatte sie die Maestros nur fragen wollen, ob die Schiavas ihr Frühstück in der Küche essen durften, damit sie dringend notwendigen Schiavatalk austauschen konnten. Stattdessen hatte Miles sie bespielt wie eine Violine. Sie mit dem Bogen bearbeitet, bis sie die höchsten Töne und die tiefsten Klänge herausgeschrien hatte.

Wie es wohl Viola, Kim und Iris ergangen war? Der Ausdruck auf den Mienen ihrer Maestros ließ Sally noch im Nachhinein schlucken.

Sie kuschelte sich unter die Decke, lachte, weil Miles mit zwei Schalen gefüllt mit Joghurteis zurückkam.

Verführerischer Mistkerl. Er arbeitete mit allen Tricks. Genüsslich schleckten sie das Eis, während Frodo das Schicksal von Mittelerde besiegelte.

Viola hielt sich mit den Händen an der Tischkante fest in dem Versuch, sich möglichst sanft hinzusetzen. Die Haare standen ihr wirr vom Kopf, und sie bekam kaum die Augen auf. Ächzend verzog sie das hübsche Gesicht. „Verdammt."

Kim starrte sie an, anscheinend wild entschlossen, stehen zu bleiben.

Sally holte mehrere Kissen aus dem Wohnzimmer, doch sie linderten die Pein lediglich minimal. Sie überlegte, ob sie auf dem Bauch liegend frühstücken konnte.

Die drei Satansauferstehungen bevölkerten grinsend den Bereich vor der Tür.

„Setz dich, Kim!"

Kim warf Dean einen Blick zu, der einen marodierenden Wikinger in die Flucht geschlagen hätte. Dean zog eine Augenbraue hoch. Kim stellte die Kaffeetasse auf den Tisch. Dass sie ihm den Inhalt am liebsten ins Gesicht geschüttet hätte, quoll aus der gesamten Haltung.

Für einen Moment sah sie zur Küchentür, die in den Garten führte. Deans zweite Augenbraue schoss nach oben, und Kim schnappte sich zwei der Kissen.

„Mädels", brüllte sie. Kreischend stürzten sie sich mit Kissen bewaffnet auf die miesen Sklaventreiber.

Zu dumm, dass sie wenig später auf dem Bauch liegend den Boden zierten, die Hände auf dem Rücken gefesselt.

„Das war Kims Idee", kreischte Viola.

„Das stimmt überhaupt nicht, sie hat das ausgeheckt."

„Tatsächlich?" Miles könnte nicht amüsierter klingen.

„Schaut euch diese drei Ärschlein an. Rot gestriemt und immer noch heiß." John bekräftigte seine Worte mit einem Klaps auf jeden Po.

Sally unternahm erst gar keinen Versuch, den Schmerzensschrei zu unterdrücken, hoffte, er verspürte Mitleid. Verspürte er nicht, denn seine Handfläche landete ein zweites Mal auf ihrem geschundenen Po.

Hoffentlich hielt Viola den Mund, sie befanden sich bereits in genügend Schwierigkeiten.

Viola probierte, sich auf den Rücken zu drehen, doch John setzte sich auf ihre Oberschenkel.

Sally versuchte, eine Einheit mit dem Parkett zu bilden. Wieso nur hatte sie nicht das Weite gesucht?

Dean blieb hinter ihnen stehen. „Das sollte die drei Übeltäterinnen abkühlen."

Miles kniete über ihr. Ein eisiger Tropfen landete auf der heißen Rundung. Viola quietschte, während Kim lachend um Gnade flehte. Doch es gab kein Entkommen. Sehr gründlich massierten die Maestros ihnen die Salbe in die Haut. Die Anspannung wich schnurrenden Geräuschen und leisen Seufzern.

Manchmal konnte der *Federzirkel* der Himmel auf Erden sein.

Miles drückte ihr die Schlüssel in die Hand und gab ihr einen zarten Kuss. Ihr schlug das Herz bis zum Hals. Es war nicht der Jeep, der sie in Unsicherheit versetzte, sondern dass sie das erste Mal auf sich gestellt in die Stadt fuhr.

„Ich kann dich begleiten, wenn du möchtest."

Sie schüttelte den Kopf, bevor sie der Mut verließ. Séamus war sicher eingesperrt und würde es die nächste Zeit bleiben. Sie musste endlich selbstständiger werden.

Miles winkte ihr zu, als sie die Auffahrt entlangfuhr. Das schmiedeeiserne Tor öffnete sich wie von Geisterhand.

Zunächst wollte sie in den erotischen Buchladen *Dark Pageturner*, der letzten Monat eröffnet hatte. Danach plante sie, allein einen Latte macchiato zu trinken – eine ultimative Herausforderung.

Sie fand eine Parklücke ganz in der Nähe der Buchhandlung und betrachtete auf dem Fußweg dorthin die Schaufenster der weihnachtlich geschmückten Läden. Fröstelnd zog sie den Kragen der Jacke hoch. Bald würde es schneien. Sie lächelte bei der Vorstellung, im *Federzirkel* mit Miles und den anderen Maestros eingeschneit zu sein. Und sie fürchtete sich vor der Welt? Die hielt kaum so viel Aufgaben bereit, wie sie tagtäglich im *Federzirkel* gegenüberstand.

Miles forderte eine Menge von ihr, emotional und körperlich. Jedes Mal, wenn sie eine Grenze erreichte, schubste er sie sanft ein Stückchen weiter, während seine Präsenz sie umfloss, sodass sie ihn immer spüren konnte, immer wusste, er würde sie nicht fallen lassen.

Sämtliche Bewegungen erinnerten sie daran, wie sehr ihr Po schmerzte, was Miles mit ihr getan hatte. Der Gedanke jagte Hitze in ihren Schoß. Mit Stolz trug sie die Striemen. Verglichen mit Viola und Kim war sie glimpflich davongekommen.

Abrupt blieb sie stehen, drehte sich unbehaglich um. Für einen Augenblick hatte sie das Gefühl, dass jemand sie verfolgte. Doch nur

Passanten schwirrten um sie herum, die eiligen Schrittes an ihren Bestimmungsort wollten. Regen lag bereits den ganzen Tag in der Luft. Der Himmel nutzte den Moment, um seine Schleusen zu öffnen. *Dark Pageturner* tauchte vor ihr auf. Die Überdachung vor dem Schaufenster schützte sie vor der Nässe. Sie ließ sich Zeit, die sinnlich dekorierte Auslage zu bewundern.

Viola und Kim hatten ihr nicht zu viel versprochen. Dark Fantasy, Erotic Fantasy und Erotikbücher so weit das Auge reichte. Über die anrüchigen Körperstellen auf den Covern hatte die Eigentümerin schwarze Federn drapiert, sodass die Moralapostel keinen Grund für Beanstandungen fanden.

Federn!

Sie schmunzelte. Dieser Tage schienen sie ihr überall zu begegnen. Wohlige Wärme erfasste sie bei der Erinnerung, was Miles alles mit dem puscheligen Material anstellen konnte.

Handgefertigte Peitschen und lederne Handschellen komplettierten das Bild. Das war aber nicht alles, und was sie noch sah, entlockte ihr ein lautes Lachen. Gestrickte Eierwärmer zierten die Vibratoren, denen die Besitzerin Smarties als Augenersatz aufgeklebt hatte. Offenbar eine sehr humorvolle Lady.

Die Türglocke klingelte melodisch bei Sallys Eintreten. Der Laden war größer als vermutet. Eine gemütliche Sitzgruppe lud zum Verweilen ein. Ein moderner Kaffeeautomat und Tee trugen zu der lauschigen Atmosphäre bei.

Sally wurde augenblicklich aus der angenehmen Stimmung gerissen, weil sie einen Kerl erblickte, der eine dunkelhaarige Frau an eines der Bücherregale drängte. Sie stand erstarrt da. Sally kannte die Haltung nur zu gut. Er hatte die Hände neben ihrem Kopf abgestützt.

Sally rief ein „Hallo“ in den Raum.

Sofort setzte das Arschloch einen Schritt zurück. „Wir sprechen uns noch, Carla.“ Aus seiner gesamten Haltung sickerte Aggressivität. Sally holte zitternd Luft und war froh, als er wütend den Laden verließ und dabei die Tür laut zuknallte.

Carla verharrte wie festgewurzelt. Sally trat langsam näher.

„Alles in Ordnung?“

Erst jetzt schien Carla sie richtig zu bemerken, und ein unechtes Lächeln verzog ihre Mundwinkel. Sie war so groß wie Sally, fast so kurvig wie Viola. Der enge schwarze Rock und das passende Shirt schmeichelten den Kurven. Carla schnappte nach Atem, und Tränen glänzten in den sanften braunen Augen.

„Das war mein Ex." Dann riss sie sich zusammen, bemühte sich um eine professionelle Miene, und versagte auf ganzer Linie.

„Was für eine Warze." Ohne zu überlegen, legte Sally ihr eine Hand auf die Schulter. Zur Hölle mit den Konventionen.

„Eine Warze?"

„Ja, auf dem Arsch eines Hängebauchschweins."

Sie tauschten einen vielsagenden Blick aus und brachen in Lachen aus. Es zerstörte das Eis.

Die Dunkelhaarige reichte ihr die Hand. „Ich bin Carla."

„Sally. Meine Cousine Kim und meine Freundin Viola waren letztens hier einkaufen."

„Die beiden, die mit den Sullivans liiert sind."

Carlas Augen glitzerten. „Die haben meinen Laden fast leer gekauft, und so viel gelacht habe ich schon lange nicht mehr." Sie warf den Kopf zurück, und ihr Busen presste gegen das weiche Material. „Tee oder Kaffee?"

Die Türglocke klingelte, und als Sally sich umdrehte, wandte ihr die Kundin den Rücken zu, um eines der Bücherregale zu betrachten.

„Ein anderes Mal gerne. Ich wollte gleich noch ins *Teacosy*." Sie musste die Aufgaben erfüllen, die sie sich selbst auferlegt hatte.

Die Glocke ertönte erneut, und die Frau verließ das Geschäft.

„Kann ich Sie beraten bei der Auswahl der Romane?"

Sally mochte Carla auf Anhieb, und bald waren sie tief in ein Gespräch über erotische Literatur vertieft, boten sich kurz darauf das Du an.

„Ich lasse die Schätze in den *Federzirkel* bringen, die kannst du unmöglich mit dir herumschleppen."

Als Sally ihre Geldbörse aus der Tasche kramte, winkte Carla ab.

„John bezahlt die Rechnungen." Carla riss die Augen weit auf. „Er hat gesagt, wenn du dich weigerst, soll ich dir ausrichten, er hätte kein Problem damit, die Peitsche rauszuholen." Sie kicherte nervös. „Ich bin mir nicht sicher, ob es ein Scherz war." Ihre Pupillen glänzten verlangend.

„War es nicht."

Carla ließ fast das Buch fallen, das sie in den Händen hielt.

„Wegen der Warze." Sally sah sie beschwörend an. „Brauchst du in dieser Hinsicht Hilfe?"

Carla schüttelte den Kopf, doch die Körpersprache war ein einziger Hilferuf. Sally kannte die Anzeichen nur zu gut. Die kleine Büchermaus würde Unterstützung bekommen, ob sie wollte oder nicht.

Sally kritzelte etwas auf eine Visitenkarte. „Auf der Rückseite steht meine Mobilfunknummer."

Der *Federzirkel* würde mit Leichtigkeit herausfinden, was es mit Carla und der Warze auf sich hatte. Eine gründliche Warzenentfernung stand bevor.

Sally verließ den Laden mit dem angenehmen Gefühl, eine gute Freundin gefunden zu haben. Vor nicht allzu langer Zeit war sie einsam gewesen. Jetzt kreuzten nur noch nette Menschen ihren Weg.

Ihr Slip rieb über den Po, und die Nippel waren so gereizt, dass jede Bewegung sie daran erinnerte, was Miles mit den empfindlichen Spitzen angestellt hatte.

„Du wirst es tagelang spüren, Schiava. Und der Gedanke macht mich unendlich geil." Nicht nur ihn.

Seufzend meisterte sie den Weg in das *Teacosy*. Eines der Bücher war in ihrer Tasche. Sie konnte lesen, auf diese Weise das unangenehme Gefühl bekämpfen, allein etwas zu trinken.

Wärme und der Geruch nach Kuchen, Kaffee, Tee und Geborgenheit schlugen ihr aus dem Café entgegen. Das *Teacosy* backte selbst, bereicherte die Tees mit kreativen Gewürzmischungen. Vielleicht sollte sie lieber einen Tee genießen anstatt einer Kaffeespezialität.

Die geblümten Polsterungen in hellen Farben passten gut zu den Holzdielen und den weißen Wänden, die mit zarten Blumengemälden und allerlei Motiven geschmückt waren, die zu einem Café gehörten. Es wunderte sie nicht, dass Violas Name einige der Bilder zierte – Viola Sullivan -; darunter eine kleine Feder. Wenn die konservativen Besucher wüssten, wofür das Symbol stand, würden sie empört von dannen ziehen.

Sie setzte sich an einen Tisch im hinteren Bereich, bestellte bei der hübschen Kellnerin Tee mit Zimt und Nelkenaroma, gekrönt von einem Apfelmuffin.

Sally runzelte die Stirn, als sie eine Frau entdeckte, die ihr bekannt vorkam. Zuerst hatte sie hingesehen, weil sie eine große Sonnenbrille trug. Frauen trugen nur Sonnenbrillen bei Regenwetter, um etwas zu verstecken.

Jetzt erkannte sie Deborah, die verloren in einem Becher rührte, das Gesicht abgemagert und trotz der Schminke bleich. Sally ging zu ihr und holte entsetzt Luft. Die Brille und das Make-up konnten den Bluterguss nicht ganz verbergen.

„Darf ich mich setzen?"

Deborah atmete flach, während sie mit den Tränen kämpfte. Sie nickte zögerlich.

„Was ist mit dir passiert?"

Deborah trank eine Schluck Kaffee, um Haltung bemüht. Sally umfasste die kalten Finger von Deborah. Egal, wie sehr sie diese Frau verabscheut hatte, niemand verdiente es, dass ein Kerl sie schlug.

„Ich habe mich auf einen Internetdom eingelassen." Eine Träne kullerte die Wange hinunter, und Deborah presste die Lippen aufeinander. „Offensichtlich verfüge ich über kein glückliches Händchen. Jetzt werde ich ihn nicht mehr los.“ Sie fasste mit einem erstaunlich kräftigen Griff nach Sally Hand. „Bitte verschweig es Miles.“ Sie nahm die Sonnenbrille ab, und Sally holte erschrocken Luft. „Versprich es mir.“

Um sie nicht weiter aufzuregen, versprach Sally es ihr, doch bereits auf dem Weg zum Auto rief sie Miles an.

Stille schlug ihr entgegen, als sie es ihm erzählte.

„Miles?“

„Ich kümmere mich darum.“

Erleichtert betätigte sie den Türöffner, froh, dass sie den Rückhalt des *Federzirkels* besaß. Den Sullivans würde das Passende einfallen, und sie würde nicht in der Haut des Arschlochs stecken wollen.

Trotz der beruhigenden Gedanken erschien ihr die Fahrt zurück unglaublich lang. Ein Gefühl der Erleichterung erfasste sie, als das Grundstück vor ihr auftauchte.

Sie drückte die Fernbedienung, und das Tor schwang auf. Miles und Giotto erwarteten sie, und sie warf sich in Miles‘ Arme, noch bevor er Gelegenheit bekam, die Fahrertür für sie zu öffnen.

Miles sah sie ernst an. „Ich möchte, dass du den Vorfall mit Deborah für dich behältst.“

„Aber …“

„Nein, kein aber. Ich will erst herausfinden, womit wir es zu tun haben. Ich schulde es ihr. Ich verspreche dir, die beiden Dämonen schnellstmöglich einzuweihen.“

Sie verstand sein Bedürfnis, Deborah zuerst allein zu helfen, dennoch verblieb ein fader Nachgeschmack. Ihr wäre es lieber, er würde Dean und John sofort einweihen.

„Bitte, Sally.“

Sie nickte zögerlich und sein Kuss verjagte die Bedenken für den Moment.

Kapitel 11

Sally stand in der Küche, um das Abendessen vorzubereiten. Miles schnappte sich Giotto und lief mit ihm in den Garten. Er kam sich wie ein Spion vor, war sich bewusst, dass er nicht das Risiko eingehen wollte, dass jemand sein Gespräch mithörte.

Er fühlte sich schuldig. Warum hatte er nicht erkannt, wie verzweifelt Deborah war? Zudem schien sie es ernst zu meinen, in die BDSM-Welt eintauchen zu wollen.

Giotto sprang um ihn herum und sah ihn bettelnd an. Der Wurfball landete vor seinen Füßen, und der Vierbeiner trat einen Schritt zurück. Miles nahm das rote Spielzeug und warf es Richtung Wald. Von seinen Sorgen unbeeindruckt, jagte Giotto fröhlich hinterher, dass die Ohren nur so flogen.

In sicherer Entfernung vom Haus wählte er Deborahs Nummer. Wieso er sie nicht gelöscht hatte, war ihm ein Rätsel.

Ungeduldig trommelte er auf seinem Oberschenkel und rechnete damit, dass die Mailbox ansprang.

„Miles.“

Es klang so viel Hoffnung in der Stimme, dass er kurz die Augen schloss. Das erste Mal seit Wochen dachte er an seine Kindheit. Das Gespenst sprang auf ihn und hielt ihn in einem eisernen Griff.

Er wusste, wie es war, auf sich gestellt einem Monster gegenüberzustehen, das so viel stärker war als man selbst. Die ohnmächtige Verzweiflung, der Drang, niemanden mit den schrecklichen Geschehnissen zu belasten, gepaart mit furchtbarer Scham, die einen erdrückte.

„Wo bist du, Kleines?“

Sie schluchzte auf, unterdrückte verzweifelt die Tränen, er hörte es.

„Ich bin unterwegs. Aber heute Abend bin ich allein.“

„Soll ich nicht sofort kommen.“

„Das geht nicht. Ich sehe dich gegen acht Uhr.“ Sie unterbrach die Verbindung.

Bellend legte Giotto den Kopf schief. Für einen Moment betrachtete der Hund ihn, ehe er Miles anstupste.

„Ich weiß, mein Freund. Doch du kannst mir nicht helfen.“

Er ging in die Hocke, um den Vierbeiner zu umarmen. Hechelnd presste ihm Giotto die nasse Nase in die Halsbeuge. Miles schmunzelte, denn der Hund roch nach Johns teurem Duschgel.

Zu seinem Entsetzen standen die dunklen Brüder sowie die drei Nixen diskutierend in der Küche.

Hatte Sally ihn verraten?

„Ich setze Timothy darauf an“, sagte John weich. Er umarmte Sally, die entspannt gegen ihn lehnte.

„Was gibt es? Miles sah sie fragend an. Sally erzählte ihm von dem Kerl aus dem *Dark Pageturner*.

Sally grinste verschwörerisch. „Außerdem besitzt Carla eine devote Ader, doch ich glaube, sie hat noch nichts ausprobiert. Ihr hättet sehen sollen, welchen Glanz ihre Augen hatten, als sie mir von dem Telefonat mit Maestro John berichtete.“

Beiläufig nahm sie einen Teigspachtel auf und schlug auf Deans Hand, der nach einem Keks griff.

„Ouchie,“ äußerte er grinsend. Dean wandte sein bestes Maestrofunkeln an. Sally reagierte mit einem Geräusch, das dermaßen verrucht war, dass die Brüder einen entsetzten Blick austauschten.

„Böser Maestro.“

Ihr Lachen ging in ein Quietschen über, als Dean sie um den Tisch herum verfolgte, sie nach wenigen Schritten in die Arme zog. Er hob sie von den Füßen und küsste sie auf den Mund. „Du kannst froh sein, dass dein Arsch noch die Striemen von Miles trägt. Doch die vergehen, und dann, kleine Subbie, leiste ich Maestro Miles bei der nächsten Session Gesellschaft.“ Mit dunkler Mimik sah er zu Kim. „Kim wird alles erleiden, was wir dir antun, denn dieses freche Grinsen auf dem Gesicht lasse ich nicht durchgehen.“

Kim lief zu der Keksdose und holte einen Dean heraus. Genüsslich biss sie ihm den Kopf ab, ehe sie kichernd aus der Küche rannte, dabei fast an den Krümeln erstickte.

Die geruhsamen Tage mit gehorsamen Schiavas gehörten endgültig der Vergangenheit an.

Er spürte die Aufmerksamkeit seiner Brüder auf sich. Shit, John sah ihn mit gefährlich glitzernden Augen an.

„In die Bibliothek! Sofort!“

Miles spielte mit der Vorstellung zu flüchten. Dann straffte er die Schultern, bemerkte schmunzelnd, dass Dean hinter ihm lief und John vor ihm.

Sally sah dermaßen erleichtert aus, dass er den Kopf schüttelte.

Er fasste es nicht, aber John schubste ihn, sodass er auf einen der Sessel plumpste.

„Sally sah so schuldbewusst und besorgt aus, dass ich mit dem Gedanken gespielt habe, sie zu verhören.“ Grimmig verschränkte John die Arme vor dem Brustkorb. „Du redest jetzt oder ich zwinge Sally dazu.“

Miles sprang fast von der Sitzfläche, als Dean ihm die Handflächen auf die Schultern legte. „Wie soll es sein, Bruder?“ Dean klang nicht amüsiert.

Miles rollte mit den Augen. Sie hatten ihn an den Eiern gepackt. „Es ist Deborah."

John schenkte ihm einen von diesen lasernden Johnblicken. Miles verstand, wieso jede Schiava erbleichte, selbst die frechste. Er klärte seine Brüder auf, und seinem Zorn zum Trotz durchflutete Erleichterung ihn.

„Du fährst nicht allein zu dieser falschen Schlange." John sah aus, als ob ihm die Vorstellung zusagte, ihn an den albernen Marterpfahl zu binden.

Stur biss Miles die Zähne zusammen. John seufzte tief.

„Dean und ich warten im Wagen vor der Tür. Wir geben dir zwanzig Minuten." John war angepisst und unternahm gar keinen Versuch, es zu verbergen.

„Dean, hol Sally her. Ich möchte die Geschichte von ihr hören. Das sind mir ein paar Zufälle zu viel."

Dean legte den Arm um Sally, die so erleichtert aussah, dass ihm erst jetzt bewusst wurde, was er von ihr verlangt hatte. Sie hatte lang genug lügen und alles für sich behalten müssen.

Miles sprang hoch, um sie in die Arme zu ziehen. „Du zitterst, Kleines. Es tut mir leid. Bitte verzeih mir." Er platzierte sie auf seinem Schoß, bemerkte zufrieden, dass ihr die Anspannung aus dem Körper wich.

John fragte sie geschickt aus und schenkte ihr ein warmes Lächeln. „Was meinst du, Cara? Sollen wir Miles am nächsten Wochenende zur Strafe an den Marterpfahl binden, ihm gemeinsam den Arsch versohlen?"

Miles verspürte eine seltsame Unruhe, denn er war sich absolut nicht sicher, ob es ein Scherz war. Sally sah aus, als ob sie ernsthaft mit dem Gedanken spielte, dann lächelte sie süß, so süß wie eine Maus, bevor sie die Zähne in eine Portion Käse bohrte.

„Ich halte mir die Option offen." Die Genugtuung stand ihr klar auf dem Gesicht.

Kleines Biest!

Sie nahmen Miles' Wagen und parkten ein Stück von Deborahs Haus entfernt.

„Zwanzig Minuten", erinnerte ihn John.

Miles fasste es nicht, denn Dean zog eine Stoppuhr aus der Tasche, drückte grinsend auf den Knopf.

Miles schlug die Fahrertür fest zu. Er war unzählige Male den schmalen Weg zu ihrem Heim gelaufen, zu einer Zeit, zu der er sie für die Liebe seines Lebens gehalten hatte. Jetzt wusste er es besser. Jegliche Empfindungen waren ein fader Abklatsch verglichen mit dem, was er für Sally empfand. Sie brauchte nur den Kopf in den Nacken zu legen, ihn anzusehen, und er zerschmolz innerlich.

Ob die drei Nixen eigentlich ahnten, welche Macht sie über ihre Maestros besaßen?

Deborah öffnete erst nach dem dritten Klingeln. Scheu sah sie zu Boden. Er legte ihr die Handfläche unter das Kinn, um ihr Gesicht ohne Probleme zu sehen.

Sie zuckte zurück, als er den Bluterguss um ihr Auge berühren wollte, schrie sogar auf, mit purer Panik auf der Miene.

Sie hatte Gewicht eingebüßt, die hervorstehenden Wangenkochen zeigten es deutlich. Sie trug einen übergroßen Trainingsanzug, in dem sie verloren wirkte.

„Bitte komm rein", hauchte sie, während sie einen gehetzten Blick über seine Schulter warf.

Er versuchte, den Arm um sie zu legen, doch sie entzog sich ihm mit einem Wimmern.

„Nicht, Miles. Ich ertrage keine Berührungen."

Langsam lief sie in das Wohnzimmer, sank auf die weiße Couch. Das Zimmer war spärlich beleuchtet, erweckte in ihm den Wunsch er könnte besser erkennen und einschätzen, was für Verletzungen sie noch hatte. Aus der Art, wie sie sich bewegte, schloss er, dass nicht nur ihr Gesicht verletzt war.

Sie brauchte ein wenig Raum, daher setzte er sich auf einen der Sessel, die nicht dazu geschaffen waren, dass man eine bequeme Sitzposition fand.

Auf dem Tisch standen zwei Rotweingläser. Mit zitternden Händen griff sie nach einem. Er könnte jetzt gut einen Schluck Scotch vertragen, doch der Wein musste für den Moment reichen. Während er ihn hinunterschluckte, bemerkte er ein Funkeln in ihren Augen.

„Was ist passiert, Kleines?"

Sie blieb stumm und beugte sich lächelnd vor. Das Lächeln einer Python.

Miles kniff die Augen zusammen, weil ihn intensiver Schwindel erfasste. Vergeblich versuchte er aufzustehen. Alles verschwamm, und er hörte, wie Deborah kalt lachte.

Schwärze umfing ihn.

Nervös tigerte Sally auf und ab, sah verzweifelt auf ihre Armbanduhr.

„Setz dich. Du machst mich noch verrückt." Viola klopfte auf den Platz neben sich, und widerwillig plumpste Sally auf die Couch.

„Sie müssten längst zurück sein."

Kim legte den Arm um sie. „Was soll ihnen schon passieren? Deborah ist wohl kaum in der Lage, die drei zu überwältigen."

Beherzt schnappte Sally ihr Mobiltelefon. „Mädels, etwas stimmt nicht. Ruft sie an." Keiner der Brüder antwortete, nur die Mailboxen sprangen an.

„Wo wohnt sie?“ Jetzt wirkte auch Viola beunruhigt.
Sally zuckte mit den Schultern.
„Wie lernte Miles sie kennen?“, fragte Kim.
„Sie hat sich für eines ihrer Häuser interessiert.“
Sie preschten gleichzeitig von der Couch, und von Giotto begleitet, liefen sie schnurstracks ins Büro.
Viola öffnete eine der Hängeregisterschränke. „Nachname?“
„Irgendwas mit W“, sagte Sally.
Triumphierend zog Viola einen Hefter aus der Vorrichtung. „Deborah Walter.“ Sie las die Adresse vor.
„Die Straße kenn ich.“ Kim schnappte noch im Reden ihre Schlüssel und sah zu Giotto. „Wir nehmen ihn mit.“
Sally quetschte sich mit dem Vierbeiner auf die Rücksitzbank. Kim schoss die Einfahrt entlang, dass die Steine nur so spritzten.
„Vielleicht sollten wir Timothy anrufen“, sagte Viola.
„Gute Idee.“ Kim fuhr wie eine Wahnsinnige.
Viola erreichte nur die Mailbox, hinterließ allerdings Deborahs Anschrift.
„Dort steht Miles‘ Jeep.“
Kim hielt neben dem Wagen an, doch Sallys Hoffnungen erstarben. Gähnende Leere schlug ihnen entgegen. Viola und Kim sahen genauso aus, wie sie sich fühlte. Beide waren bleich vor Sorge. Sally hatte das Gefühl, sie müsse sich gleich übergeben.

Was zum Henker? Stöhnend öffnete Miles seine Augen und blinzelte gegen das grelle Licht an. Er konnte sich nicht bewegen, saß in einem Ledersessel mit Armlehnen aus Edelstahl. Seine Handgelenke waren an die Lehnen gefesselt und seine Fußgelenke an die Sesselbeine.
„Gib dir keine Mühe.“ Die verzerrte Stimme von Deborah drang an seine Ohren.
Was war passiert? War das Arschloch, das Deborah verprügelt hatte, zurückgekehrt und hatte ihn bewusstlos geschlagen?
„Leg die Pistole hin.“ Die ruhigen Worte von John sickerten ihm ins Bewusstsein. Er versuchte, durch den Nebel zu blicken, der seine Wahrnehmung trübte.
Etwas Hartes presste gegen seine Schläfe.
„Dean, fessle John an den Sessel.“
Das grauenvolle Geräusch einer gelösten Waffensicherung katapultierte ihn ins Hier und Jetzt.
„Mach schon, oder ich knall das perverse Schwein ab.“
Wahnsinn tropfte aus jeder Silbe.

Er blinzelte, bis er endlich klar sehen konnte. Wie hatte er nur so blöd sein können? Es fiel ihm wie Schuppen von den Augen, wie sehr sie ihn bei seinem letzten Besuch gedrängt hatte, zu trinken.

Die Handschellen klickten zu, und Dean richtete sich auf.

„Setz dich, Arschloch."

Mit unbeteiligter Mimik nahm Dean auf dem freien Sessel Platz.

„Die Arme hinter die Lehne."

Sie lief zu ihm hinüber und zielte auf seinen Kopf. Eines musste er der Schlampe lassen, sie war vorbereitet und hatte sich mit genügend Handschellen eingedeckt.

Triumphierend grinste sie ihn an.

„Deborah, du willst das nicht tun."

Sie drehte sich Miles zu. Tränenspuren hatten das geschickte Make-up der falschen Verletzungen zerstört. Das irre Antlitz einer zutiefst gestörten Frau sah ihn an.

„Sag du mir nicht, was ich will."

Miles bemerkte eine Bewegung im Garten, und es wurde ihm eiskalt.

Sally war, als ob eine eisige Klammer ihr Herz umfasste. Ihr Verstand hatte einige Sekunden benötigt, bis sie begriff, was sie sah.

Die Wahnsinnige fuchtelte mit einer Waffe herum. Viola schlug sich die Hand vor den Mund, um das Wimmern zu unterdrücken. Kim packte sie beide an den Schultern und zog sie hinter den Busch, an dem Giotto platt wie eine Flunder auf dem Boden lag. Violas Gehorsamstraining trug Früchte.

„Wir müssen sie ablenken." Man hörte Viola deutlich an, dass sie fast in Tränen ausbrach.

„Vielleicht sollten wir die Cops rufen?"

„Tu es, Kim, doch wir können nicht auf sie warten. Die Schlampe ist bereit, zuzuschlagen", würgte Sally hervor. „Im Jeep liegt Werkzeug. Ich klingle an der Haustür, und ihr zertrümmert die Terrassentür." Sally sah auf ihre Uhr. „Vier Minuten von jetzt an." Sie überreichte Kim den Schlüssel, froh, dass Miles ihr einen eigenen gegeben hatte. Innerlich erkaltete alles, während sie um das Haus herumlief. Kim sprintete, als ob der Teufel persönlich hinter ihr herrannte.

Sally holte tief Luft, erinnerte sich daran, wie sie es geschafft hatte, bei Séamus ruhig zu bleiben. Sie beruhigte ihre Atmung, entspannte den Körper und drückte langanhaltend auf die Klingel.

Der schrille Ton zerrte ihr an den Nerven. Deborah riss die Tür auf. Sally blickte in die Mündung der Waffe.

Ein unglaublich lautes Geräusch kam aus Richtung Wohnzimmer. Leider war es nicht das ersehnte Klirren. Die Mistkuh besaß einbruchsicheres Glas. Doch es reichte, um sie abzulenken, sodass Sally den Waffenarm zu packen vermochte.

Deborah war weitaus kräftiger als sie aussah, zudem gab der Wahnsinn ihr zusätzliche Stärke. Die Schlange rammte das Knie hoch und traf sie gegen den Oberschenkel. Agonie erfasste den Muskel, doch Sally wusste, wenn sie den Arm losließe, wäre sie tot. Deborah kreischte, und ein Schuss löste sich, der in die Decke einschlug.

Giotto kam knurrend durch die Tür, sprang mit einem Satz auf die Verrückte, während er nach ihr schnappte.

Sally presste sie mit ganzem Körpereinsatz an die Wand, bemerkte entsetzt, dass sie drohte, zu Boden zu gehen, da die Schlampe mehrere Treffer landete, obwohl Giotto sich in ihrer Wade verbissen hatte.

Ein massiver Körper drückte Sally zur Seite. Der Kerl knallte Deborah die Faust ins Gesicht. Sie erschlaffte und der Typ entfernte ihr die Waffe aus der Hand. Viola packte Sally an der Taille, hielt sie mit erstaunlicher Kraft.

Der blonde Typ drehte Deborah grob auf den Bauch, sicherte die Handgelenke mit einem Plastikbinder. Er strahlte Ruhe aus, wirkte, als würde er nicht zum ersten Mal eine Psychopathin fesseln.

Er nahm Viola Sally ab, die drohte, mit ihr zusammen auf den Boden zu sinken. Ein weiterer Maestro, das bewies die Art, in der er sie kritisch musterte.

„Ich bin Timothy. Jedes Mal, wenn ich dich sehe, befindest du dich in Schwierigkeiten." Zärtlich umfasste er ihr Kinn, während er sie an sich drückte, bis sie auf eigenen Beinen stehen konnte. „Sie hat dich ziemlich böse erwischt."

Erneut packte Schwindel sie, sodass Timothy sie auf die Arme hob. Sie verkrampfte nicht den kleinsten Muskel. Das warme Lächeln von ihm zeigte ihr deutlich, dass er es wusste und sich darüber freute.

Eigentlich sollte es sie beunruhigen, dass alle Maestros sie mit Leichtigkeit zu lesen vermochten, stattdessen vermittelte es ihr ein Gefühl der Sicherheit.

Die überschlagenden Stimmen der Sullivans drangen an ihre Ohren. Viola stürmte ins Wohnzimmer.

Timothy legte Sally auf die Couch, und sie versuchte, die Übelkeit niederzukämpfen. Er holte ein paar Schlüssel aus seiner Hosentasche, um die Männer von den Handschellen zu befreien.

Als Miles Sally in die Arme zog, brach sie in Tränen der Erleichterung aus. Viola umklammerte John, während Dean Kim fest an sich drückte, als ob er nie wieder gedachte, sie loszulassen. Sirenen ertönten in der Ferne. Sally wollte nur noch heim.

Die Polizei stürzte ins Haus. Mit geübten Blicken erfassten sie die Lage, deuteten den Sanitätern an, dass sie eintreten durften. Ein junger Rettungsassistent leuchtete ihr mit einer Lampe in die Augen.

Timothy redete mit den Cops. Weil er sie kannte, stimmten sie zu, dass morgen jemand in den *Federzirkel* kommen würde, um die Aussagen aufzunehmen.

Deborah lag bewegungslos auf einer Trage. Timothy hatte sie hart getroffen.

„Du bist eine sehr tapfere kleine Subbie.“ John zog sie in seine herrlichen Arme, nur um sie ernst zu betrachten. „Mir ist beinahe das Herz stehengeblieben, als du mit ihr gekämpft hast.“

Miles zog sie fast mit Gewalt zurück an seinen Körper. „Als der Schuss losging, bin ich fast gestorben.“

Sally presste den Kopf gegen seinen starken Brustkorb. Sein Herz drohte aus seiner Brust zu springen, sie hörte es deutlich. „Giotto hat sie gebissen.“

„Wir fahren nach Hause,“ sagte John in seiner besten Maestrostimme.

Sie lag in Miles Bett, und er presste sanft ein Kühlpad gegen ihre Wange.

„Maestro Miles?“

„Alles, was du willst, Kleines.“

Nach der tödlichen Gefahr schrie nicht nur ihr Bewusstsein danach, das Leben zu umarmen. Ihr Körper verlangte es ebenso. „Bitte liebe mich zärtlich.“

Er sah sie prüfend an, nur um ihr das T-Shirt über den Kopf zu ziehen. Sanft küsste er eine Spur an ihrem Hals entlang, berührte federleicht ihre Schlüsselbeine, schmunzelte, da ihr Bauch unter seinen Zuwendungen bebte.

„Spreiz deine Schenkel für mich, Sally.“ Er brachte sie mit Zunge und Händen viel zu schnell zum Orgasmus, dabei hatte sie es hinausziehen und von seinem Schwanz kommen wollen.

Sie schmeckte sich auf seinen Lippen, als seine Zunge ihren Mund eroberte, er langsam in sie eindrang.

Diesmal ließ er sich Zeit, liebte sie, während er sie mit Küssen bedeckte und höllisch bedächtig an ihren Nippeln saugte.

„Fester, Maestro.“

Das maskuline Lachen vibrierte in ihrem Bewusstsein, bis es sie forttrug.

Miles wirkte unheimlich nervös, als sie durch den Garten liefen. Zu aufgeregt, um eine Session mit ihr durchzuführen. Falls er das im Sinn hätte, würde er sie niemals verunsichern, sondern ruhig neben ihr laufen und sie mit dunklen Blicken in die Subbiewelt treiben. Stattdessen war er in sich gekehrt, und wenn sie es nicht besser wüsste, könnte sie glauben, er verspüre Angst.

Er brachte sie in den Pavillon, der an dem See stand, und legte den Arm um sie. Gemeinsam betrachteten sie die frostüberzogene Natur, die unter Tausenden von Diamanten glitzerte.

Miles räusperte sich, schien derweil nach den richtigen Worten zu suchen. Er schob sie auf Armeslänge von sich und griff in seine Jackentasche. Sie grinsten sich an, in der Erinnerung gefangen, wie sie im *Boiling Rose* reagiert hatte.

„Was hältst du von Doppelhochzeiten?"

Sie öffnete den Mund, um zu antworten. Ein vergebliches Unterfangen, denn ihre Kehle weigerte sich, die Silben freizugeben, die sie sagen wollte.

„Dean und Kim wollen am Tag vor Weihnachten heiraten."

Das hatte sie nicht gewusst.

„Eine kleine Hochzeit mit den engsten Freunden."

Endlich löste sich ein lautes Ja aus ihrem zugeschnürten Hals. Er klappte eine Schatulle auf. Auf dem dunkelroten Samt glitzerte ein Diamant mit dem zugefrorenen See um die Wette.

„Doch zuerst muss die Feder dich schmücken. Wir haben gleich einen Termin im *Stitching Parlour*."

Sie fiel ihm um den Hals und schluchzte ein erneutes Ja in die kalte Luft.

„Maestro, ich habe aber eine riesige Angst vor Nadeln."

Er lächelte sie auf diese verführerische Weise an, die ihr den Boden unter den Füßen wegriss.

„In diesem Fall wirst du von drei Sullivans begleitet. Das sollte die kleine Tattoomaus daran erinnern, dich vorsichtig zu behandeln."

Er lachte dominant, und sie sah ihn verwundert an.

Tattoomaus?

Etwas in ihr horchte auf.

„Jetzt streck deine Hand aus, Sally Hodge."

Auf dem Weg zurück in den *Federzirkel* bewunderte sie ihren Ringfinger, der so viel hübscher aussah mit dem Ring.

Miles' Herzschlag beruhigte sich zögerlich. Noch nie hatte er eine dermaßen intensive Furcht gespürt. Schon der Gedanke, dass Sally ihn abweisen könnte, schmerzte tief.

Quietschende Laute ausstoßend rannte sie davon, während sie lautstark nach den beiden Übeltäterinnen rief.

John und Dean standen breitmaulfroschgrisend in der Küche und schlugen ihm hart auf die Schultern.

„Aua."

Er erntete einen weiteren Schlag, und Johns Augen glitzerten. „Das *Stitching Parlour* erwartet uns, ebenso die Tattoomaus."

Dean trank einen Schluck Tee, und Miles sah förmlich, was in seinem Gehirn vorging.

„Wir sondieren nur die Lage", ermahnte Miles sie.

„Tun wir das nicht immer?" Den unschuldigen Ausdruck auf Deans Gesicht würde ihm selbst eine Heilige nicht abkaufen.

„Wir verfrachten Viola und Kim ins *Dark Pageturner*, um Interventionen im Keim zu unterdrücken."

„Pst, sie kommen." John versteckte sein Antlitz hinter der großen Tasse.

Stolz präsentierte Sally seinen Brüdern den Ring, während sie sie misstrauisch beäugte.

„Sie hecken etwas aus." Um Zustimmung heischend wandte sie sich Viola und Kim zu.

„Wahrscheinlich planen sie eine grausame Session, um uns in die Untergebenheit zu zwingen." Viola lachte frech und wackelte mit den Hüften. „Ich könnte nicht behaupten, dass sie besonders erfolgreich wären."

Kim und Sally zuckten zusammen.

Diese Worte würden sie alle drei zu spüren bekommen, bis sie sich unterordneten, doch bis es so weit war, hatten die Maestros Gelegenheit, ihre Kreativität zu erkunden.

Viola rannte aus der Küche. Nach einem kurzen Blick auf die Maestros taten die beiden anderen Subbies es ihr gleich. In ihrer Hast kollidierten sie fast im Türrahmen miteinander.

Wieso nur hatte sie sich darauf eingelassen? Sie hasste Nadeln. Der bloße Anblick reichte, dass Übelkeit in ihr hochkroch.

Das *Stitching Parlour* blitzte vor Sauberkeit und gewährleistete Privatsphäre. Die *kleine Tattoomaus* sah Sally an. Das hübsche Gesicht strahlte Ruhe aus. Sie wirkte viel zu sanft, um ihr wehzutun. Sie umfasste Sally an den Schultern.

„Ich bin Ginger. Du legst dich am besten hin." Ihre nachtschwarzen Haare wippten in einem hohen Zopf. Der harmlose Ausdruck änderte sich, denn sie funkelte die Sullivan-Brüder an.

Sally legte sich auf die mit einem Handtuch bedeckte Liege, während sie mit den Tränen kämpfte.

Ginger lächelte sie zuversichtlich an, ließ sich offensichtlich nicht von den drei Kerlen beeindrucken, die über ihr aufragten.

Mit ruhigen Bewegungen schob sie Sallys Top nach unten.

„Deine Haut ist ungewöhnlich hell und zart." Sie richtete sich zu ihrer ganzen Größe auf, die bei 1,55 Metern lag. Sie trat in den persönlichen Bereich von Dean und John und stupste ihnen mit den Zeigefingern gegen die Brustkörbe.

„Verzieht euch ein paar Schritte." Die leuchtend blauen Augen fixierten Miles. „Du kannst bleiben, um ihre Hand zu halten."

Auf den Gesichtern der dunklen Brüder lag ein Ausdruck purer Jagdlust. Sie drückten die Wirbelsäulen durch, während die Maestroaura in dem Raum waberte. Ginger bewies Mut.

„Kuscht euch."

Sie grinsten breit. Sally hätte schwören können, dass Ginger etwas von zurückgebliebenen Hulks murmelte.

Sie reichte Sally Kopfhörer. „Setz sie auf und lausche der Musik. Sie ist ruhig; wenn du dich auf sie konzentrierst, verlangsamt sie deinen Herzschlag."

Aufmunternd lächelnd zog sie ein paar chirurgische Handschuhe über.

„Sieh mich an, Kleines." Sie versank in Miles' Augen, bis er ihr Bewusstsein füllte.

Kühle benetzte sie. Dann stach die Nadel ihr in die Haut. Erleichtert atmete sie aus, lauschte den beruhigenden Klängen von Enya. Es war nicht halb so schlimm, wie sie es sich vorgestellt hatte.

„Fertig." Ginger holte einen Spiegel, sodass Sally das filigrane Werk bewundern konnte. „Ich klebe dir ein hautfreundliches Pflaster über das Tattoo. Ihr habt genügend Duschpflaster?"

Nickend überreichte John Ginger einen Umschlag. Ginger beäugte ihn, als ob er ihr einen Knollenblätterpilz zum Verzehr anbot. John sah ihr tief in die Augen, schenkte ihr sein verführerischstes Lächeln, bis Ginger die dunkelrote Versuchung akzeptierte. Die erhitzten Wangen verrieten sie – sie war nicht halb so ruhig, wie sie gern sein wollte.

Sie lächelte Sally an und küsste sie auf Stirn. Die Geste überraschte Sally. „Du warst sehr tapfer, und ich war gespannt dich kennenzulernen."

Aufsässig sah Sally in die Runde. „Du musst mutig sein, wenn du es tagtäglich mit diesen Alpha-Hulks aufnimmst."

Drei Maestros bohrten ihre lasernden Blicke in die kleine Frau, und sie schubste Dean, um an ihm vorbeizukommen.

„Süße Subbie, auf dich wartet bereits der richtige Maestro."

Ginger ignorierte die Bemerkung, doch die zitternden Fingerspitzen verrieten sie, als sie Johns Kreditkarte entgegennahm.

Fragend sah Sally zu Miles, als sie das Studio verließen.

„Die Tattoomaus ist devot und wild. Wir haben mehrere Anfragen von passenden Maestros, die es lieben, eine Devote zu zähmen, die ihre Neigung verleugnet.“ Der Schalk blitzte ihm aus jeder Pore. „Ich habe einen Tisch im *Boiling Rose* reserviert. Kim und Viola warten auf uns.“

John nahm ihre Hand und küsste sie auf die Innenseite des Handgelenks. „Versuch diesmal nicht, dich in eine Ohnmacht zu retten.“ Die dunkle Seite von ihm brach an die Oberfläche. Sie klammerte sich an ihren Maestro. Nie wusste sie, was sie als Nächstes planten. Unsicherheit packte sie, ob es wirklich nur ein harmloses Essen war.

Miles lachte weich, während Dean neben ihnen lief, gleich dem Raubtier, das er war.

George, der Besitzer des *Boiling Rose*, umarmte sie lächelnd und zwinkerte ihr zu. Ob die Maestros ihn eingeweiht hatten? Ihre Wangen entflammten. Heilfroh über die Anwesenheit ihrer Freundinnen, setzte sie sich zu Viola und Kim.

Die Mistkerle ließen ihre Jacken an, griffen gleichzeitig in die Taschen. Dass sie dabei in Lachen ausbrachen, raubte den Kerlen nicht die Dominanz, im Gegenteil, es steigerte sie auf eine unerträgliche Weise. In Sally begann ein Plan zu wachsen, sie konnte es kaum erwarten Viola und Kim davon zu erzählen.

Sie reichten ihnen drei Schatullen, in denen sich Nippelklemmen befanden, die mit kleinen Federn geschmückt waren, in der Farbe ihrer Augen. Stundenlang alberten sie im *Boiling Rose* herum und besprachen die Doppelhochzeit.

„Und ihr wollt wirklich keine große Hochzeit?“, fragte Miles.

Kim und Sally sahen sich lächelnd an, schüttelten einvernehmlich den Kopf. Sally war froh, denn sie besaß keine Freunde außerhalb des *Federzirkels*. Ihre damaligen Bekanntschaften hatten das Weite gesucht, als sie mit Séamus zusammen gewesen war. Nur Kim hatte zu ihr gehalten.

Kim drückte ihre Hand. „Nicht, Sally. Wir haben uns lang genug vorgeworfen, was passiert ist. Viola hat eine Idee, wie wir die Vergangenheit endgültig von uns abschütteln können.“ Ihre Augen blitzten vergnügt. „Eine kleine Zeremonie nach der Trauung.“

Miles legte den Arm um Sally, und sie presste sich dankbar an ihn. „Probierst du die Nippelklemmen nachher an mir aus, Maestro Miles?“

John und Dean schlugen Miles auf die Schultern, so hart, dass er fast von der Bank fiel.

„Du schuldest uns eine Antwort, wie du es geschafft hast, dass sich Sally dermaßen respektvoll zeigt." John warf Viola einen dunklen Blick zu. Sie lächelte süß, die Mimik voller Ungehorsam, und wie sehr ihr Maestro genau das liebte, sah selbst ein Maulwurf.

Kapitel 12

Miles richtete sich ächzend auf, während er John und Dean zunickte. „Das war das letzte Badezimmer im *Secret Dreams*. Kims Eröffnung steht nichts mehr im Weg."

Seine Brüder sahen ebenso müde aus, wie er sich fühlte.

„Ich will nur noch duschen, essen und schlafen", sagte John.

„Ich habe mir Chili con Carne mit Kartoffelbrot gewünscht." Hoffnungsvoll leckte sich Dean über die Lippen. „Sally kann wirklich großartig kochen. Mir läuft bereits das Wasser im Mund zusammen."

„Ich hoffe nur, sie haben nicht irgendwas ausgeheckt. Ich fühle mich zu erschöpft, um darauf zu reagieren." John zog die Brauen hoch. Sie rollten einvernehmlich mit den Augen.

„Manchmal verspüre ich Angst, nach Hause zu kommen", verkündete Dean. „Das dürfen die drei Hobbits aus den Tiefen des Schicksalsbergs niemals erfahren."

„Ich weiß gar nicht, was ihr wollt, Sally benimmt sich mustergültig."

„Ouch." Miles rieb sich die Oberarme, wo ihn die Fäuste getroffen hatten.

„Angeber." John funkelte ihn neidisch an, bevor er sich hinters Lenkrad setzte.

Miles schlief auf dem Weg in den *Federzirkel* fast ein. In Gedanken war er bei Sally, die nachher neben ihm im Bett liegen würde, still und gehorsam, nicht irgendeinen Unsinn ausheckend.

Köstlicher Geruch begrüßte sie, als sie zu Hause ankamen, doch von den Nixen war weit und breit keine Spur zu sehen.

Dean gab der Versuchung nach und hob den Topfdeckel an.

„Jungs, schnelle Dusche, dann treffen wir uns hier."

Heißes Wasser prasselte auf Miles, er sog es auf wie ein Schwamm. Seine Muskeln entspannten sich, zumindest ein wenig. Er warf bequeme Jeans und einen losen Sweater über.

Er traf die Brüder auf dem Weg in die Küche, und man sah ihnen an, wie sehr sie sich auf das Essen freuten. Sie blieben direkt hinter der Tür stehen, als ob sie gegen eine Wand prallten.

Auf Sallys Stirn prangte groß der Aufdruck „schuldig", auf Kims Stirn „noch schuldiger" und auf Violas – was nicht verwunderte – „am schuldigsten".

Sie bemühten sich außerordentlich, einen nonchalanten Anschein zu erwecken. Es misslang gründlich. Er tat es seinen Brüdern gleich, straffte die Schultern und versuchte derweil herauszufinden, was die drei ausgeheckt hatten. Die beste Taktik war, es für den Anfang zu ignorieren.

Sechs dampfende Teller standen auf dem Tisch, und knuspriges Brot lag griffbereit. Miles fühlte sich nah am Verhungern. Er setzte sich gegenüber von Sally. Dean und John rahmten seine kleine Sub wie zwei Säulen ein. Misstrauisch erfasste er, dass Kims Hand zitterte, als sie nach dem Weinglas griff, nur um den Inhalt in einem Schluck hinunterzustürzen. Deans Augenbrauen schossen nach oben, nachdem er sich den ersten Bissen des Chilis in den Mund geschoben hatte.

Miles füllte einen Löffel. Zuerst bemerkte er es nicht, doch nach einigen Sekunden brannte sein Rachenraum lichterloh. Zur Hölle, war das scharf!

„Könnte würziger sein, Sally." Viola nahm die Flasche Tabasco. An seinem Verstand zweifelnd beobachtete er, dass sie sich eine großzügige Menge auf den Teller träufelte, dann das brennende Zeug mit einem verzückten Ausdruck zwischen ihre Lippen schaufelte.

John, dessen Wangen tiefrot angelaufen waren, packte das Brot und stopfte sich ein riesiges Stück in den Mund.

„Stimmt, Viola. Es ist ein wenig mild." Auch Kim würzte nach.

Von Deans Stirn tropften Schweißperlen. Er griff nach der Serviette und tupfte sich über die Haut. Miles unterdrückte das Bedürfnis, zum Wasserhahn zu rennen, um direkt daraus zu trinken. John schaute verlangend zu Giottos Wassernapf. Ungläubig beobachtete Miles, dass auch Sally sich die Flasche schnappte und freigiebig das rote Teufelszeug auf ihrem Teller verteilte.

Was zum Geier?

Sally und Viola fassten nach den Weingläsern, tranken sie zur Hälfte aus, ehe sie – nicht schwitzend – weiteres Chili aßen.

Miles fühlte sich, als ob er gleich verbrennen würde, schob sich zur Linderung fast eine gesamte Brotscheibe in den Mund.

„Kakao?"

Er rannte bereits zum Kühlschrank, als seine schwitzenden, rot angelaufenen Brüder nickten. Sie rissen ihm die Packungen aus den Händen, noch bevor er den Tisch erreichte.

Die Hobbits pressten die Lippen aufeinander, in dem Versuch, nicht zu kichern. John schnappte sich die Tabascoflasche. Ein Tropfen landete auf seinem Finger, den er vorsichtig ableckte. Miles verhinderte, dass Viola und Kim aufsprangen, während Dean Sally in Schach hielt. Betont langsam probierte John einen Löffel von Violas Chili, und er schüttelte den Kopf.

„In der Flasche befindet sich Tomatensaft, und Violas Chili ist normal gewürzt."

Erbleichende Subbies versuchten, mit den Sitzflächen zu verschmelzen. Das hatte Viola ja schön ausgeheckt, und sie alle würde eine Bestrafung erhalten, ausgeführt durch drei Maestros.

„Wer von euch hatte diese Idee?" John nutzte die Stimme, die mehr einem eisigen Hauch entsprach.

Zu Miles' Entsetzen zeigten sie auf Sally. Ein Blick in ihr Gesicht bestätigte ihm, dass es wahr war, denn schuldiger konnte eine Schiava nicht aussehen.

Die Erschöpfung fiel von ihm, wurde von Gier ersetzt. Dean holte Handgelenksmanschetten, fesselte die drei nackt aneinander und verbannte sie in die Ecke. Dann nahmen sich die Männer neue Portionen und aßen in Ruhe zu Ende, während sie von den neuen Projekten redeten, die im nächsten Jahr auf sie warteten, und die Nervosität der Übeltäterinnen sichtlich zunahm. Die Brüder leckten sich ein letztes Mal über die Lippen, erst dann schenkten sie den Schiavas ihre Aufmerksamkeit.

Sally zitterte ebenso wie Viola und Kim. Die Maestros hatten die Manschetten hinter ihren Rücken miteinander verbunden. Sally fragte sich, welcher Teufel sie geritten hatte. Wieso nur war sie auf diese blöde Idee gekommen?

Miles hatte sie mit einem Ausdruck angesehen, der ihr neu war und ihr Höschen wäre nass, falls sie eines tragen würde.

„Ich halte das nicht mehr aus", flüsterte Viola. John sah zu ihnen und Sally wäre zu Boden gesunken, wenn sie nur gekonnt hätte.

„Kommt her."

Oh Gott. Miles nutzte diesen Tonfall, der ihr jedes Mal Frostkäfer mit Stilettoabsätzen über die Wirbelsäule jagte. Sally, die mit dem Gesicht zu den Maestros stand, setzte vorsichtig einen Schritt nach vorn. Beinahe stolperte sie, doch John und Dean stützten sie, beide beunruhigend belustigt aussehend.

Miles löste die Manschetten, deutete an, dass sie sich hinknien sollten. Der kalte Fliesenboden drückte ihr unangenehm gegen die Knie, dennoch hielt sie ergeben den Kopf gesenkt.

Sie war zu weit gegangen, und jetzt würde Miles sie hart bestrafen, vielleicht sogar die Peitsche benutzen.

Und war das nicht deine Absicht, wollte die dunkle Stimme, die aus ihrem Innersten kam, wissen. Obendrein benetzte Nässe ihre Pussy, bildete ein unleugbares Gemisch mit den verräterisch pochenden Nippeln. Ihr Körper zeigte ihr klar, dass er sich ein hartes Durchgreifen von Miles herbeisehnte.

Die Maestros umrundeten sie, betrachteten sie, und sie hörte das schnellte Atmen der Mittäterinnen. Je länger die Maestros schwiegen, desto schlimmer gestaltete sich die sexuelle Spannung, die mit Angst durchzogen war. Sie zuckten einvernehmlich zusammen, als Dean mit einer Gerte an ihren Rücken entlangstrich. Sally befürchtete, er würde sie alle drei damit schlagen.

Er tat es jedoch nicht. Stattdessen zog John seinen Gürtel aus den Jeansschlaufen. Zu den Frostkäfern gesellte sich ein Trupp Feuerameisen mit stahlbeschlagenen Stiefeln.

Das Geräusch einer Peitsche surrte durch die Luft. Sally musste ihren ganzen Willen aufbieten, um nicht zu schreien.

„Wir gewähren euch zwei Minuten, um ein Versteck im Haus zu finden. Dann suchen wir euch, packen euch und verwandeln eure Ärsche in ein Meer des Schmerzes." Ein weiches Lachen folgte Johns Worten. „Wagt nicht, den *Federzirkel* zu verlassen. Setzt ihr auch nur die Nasenspitze nach draußen, laden wir die gesamten Mitglieder des *Federzirkels* ein und verlosen eine öffentliche Bestrafung."

Viola nahm einen rasselnden Atemzug, und Sally betete, dass sie ihre Klappe hielt. Sie steckten bereits tief genug in den Netzen der Maestros. Um genau zu sein, steckten sie hüfttief in der Scheiße. Sally hatte keine Ahnung, ob John die Drohung ernst meinte. Sie verfügte nicht über ausreichend Mut, es herauszufinden.

„Lauft, Schiavas." Miles' Stimme donnerte durch die Küche.

Sie verloren wertvolle Sekunden, um überhaupt auf die Beine zu kommen. Sally rannte blindlings in die erste Etage und riss die nächstbeste Tür zu einem Badezimmer auf. Sie kletterte in die Badewanne, zuckte zusammen, als die eiskalte Oberfläche auf ihre nackte Haut traf. Sie lag platt wie eine Flunder, sehr dankbar, dass die Wanne groß war und sie klein.

Schwere Schritte liefen an der Tür vorbei. Sie hielt den Atem an, biss sich sogar auf die Handfläche. Erleichtert atmete sie aus, als die Schritte verklangen.

Sollte sie liegen bleiben oder sich ein besseres Versteck suchen? Sie wollte sich gerade aufrichten, als sie hörte, dass die Türklinke langsam nach unten gedrückt wurde.

Oh Gott, einer der Maestros hatte sie aufgespürt. Die Tür öffnete sich leise. Sie presste die Lider aufeinander.

Was, falls es nicht Miles war? Wenn ausgerechnet John sie gefunden hatte?

Die Tür fiel mit einem endgültig klingenden Geräusch ins Schloss. Sie hoffte irrsinnigerweise, dass der Maestro nicht ahnte, dass das zitternde Opfer in der Wanne lag.

Als er sich nicht bewegte, wusste sie, dass ihre Chancen gegen null tendierten, dennoch verharrte sie unbeweglich. Ihr Atmen klang wie das eines Sauriers, der kurz vor dem Aussterben stand. Sie erstarrte. Sally hörte ihn nicht, doch sie spürte, dass er Richtung Badewanne lief, ein Raubtierschritt nach dem anderen. Es konnte nur John sein. Kalte und heiße Schauder rasten ihr über den Körper.

Erneut verweilte der Maestro, und Sally ertrug es nicht länger. Laut schnappte sie nach Luft.

Das leise Lachen von Miles drang ihr an die Ohren. Sein Schatten fiel auf sie, er fixierte sie mit den grünen Augen des Maestros.

Grundgütiger!

Seine Mundwinkel zuckten, während er die Arme vor der Brust verschränkte.

War er schon immer so groß gewesen? Hatte er schon immer so bedrohlich gewirkt?

Sie traute sich nicht, sich zu bewegen. Sadistisch lächelnd ließ er sie zappeln, sich winden, bis die Worte aus ihrem Mund kamen.

„Bitte bestrafe mich, Maestro Miles." Musste ihre Stimme dermaßen dünn klingen? „Ich verdiene es."

„Das tust du."

Er beäugte den Badewannenrand, sodass sie die Wahl des Versteckes verfluchte. Wieso hatte sie sich nicht unter einem Bett versteckt? Sie verwettete ihren Arsch darauf, dass Viola gemütlich auf einem weichen Kissen lag, während John ihr den prallen Popo spankte.

Miles' Grinsen verbreiterte sich, entdeckte er doch die hölzerne Rückenbürste. „Leg dich über den Rand, Schiava. Stütz dich gut mit den Händen ab." Er machte eine Pause, beobachtete, wie sie ungelenk aus der Wanne kletterte. „Du wirst es nötig haben."

Für einen Sekundenbruchteil spielte sie mit dem Gedanken, eines ihrer Worte zu nutzen. Natürlich wäre das feige, denn bis jetzt mutete er ihr nicht zu viel zu. Sie war sich sicher, wenn sie es in diesem Moment sagte, würde er die Strafe verdoppeln, weil sie den Sicherungsanker missbrauchte.

Ihr Körper reagierte mit köstlicher Angst, einer Furcht, die sie belebte, nicht paralysierte. Er trat einen Schritt zurück, und sie positionierte sich über den Rand, presste die Handflächen auf den Boden der Wanne.

Mit einem triumphierenden Schnauben packte er die Holzbürste mit dem langen Stil. „Normalerweise mag ich es, meine Sub auf einer bequemen Unterlage zu bestrafen. Durch deine Handlungen hast du dir diese Maßnahme verwirkt. Du stimmst mir doch zu?"

Sie seufzte tief. „Ja, Maestro Miles."

„Du bleibst still liegen, egal, wie schlimm der Schmerz dich trifft. Solltest du ausweichen, fange ich von vorn an." Er küsste sie auf die Rundung. „Ich gebe dir die Erlaubnis zu schreien." Miles zog ihr die Pobacken auseinander. „Ich erwarte sogar, dass du schreist. Halte es nicht zurück, Schiava." Ein bedrohlicher Laut kroch ihm aus der Kehle. „Wage ja nicht den Versuch, dich mental zurückzuziehen." Er presste die Hand auf ihre Lendenwirbel. „Du verweilst hier bei mir. Etwas anderes lasse ich nicht zu."

Ein scharfer Schlag seiner Handfläche zischte ihr auf den Po. „Die leiseste Andeutung zieht eine gnadenlosere Strafe nach sich. Und du weißt, es muss nicht unbedingt Schmerz sein, um dich aus deiner sicheren Zone zu katapultieren."

Agonie erfasste ihre rechte Backe, weil ein erneuter mitleidloser Hieb sie erwischte.

„Verstehen wir uns, Schiava?"

„Ja, Maestro Miles."

Die nächste Pein, die sie küsste, war nicht seine Hand, sondern die Bürste. Die Oberfläche traf mit gleichmäßiger Härte auf ihren Po, bis sie wimmerte. Er lachte gemein und reagierte darauf mit steigender Intensität. Ein unvorstellbares Glühen breitete sich auf ihrem Hintern aus, und selbst wenn sie gewollt hätte, hätten sich die Schreie nicht zurückhalten lassen. Laut und unverfälscht schrie sie die Qual in den Raum. Sie blieb die ganze Zeit bei ihm, weil sie ihn liebte, ihm vertraute, ihr Geschlecht vor Gier pulsierte.

Sie konnte nicht mehr stillhalten.

In diesem Moment ließ er von ihr ab. „Rühr dich nicht."

Miles rieb mit den Handflächen über die geschundene Haut.

„So unendlich heiß und glühend rot."

Er packte in ihre Haare. „Versuch noch einmal, meinen Berührungen auszuweichen, und du bereust es bitterlich."

Tränen liefen ihr ungehindert die Wangen entlang, denn er setzte sein Werk fort. Das Glühen stoppte nicht, ebbte nicht ab. Er erlaubte es nicht.

Endlich hörte die Tortur auf. Er ging zu dem Sideboard, und sie ahnte, was jetzt kommen würde. Es kostete sie die ganze Willenskraft, nicht den Versuch einer Flucht zu starten. Wo sollte sie auch hin?

Tröpfchenweise traf Kühle auf ihre Haut, nur um sich in erneutes Feuer zu verwandeln, schlimmer als vorher. Das dunkle Lachen des Maestros vibrierte gegen sie, weil er es genoss, ihr die Salbe in den vor Agonie fast schreienden Po zu massieren. Sie hatte seinen Sadismus mit voller Absicht gereizt, erhielt nun die Belohnung. Jede Zelle in ihrem Körper war wach und surrte durch ihren Leib, er stellte es sicher.

Er fasste zwischen ihre Schenkel, spreizte die Schamlippen, tauchte mit einem Finger in ihr gieriges Geschlecht. „Verflucht, Sally, du bist klatschnass. Auf die Knie mit dir."

„Maestro“, flüsterte sie, „ich schaffe es nicht allein.“ Die starken, geübten Hände, die sie so liebte, die sie vor wenigen Sekunden gehasst hatte, halfen ihr auf die Füße. Ein leises Lächeln schlich sich auf ihr Gesicht, weil er ein gefaltetes Handtuch auf den Boden gelegt hatte.

„Danke, Maestro.“

Sie hielt sich an ihm fest, als sie sich hinkniete, während der warme Glanz in seinen Augen ihr Bewusstsein erfasste.

„Zieh den Reißverschluss runter, befreie meinen Schwanz, und nimm ihn in den Mund.“ Er umfasste ihre Wangen, musterte sie, während er mit den Daumen die Tränen schrecklich sanft fortwischte und ihr zärtlich über die Lippen streichelte.

„Deine Emotionen gehören mir.“

Der wunderschöne Penis lockte sie, und sie öffnete begierig den Mund, um leicht an der Spitze zu saugen. Miles packte ihr in die Haare, übernahm gnadenlos die Kontrolle.

Tief drang die Härte in ihre Kehle, und er verharrte einen Moment, sodass sie ruhiger atmen konnte. Langsam bewegte er den Phallus vor und zurück, kostete das Gefühl aus. Sally fasste nach seinem Po, spürte die festen Muskeln unter den Handflächen. Er besaß einen großartigen Arsch, gestählt durch körperliche Arbeit.

Er warf den Kopf in den Nacken, benutzte sie, wie er es wollte. Ein lang gezogenes Stöhnen kündigte seinen Orgasmus an, und der Griff in ihrem Haar war schmerzhaft, erinnerte sie daran, dass sie ihm gehörte.

Laut keuchend spritzte er ihr seine Lust in den Mund, und Sally blieb nichts anderes übrig als zu schlucken. Ein letztes Keuchen, bevor er verharrte, während er ihr Gesicht gegen seinen Schritt presste.

Liebevoll streichelte er ihr über die Schultern. Miles zog sie auf die Füße, schenkte ihr kostbare Zeit und gewährte ihr die Sicherheit seiner Umarmung.

„Maestro John und Maestro Dean möchten deinen Arsch inspizieren, überprüfen, ob die Bestrafung reicht.“

Sie würgte die Worte des Protestes hinunter, sah stattdessen ergeben zu Boden.

„Maestro Miles?“

„Sprich, Schiava.“

„Ich habe noch ein Himbeercrumble mit Vanillesoße zubereitet. Meinst du, ich kann sie damit bestechen?“

Miles’ herrliches Lachen schallte durch das Badezimmer.

Zufrieden grinsend begutachteten sie ihr Werk. Die leuchtend roten Popos reckten sich ihnen entgegen. Als Miles Viola und Kim anfasste, zuckten sie vor der leichten Berührung zurück. Kein Wunder, die Haut war heiß. Die drei Schiavas würden eine Woche lang jedes Mal an die heutige Tat zurückdenken, wenn sie sich hinsetzten oder ihre Hosen über das Fleisch strichen.

„Was hast du benutzt?", fragte John. Er legte seine Handfläche auf Sallys Arsch, die wunderbar aufwimmerte.

„Rückenbürste."

Seine Brüder klopften ihm auf den Rücken.

„Und du?" Miles betrachtete die Abdrücke auf Violas Hintern.

„Einen Bratpfannenwender und meinen Gürtel." John klapste auf den Po seiner Frau und entlockte ihr ein klägliches Jammern.

Sie richteten ihre Aufmerksamkeit auf Kim.

„Nasses Handtuch." Dean zog die Pobacken von Kim auseinander und führte einen Finger ein, bespielte sie, während er weiterredete. „Sie hat noch keinen Orgasmus erlangt, so wie wir es besprochen haben."

Miles fasste unter Sallys Becken und legte den Daumen auf ihre Klitoris. „Diese kleine Sub ist höchst erregt."

Viola stöhnte auf, als John ihr ohne Umschweife einen Vibrator in die Pussy schob. „Wer von euch zuerst unerlaubt kommt, erhält zehn Schläge mit dem Gürtel."

Sie lächelten breit. Das würden sie nicht tun, jedoch schadete es nicht, sie ein wenig mehr zu quälen.

Die Subbies kämpften, versuchten mit allen Mitteln, einem Höhepunkt zu entkommen – ein zweckloses Unterfangen, ihre Bemühungen von Anfang an zum Scheitern verurteilt. Gekonnt hielten die Brüder die Erregung der Schiavas auf der Spitze, entlockten ihnen geschickt gleichzeitig die Orgasmen, waren sie doch hilflos den Reizen von Analplugs und Vibratoren ausgesetzt.

Die Nixen erbleichten, als sie sie umdrehten.

Er liebte das.

„Himbeercrumble", stammelte Sally mit Tränen in den Augen. Viola wirkte, als ob sie lieber ein Lagerfeuer mit dem Gesicht löschen würde, als einen einzigen Schlag auf ihrem Po zu ertragen. Kim fiel auf die Knie, umschlang sogar Deans Beine.

Genüsslich aßen sie das heiße Crumble mit der eiskalten Vanillesoße und fütterten ihre unglücklich aussehenden Subbies, die mit dem Bauch nach unten auf dem Tisch lagen, mit der Leckerei. In unregelmäßigen Abständen entlockten sie ihnen ein Wimmern, wenn sie über die glühenden Popos rieben.

Es war verdammt gut, ein Maestro zu sein.

Sie kosteten es noch weiter aus, indem John seinen Gürtel aus der Hose zog und fies lächelnd hinter die Nixen trat. Sie hielten die Luft an, schlossen ergeben die Lider.

Aber alles, was sie traf, waren weiche Lippen, die sie auf den wunderschönen Rundungen berührten.

Gemeinsam brachen sie in Tränen aus. Miles fragte sich, wie lange die Reue anhalten würde.

Er hob Sally auf die Arme, um sie ins Bett zu tragen. Völlig fertig lag sie auf der Seite und schlummerte auf der Stelle ein.

Miles sah sie vorwurfsvoll an. Wusste sie eigentlich nicht, wie anstrengend es war, eine harte Bestrafung durchzuführen? Er gähnte, presste sich an ihre heiße Rückseite und schlief wie ein Stein.

Kim sah hinreißend aus in dem saphirblauen Kleid. Oben lag es eng an. Das glänzende Material umschmeichelte den schlanken, biegsamen Körper und hörte eine Handbreit über den Knien auf.

Kim legte die Hände unter ihren Busen, um ihn zurechtzurücken. Nicht, dass es nötig gewesen wäre, der BH betonte die Formen perfekt.

Kim lachte hell, strahlte mit Viola um die Wette.

„Sally, Süße, du siehst bezaubernd aus. Lila ist wirklich deine Farbe. Und das Mieder …“ Entzückt betrachtete Viola das Werk ihrer Bemühungen. „Deine Brüste wirken doppelt so groß. Miles werden die Augen aus dem Kopf fallen.“

Sally begutachtete sich im Spiegel, drehte sich von einer Seite zur anderen. „Ich sehe toll aus.“ Ihr Gesicht erhitzte sich bei diesen Worten.

„Das tust du. Einer Braut ist es erlaubt, es zuzugeben. Ja sogar, es laut hinauszubrüllen.“

Viola hatte Sallys Haare in einer Hochsteckfrisur drapiert, und einzelne Strähnen umrahmten ihre Wangen. Kims rot schillernde Pracht umspielte offen das schöne Antlitz.

Viola blickte unglücklich auf das Spiegelbild, mal wieder uneins mit ihren Kurven. Sally rollte mit den Augen.

„Weißt du, Viola, ich würde Miles‘ Chili erneut präparieren, wenn ich deine Brüste sowie deinen Arsch haben könnte.“

Viola trug ein enges grünes Jerseykleid, wirkte gleich einer Verführung auf zwei Beinen. „Wirklich?“

„Noch ein Wort und ich petze es John.“ Sally lächelte sie zuckersüß an.

„Das würdest du nicht.“

„Oh doch, Honey. Er hat keine Bedenken, dich im *Federzirkel* auszustellen, mit deinen Rundungen anzugeben, während dir irgendein Maestro den Popo versohlt.“

Schockiert sah Viola sie an. Kim warf Sally einen kalkulierenden Blick zu. Sie brachen in albernes Gelächter aus, als sie die Stiefel anzogen.

„Es schneit wie verrückt." Sally beobachtete die Flocken, die zart zu Boden schwebten, dabei den Garten in eine Traumlandschaft verwandelten. Giotto stürmte herein, präsentierte stolz die große grüne Schleife, die seinen Hals zierte.

„Manchmal glaube ich, er versteht jedes Wort." Viola streichelte ihm zärtlich über den Kopf und rubbelte seine Ohren, was er offensichtlich liebte.

„Ladys, seid ihr soweit?" Sally blieb die Sprache weg, als sie John erblickte. Der schwarze Smoking unterstrich nicht nur den starken Körper, sondern auch die irischen Wurzeln auf eine atemberaubende Weise. Das dunkelrote Hemd passte perfekt. Dean kam grinsend um die Ecke, im Schlepptau Miles. Beide trugen schwarze Smokings und weiße Hemden.

Viola schluchzte auf, nur das Make-up hinderte sie daran, ihr Gesicht gegen Johns Brustkorb zu pressen, um jetzt schon loszuheulen.

„Welch wunderschöner Anblick, Cara." Miles küsste sie zart auf die Nasenspitze. Endlich erlangte sie ihre Stimme wieder.

„Du siehst zu sexy aus, um wahr zu sein." Sie legte die Hände auf seinen Po und kniff leicht in die strammen Backen. „Wie ein Frauentraum."

Draußen ertönte eine Hupe. Sie hüllten sich in warme Mäntel. Aufgrund der Witterung holte Ricardo sie mit einem großen Jeep ab.

Leider konnte Hank Sullivan nicht an der Trauung teilnehmen, jedoch planten sie einen gemeinsamen Urlaub in Australien im nächsten Jahr. Sally freute sich darauf, den Mann kennenzulernen, der solch fantastischen Söhne großgezogen hatte.

Ricardo brauchte sich nicht hinter den Sullivans zu verstecken. Sally sah förmlich vor sich, wie einer seiner römischen Vorfahren mit einem Gladius bewaffnet seine Gegner zur Strecke brachte, nur um sich anschließend mit Sklavinnen zu vergnügen, die sich ihm allzu bereitwillig hingaben. Ob er der Maestro war, den John für Ginger ausgesucht hatte?

Giotto hechelte ihnen den ganzen Weg in den Nacken, während er verwundert die weiße Welt betrachtete, denn es war sein erster Schnee.

Die Zeremonie fand in einem kleinen Schloss statt und der Beamte erwartete sie bereits.

Aiden.

Sowohl Sally als auch Viola und Kim schnappten nach Luft. Er war ein Mitglied im *Federzirkel*. Kein Angestellter der Krone sollte so sexy aussehen. Er hatte sie nackt gesehen, seine Fingerspitzen hatten ihre Nippel gezwirbelt.

Göttin, hilf mir!

Er trug die dunklen mit Silber durchsetzten Haare kinnlang, seine grünbraunen Augen funkelten vergnügt.

Ein sadistischer Kerl, der die Trauung durchführte. Sally kicherte bei der Vorstellung, ob er sie übers Knie legen würde, wenn sie Nein sagte.

„Er würde", flüsterte Miles so laut in ihr Ohr, dass jeder es hörte.

Aiden musterte sie kalkulierend, während er sich die Lippen leckte.

Mistkerl.

Zum Teufel damit. Viola zuckte mit den Achseln. „Sie wissen alles."

Vielleicht sollte sie es sich anders überlegen? Aber an ihrem Hochzeitstag von dem Standesbeamten ein Spanking zu erhalten, das war ein wenig zu viel.

Brav beantwortete sie die Frage mit Ja. Miles besiegelte die Verbindung mit einem Kuss, der ihr den Atem raubte.

Aiden funkelte sie amüsiert an. „Das war der offizielle Teil. Wir sind jedoch noch nicht fertig. Viola, Kim." Aiden deutete zu seinen Füßen.

Sie verharrten erstarrt, doch Aidens Ausdruck änderte sich in den des Maestros. Zudem spürte sie die Sullivans in ihrem Rücken. Sally sank auf die Knie, eingerahmt von Viola und Kim.

„Ihr schwört, dass ihr den Maestros gehorcht, sie weiterhin kreativ reizt, das Safeword mit Respekt benutzt und eure süßen Popos in die Luft streckt, wann immer sie es verlangen."

Das meinte er nicht ernst!

Die starken Hände, die ihre Schultern umfassten, erinnerten sie daran, wem sie gerade das Jawort gegeben hatte.

Sie sah förmlich vor sich, wie die drei grinsend hinter ihnen standen, äußerst zufrieden mit ihrem Plan.

Aiden besaß wenigstens den Anstand, sich zu räuspern.

„Dann tut es jetzt. Empfangt die Bindungsschläge." Seine Mimik war die des Maestros. „Ich hoffe für euch, dass ihr keine Höschen tragt."

Weder sie noch Kim und Viola rührten sich.

Aiden trat so dicht an sie heran, dass sie nur die glänzenden Schuhe sehen konnten. „Ich sage es nicht erneut freundlich, erwäge durchaus den Einsatz des Rohrstocks."

Hilfe suchend musterte sie das Fischgrätparkett. Viola schloss mit einem Schnappen den Mund. Kim holte tief Luft, hob den Kopf in den Nacken, nur um wie Silk zu schnauben.

Alles in ihr sträubte sich, der Anordnung Folge zu leisten, dennoch wollte sie gerade die Hände auf den Boden stützen, als die fiesen Teufel in lautes Lachen ausbrachen.

Miles zog sie auf die Füße, hielt ihre Handgelenke mühelos fest, als sie ansetzte, ihn an den Oberarm zu boxen.

„Mrs. Sullivan, benimm dich!“ Der Schalk stand ihm ins Gesicht geschrieben und er küsste sie innig.

John entriss sie ihm. „Herzlich willkommen in der Familie, Mrs. Sullivan.“ Er drückte sie an sich und küsste sie nicht gerade brüderlich auf den Mund. „Immer noch so schüchtern?“

Sie fand sich in Deans Armen wieder. Was hatte sie nur getan? Sie besaß nicht nur einen Maestro, sondern gleich drei.

Wenigstens Aidens Kuss war züchtig, doch er zwinkerte ihr zu. „Ich freue mich, kleine Sally. Bei der nächsten Jagd gebe ich mir besondere Mühe, dich zu fangen. Denn dieser wütende Ausdruck, den du vorhin auf deinem Gesicht hattest, lässt die Amazone erkennen, die in dir steckt.“

Oh Gott.

Lachend gratulierte Ricardo ihnen, küsste anschließend Kim, bis sie leuchtend rot glühte.

Endlich lag Sally sicher in Miles Armen, und er umfasste ihren Po. „Du trägst gar kein Höschen, Mrs. Sullivan. Das ist sehr sehr lüstern.“

Den gesamten Weg kicherten sie, bis sie den *Federzirkel* erreichten.

„Umziehen, Subbies. Wir treffen uns auf der Terrasse, testen aus, wie gut ihr euch in einer Schneeballschlacht bewährt.“ John wackelte mit den Augenbrauen und trug seine Frau über die Schwelle, die ihn kichernd neckte, umrundet von Giotto, der seiner Freude bellend Ausdruck verlieh.

Dean trug Kim hinein, die gleichzeitig lachte und weinte, ihr Gesicht gegen sein ehemals weißes Hemd presste. Die Cousine, die ihre Emotionen verbarg, existierte nicht mehr.

Miles’ Lächeln trieb Sally die Freudentränen in die Augen, und sie sprang auf seine Arme.

„Nachher, Mrs. Sullivan, ficke ich dich, bis du nicht mehr laufen kannst.“

„Wieso erst nachher?“ Hitze erfasste ihre Wangen. „Die Szene nach der Trauung hat mich angetörnt.“

Miles setzte einen Schritt aus.

„Ich wünsche mir, dass Aiden mir den Arsch mit einem Rohrstock versohlt hätte, während du uns zusahst.“

„Noch ein Wort, Sally, dann werfe ich dich auf die nächstbeste Sessellehne, um mein Recht als Ehemann und Maestro einzufordern.“

„Aiden sieht sexy aus, wirkt zudem äußerst kompetent.“

Sie leckte sich über die Lippen. „Ich bin mir sicher …“

Miles warf sie mit dem Bauch nach unten auf die Lehne des Sessels im Wohnzimmer, schob ihr das Kleid nach oben und drang mit einem Stoß in sie ein.

„Sally, du bist ungehörig nass und geil."

„So wie du es verlangst, Maestro." Er packte ihre Hüften und fickte sie hart. „Deinen Orgasmus heben wir uns für später auf, Nixe. Er wird einer von vielen sein."

Miles hielt sie am Rande des Höhepunkts, reizte sie, bis sie einen Wimpernschlag von der Erfüllung entfernt war, nur um die Fingerkuppen zurückzuziehen.

„Bitte, Mr. Sullivan."

Er beugte sich nach vorn, schob ihr die himmlischen Hände unter das Kleid, umfasste ihre Brüste, zupfte an den Nippeln, bis sie pulsierten.

„Kein BH, du geiles Luder."

Er rieb die zarten Spitzen, bis er ihr ein lautes Wimmern entlockte. Sie stützte sich auf der Sitzfläche ab und empfing die tiefen Stöße, fühlte sich herrlich benutzt.

„Bitte, Maestro." Sie hielt das nicht mehr aus.

„Mhmmmm. Es kostet dich etwas, wenn ich dich jetzt schon kommen lasse." Pures Amüsement, gepaart mit einer dunklen Lust, tränkte seine Stimme.

„Ich tue alles, mein Maestro."

Sie schluchzte fast erleichtert auf, als er den Daumen auf ihre Klitoris legte, mit festen kreisenden Bewegungen den Orgasmus forderte und sich keuchend in ihr entlud.

Schwer atmend verharrte er hinter ihr. „Du hast meine ganzen Pläne durcheinandergebracht. Ich liebe es."

Sanft drehte er sie herum und stützte sich auf die Lehnen des Sessels.

„Ein wenig ausgelaugt, Maestro?"

Er beugte sich vor, die Miene ein einziges Versprechen.

„Du wirst dich nachher um einiges erschöpfter fühlen."

Das Funkeln in den Augen, die Körperhaltung und die Art, wie er sie überragte, ließen sie schon jetzt fast auf den Boden sinken.

„Kleines Biest." Er zog ihr das Kleid nach unten und trug sie den restlichen Weg in das gemeinsame Schlafzimmer.

Miles zog den Reißverschluss ihrer gefütterten Jacke zu und stülpte ihr eine Fleecemütze über den Kopf. Sie schubste ihn, sodass er auf das Bett fiel.

„Dein Arsch gehört mir." Das Herz klopfte ihr bis zum Hals, während sie kichernd davonspurtete.

Miles nahm langsam die Verfolgung auf. Sie lief direkt in Johns Arme.

„Du siehst aus, als wenn dir Miles noch tüchtig den Po versohlen müsste." Er grinste breit. „Vielleicht lässt er mich zusehen." Das gefährliche Grinsen erfasste ihren gesamten Körper. Der Schuft wusste es. „Jetzt lauf, Schiava."

Kim und Viola erwarteten sie gackernd auf der Terrasse. Sie suchten hinter einen Gartenbambus Deckung. Sally hielt ihr Gesicht nach oben, um ein paar Flocken mit der Zunge aufzufangen.

„Konzentriere dich, Sally. Sie kommen." Viola füllte ihre Hände mit Schnee und formte ein Geschoss.

Lachend und kreischend lieferten sie sich eine sehr ungleiche Schlacht. Viola, die Killerin, traf jedes Mal. Kim und Sally zielten fast immer daneben.

Trotz ihrer Bemühungen kamen die Maestros näher, mit einem Ausdruck, der Sallys Atem beschleunigte und obendrein den Wunsch in ihr erweckte, sich auf den Rücken zu werfen und um Gnade zu flehen.

Ihr nächster Ball traf Miles mitten ins Gesicht. Sally gab die Stellung auf, rannte so schnell sie ihre Beine trugen.

Miles packte sie, warf sie in den weichen Schnee, um sie leidenschaftlich zu küssen. Sie wehrte sich, doch er hielt mühelos ihre Handgelenke umfasst.

Sie hörte Viola aus voller Kehle kreischen, Kim lachen und Dean fluchen.

„Kim hat mir einen Schneeball in den Kragen gestopft. Bleib sofort stehen!"

Kim dachte anscheinend nicht daran. Dean setzte ihr nach.

Viola sah ungewohnt ernst aus, als sie in den Garten zurückkehrte, dabei eine Tasche umklammerte. John hatte ein Feuer auf der Terrasse entfacht. Sie wärmten sich auf.

„Wir sollten uns endgültig von der Vergangenheit lösen." Viola griff in den Beutel und drückte Sally eine Strohpuppe in die Hand. „Das ist Séamus." Sie holte eine weitere Puppe heraus. „Das Arschloch, das dir die Kindheit raubte."

Miles nahm die Puppe.

„Deine Großmutter, Kim." Sie lächelte traurig. „Und für mich Parker Cormit."

Viola zitterte am ganzen Körper, dann atmete sie entschlossen, zog mit einem sadistischen Ausdruck hölzerne Zahnstocher aus der Jackentasche, stach sie in die Augen und den Schritt von Parker.

„Auf drei."

Gemeinsam warfen sie die Schrecken ins Feuer, betrachteten schweigend, wie sie sich in Asche auflösten. Es hatte etwas unglaublich Befriedigendes. Der letzte Hauch von Séamus löste sich von Sally.

Lachend lagen sie vor dem Kamin und aßen die Leckereien, die Ricardo morgens vorbeigebracht hatte.

Miles steckte ihr ein Stück Hühnchen in den Mund, während sie verlangend zu den Weintrauben sah. Er pustete in die schwarzen Federn, die den Ausschnitt des knapp oberschenkellangen grünen Hemdchens zierten. Lächelnd schob er ihr einen der dünnen Träger von der Schulter.

„Solch empfindsame Haut." Zärtlich küsste er ihre Schlüsselbeine. Sie wünschte sich, sie könnte ihre Hände unter sein Hemd schieben oder besser noch, es ihm vom Leib reißen.

Jedoch war es verboten.

„Du bist heute äußerst ungeduldig." Er testete ihre Geduld, indem er ihre Brüste entblößte, um hart an einem der gierigen Nippel zu saugen.

„Hände!"

Brummelnd streckte sie die Arme über den Kopf, verschränkte widerwillig die Finger ineinander. Er lachte maskulin, nur um sich ausgiebig der zweiten Brustwarze zu widmen.

„Sehr hübsch und gut durchblutet."

Ihr Körper prickelte verlangend, sodass sie entnervt die Augen schloss. Nicht in Fesseln zu liegen, erforderte viel mehr Kontrolle. Miles fasste zwischen ihre Schenkel und legte ihr die Handfläche auf den Venushügel. Sie drängte ihm das Becken entgegen, doch er ließ sich nicht darauf ein. Stattdessen hielt er die Hand still und biss ihr in den Nippel.

„Weil heute Weihnachten ist, hast du Wünsche frei. Was kann ich für dich tun, Subbie?"

„Bitte die Nippelklemmen, Maestro."

Bevor er sie anbrachte, zwirbelte er die pochenden Spitzen, bis sie wimmerte. Der Schmerz verwandelte sich in verlockende Qual, als er die Feststellschrauben genau richtig justierte. Er zog ihr das Hemdchen vom Leib.

Frustriert warf sie ihm einen vorwurfsvollen Blick zu.

„Oh nein, du gieriges Luder. Ich ziehe mich erst aus, wenn ich dich ein paar Mal zum Schreien gebracht habe."

Er schlängelte sich an ihrem Körper hinab.

„Spreiz die Beine für mich."

Miles schob ihr die herrlich rauen Händen unter den Po, hob ihn an und saugte hart an ihrer Klitoris. Sie vergaß die Haltung und packte in seine Haare. Er zog an der Kette, die die Klemmen miteinander verband.

„Damit hast du dir eine weitere Klemme verdient."

Er küsste sie auf den bebenden Bauch und brachte die Klemme auf ihrem Kitzler an. Er betrachtete sie prüfend.

„Dein zweiter Wunsch?"

„Bitte benutze mein Geschenk."

Mit einem dunklen Lächeln hob er die dunkelrote Gerte hoch. „Ich fessle dich nicht. Du bleibst liegen, empfängst jeden Schlag dankbar." Er folgte mit der Spitze des Schmerzbringers den Konturen ihres Leibes, kratzte mit ihr die geschwollenen Schamlippen. „Dreh dich um, Baby."

Sie legte sich auf das Kissen, spreizte die Beine schulterbreit. Abermals quälte er sie mit leichten Berührungen, umso schlimmer, da sie wusste, dass köstliche Pein folgen würde.

Ihre Nippel pulsierten, die erregte Klitoris pochte verlangend. Sally wollte, dass er sie schlug, ihren Arsch mit herrlichem Schmerz überzog, bis sie weinte, alles um sich herum vergaß und nur spürte.

„Deine Wörter?"

„Raupe und Wespe."

„Gut."

Seine Stimme klang noch in der Luft, als der erste Hieb sie traf und sie unerlaubt einen Höhepunkt bekam.

Er seufzte tief, bevor Agonie sie packte, weil er seinen Sadismus auslebte, der perfekt zu ihr passte.

Sehr viel später versuchte sie aufzustehen, nur um kläglich zu versagen. Das maskuline Lachen vibrierte ihren bebenden Körper entlang.

„Ich bekomme immer, was ich will."

Sie lächelte. „Ich ebenso, Maestro."

Ende